天空上

杨奇——著

九州出版社 JIUZHOUPRESS | 全国百佳图书出版单位

图书在版编目（CIP）数据

天空上 / 杨奇著. -- 北京 ：九州出版社，2022.10
ISBN 978-7-5225-1288-4

Ⅰ. ①天… Ⅱ. ①杨… Ⅲ. ①中篇小说－小说集－中国－当代②短篇小说－小说集－中国－当代 Ⅳ. ①I247.7

中国版本图书馆CIP数据核字(2022)第194252号

天空上

作　　者	杨　奇　著
责任编辑	郭荣荣
出版发行	九州出版社
地　　址	北京市西城区阜外大街甲 35 号（100037）
发行电话	(010)68992190/3/5/6
网　　址	www.jiuzhoupress.com
印　　刷	北京捷迅佳彩印刷有限公司
开　　本	880 毫米 ×1230 毫米　32 开
印　　张	8.75
字　　数	186 千字
版　　次	2023 年 1 月第 1 版
印　　次	2023 年 1 月第 1 次印刷
书　　号	ISBN 978-7-5225-1288-4
定　　价	46.00 元

序

张丽军

杨奇是有较丰厚的积累、接地气的、有创作激情的当代青年作家。我与他在山东作协的青年作家高研班上结识。之后，他有新的作品就会发给我看看，让我提建议。去年，《青岛文学》杂志要重点推他的作品，邀请我写篇评论。我欣然同意了。关注成长中的青年作家，是我很乐意的。为大作家写评论，是锦上添花；而关注那些成长中的青年作家，是雪中送炭。杨奇是需要、也是值得关注的 80 后青年作家。

一个作家对文学要抱有热情，要不懈地去探索和创作。杨奇对文学就有着巨大的热情，也正是因为这种热情、韧劲和探索的精神，他的作品获得了多个奖项，已经在山东文坛，乃至中国文坛崭露头角。

杨奇给我的第一个印象，是接地气，有较为浓郁的新时代乡土气息。他的小说，写的是大时代变动下乡村的新现实、新情感、新人物，呈现出当代中国农村的精神气象之变。那些出走的乡村人，最终是回归家庭，还是会为了理想与激情继续流浪远方？这不仅是个人的难题，也是时代与人性的难题。

描绘大时代下小人物的群像及其梦幻心灵史，是杨奇小说集的第二个重要特征。从乡村到县城，再到省城、京城，杨奇的小说创作渐渐开阔起来——从乡村生长到都市的精神脉络中来。这种对时代主体和框架的探索，是杨奇对 21 世纪中国新巨变中，新乡村青年心灵梦幻史的新书写。毫无疑问，这是一个充满奇迹、梦幻和虹影的时代，人人都渴望改变，人人都可以折腾，人人都有改变命运的可能。

小说集里的《天空下》，就呈现了这样一个四人组合：他们从乡村出发，来到县城，开始他们的创业，又从县城走到京城，一路充满了奇迹般的梦幻色彩。这让我想到了著名作家石一枫的小说《世间已无陈金芳》和付秀莹的长篇小说《异乡》。梦幻的泡影总有破的一天。一夜暴富的、依靠丛林法则生存的陈金芳，同《天空下》的女主人公一样，当回到生活的原点，除了破碎的心，一无所有。可贵的是，杨奇的小说，更多保留了人的尊严。生活改变了，女主人公却依然有种自卑感。杨奇讲述了一个更具常态化，但更为悲哀而又更沉静的“李清江故事”。杨奇的故事里，有时代逻辑的框架，有时代中流淌的情绪。显然，这是改革开放 40 年的中国故事，中国小人物如梦如幻如泡影的故事，也是你我的可能的故事。

独特的叙述意象、意绪、意境的营建，是杨奇小说的第三个特点。淅淅沥沥雨的意象、弥漫的雾气，杨奇的小说充满浓郁的情感因素，描绘了很多具有地方性民俗意味的地方性物象。练摊儿、吹瓶喝酒、铁哥们、大排档、“打游击”，对这种“混县城”的生活及思维方式，杨奇都写得非常可爱、生动有趣，有很强的地域性。

当然，作为一个 80 后年轻作家，杨奇有很大的提升空间。要向鲁迅、沈从文、老舍等现代作家学习，向莫言、张炜、刘玉堂、赵德发、刘玉栋等当代作家学习，增强地域文化、民俗、自然风景书写的分量，要把肥城、泰安，甚至中国的文化民俗历史写出来，建构一个作家的文学地理学。

作为一个山东人，我长期关注齐鲁文学，关注当代山东文学的创作。齐鲁大地是一片文化高地、文化沃土，有着磅礴大气、底蕴厚重的文学历史。期待杨奇继续不断探索，以接地气的、有韧性的文学态度，创作出属于杨奇的、属于时代的中国故事。我期待着。

是为序。

2022 年 11 月 26 日于广州暨南园

（张丽军　暨南大学文学院教授、博士生导师，茅盾文学奖评委，中国当代文学研究会理事、中国现代文学馆特约研究员。）

目　录

一、天空上

01

坐在开往北京的高铁上，我首先想到的是九年前的那场聚会。那次聚会上，经凌涛的介绍我认识了青山和李青江，并发展成了好朋友。那场聚会也是我们“县城四人组”形成的开始。

当时我还没混县城，而是在济南一家文化公司里打工，那次聚会似乎也在冥冥之中为我最终回归县城埋下了“伏笔”。那时候我们去不起像样的酒店，就是那种有桌有椅能堂食的快餐店也不在考虑范围之内，因为啥？没钱呗，用凌涛的话说，兜比脸还干净，但每个人都有一腔热情需要发泄，需要借酒浇愁，需要酒后吐真言，我们便在县城里的大排档“打游击”，点上几个小菜，搬上两箱啤酒，就一来二去地喝上了。我们称之为“练摊儿”。

那次是我从济南回来休假，凌涛为我接风，他这人好热闹，每次请客都会呼朋唤友地叫一大桌子人，最终结果当然是醉得一塌糊涂。醉酒后胡言乱语、呕吐以及第二天几乎横跨一整天的浑身疼痛，让我一度把跟凌涛喝酒当成了人生一大痛苦事，但也没办法，谁让我跟他是发小而后又发展成铁哥们？而且用他的话说，他是我在县城的根，有他在我的根就在，我得好好呵护他。

当时我已大学毕业两年，做的是街头宣传单的排版编辑工作，工作的没盼头和身边日渐飙高的房价，让我感觉前途一片渺茫，也从心里更加认定了他的说法，是啊，我绝对不能变成一个无根的人，所以那天虽然心里有些抵触，但最终还是做好了一醉方休的准备。只是让我没想到的是，那天凌涛只邀请了青山一个人，也完全没有一醉方休的架势。

青山背后拖着个姑娘，跟我们年纪不相上下，不过看起来有些害羞，老是用披肩发遮着半个脸，还不停地往青山背后躲，弄得我们好半天都没看清她的长相。青山自我解嘲地介绍说："这是我发小，李青江，刚从村里出来混，没见过世面，哥儿们多担待。"

我跟凌涛便立刻嬉笑着主动跟李青江握手。我想我俩笑的原因是一样的，她怎么起了个男孩的名字，跟她瘦弱的样子完全不匹配。握手的时候，李青江简直把害羞的样子做到了极致，只把指尖在我们手上碰了一下，脸依然没从垂下来的头发后露出来，让人很难第一时间捕捉到她的视线。不过她的指尖虽然仅是一点，却让我感觉被一根冰针扎了一下似的，一股寒意顺势进入我的身体里，让我不由得一个激灵。再看凌涛，他脸上的笑容也没了，估计也是被冰针扎到了。

这时我听到他把嘴凑到青山耳边，语气里全是不满："不说了要谈事的嘛，怎么弄个拖油瓶来？"青山却摆摆手说："不碍事，我跟清江一起长大的，再说了，今天这事还可能离不了她呢。”青山的声音不高不低，在场的人都听到了。李青江松开拽着青山衣服后襟的手，将手指绞在一起，低着头，不知道是不是生气了。凌涛只好作罢，摆摆手说：“那就入座吧。”

青山是个自来熟，将我上下打量了一番说：“毕竟混省城的，就是不一样。”然后他又环视一下四周，揶揄凌涛：“还发小呢，人家百年不遇的回来一次，就请人家来这里吃？要是我，早不干了。来哥们认识一下，我叫李青山，跟你同年，咱也别哥呀弟的，以后都互相喊名儿吧。”青山就是这样，话痨，不需要别人接话茬，不熟悉的还以为他在问你，其实根本不用回答。看来他从凌涛那里早就熟悉我了，我就跟他握住手说：“叫我丁木吧。我们就这样认识了。”

见我们熟络起来，凌涛便辩解似地说：“都认识了就没外人了，整那些虚的干嘛？再说我最近确实手头挺紧的，好几个月没发工资了都。”我忙说：“这样挺好的，接地气，证明我们都是普通劳动人民。”

青山对我俩的一唱一和不感兴趣，而且似乎铁定了要把李青江推为聚会的主角，一落座就把话题扯到了她身上：“你们一定觉得她的名字挺奇怪吧，像个男人名，知道为啥吗？”凌涛不理他，低头在服务员递过来的点菜单上写菜名，我还不熟悉青山的性格，饶有兴致地问了一句：“为啥？”青山来了劲，笑着说道：“是因为他爸妈想盼个儿子，早就想好了这个名字，结果出来是个闺女，懒得改了。”

我有点替李青江抱打不平，但又不好说出责怪她父母的话来，便只是“哦”了一声。而李青江还是自始至终都低着头，绞着手指，仿佛我们谈论的不是她，而是别人。这让我无意之中对她的兴趣又多了几分。

接下来青山的话题始终绕着李青江转，说她老早就被父母逼着辍了学，在家里照顾她弟弟，吃尽了苦头，这么大一个人了，别说进城了，出村都没几次，实在太可怜了。他这次回去好说歹说带着她出来了，让她见见世面，长长本领，要不一辈子窝在小山村里，实在太亏了。他还说李青江的颜值一点也不输那些时髦的城市姑娘，只是思想有点保守，总觉得到处都是坏人，尤其是男人。

听到这里，凌涛有了些兴趣，说：“这一直秀发遮面的，我们还不知道长啥样呢。”李青江倒是格外听话，果真就抬起头来，伸手将遮脸的头发塞到耳后，朝我们露齿一笑。我这才看清楚了李青江的长相，大大的眼睛，高高的鼻梁，尖尖的下巴，白白的皮肤，的确是个漂亮女孩，而且她这种漂亮还真不同于那些城市女孩的漂亮，她的漂亮中带着一种羞涩、忸怩，甚至惊慌，这就透出一番特别的味道来。

凌涛赞许地点点头说：“是不错。”似乎李青江不是个人，只是一张画或者一尊雕塑而已。青山则面带狡黠：“放心吧，保准你不会失望的。”这话让我吃了一惊，感觉他们在进行什么见不得人的交易，再看李青江，依然是一副波澜不惊的表情，似乎早就知道这场交易。

凌涛则摇摇头说：“不行，她刚从农村出来，啥都没经历过，肯定不行，我们得需要能说会道的，我们那几个钱来得不容易，万一投进去干趴下了就完了。”

“不会不会。”青山摆摆手，“你可别小看了她，她可是有本事得很。我跟你讲，有一年她去外边放鸭子，得有上百只吧，结果来了场大雨，冲走了几十只，她一口气游到河下游，把冲走的鸭子一只不少地捉回来了，你说厉害吧？还有一次，村长调戏她妈，她知道后当街一把拽断了村长的腰带，扒了村长的裤子，你说厉害吧？”

我差点笑喷了嘴里的茶水，凌涛则一副哭笑不得的表情：“这算啥本事啊？”青山摆摆头，一本正经地说：“顶着大雨在河里捉鸭子，你试试？村长是谁，可是村里的权威啊，你扒他裤子试试？”

凌涛对青山的话各个击破：“我都不会游泳，捉啥鸭子？我跟村长又没仇，脱他裤子干嘛？”青山一看说不动他，转头对李青江说：“你给他表演一下怎么扒村长裤子的，就把他当村长好了。”

一听这话，李青江像一只斗鸡一样一下跳起来，冲过去一把把凌涛按倒在地就开始扒他裤子。凌涛急忙死抓住皮带求饶。青山朝李清江摆摆手，李青江把凌涛放开，乖乖地回到座位上。

旁边不少吃客都扭过身来哈哈地笑着看热闹，过来送菜的服务员笑得差点把手里的菜盘打翻在地，而我也早已笑得前仰后合。凌涛从地上爬起来，没好气地说：“你俩可真行，不愧是村里出来的。”青山却一本正经地说：“村里出来的本事可是城里人比不了的，你觉得咋样？”我本以为凌涛会继续数落一番的，结果他却点了点头，神情严肃地说：“或许还真行。”

我瞥了一眼李青江，发现她一直板着的脸上浮起一层笑纹，别说，这笑纹一衬，她的脸又好看了不少。

菜上来了，我们一人打开一瓶啤酒，对瓶吹起来。这是小县城喝酒的习惯。济南就不这样，一般是把酒倒杯子里，按杯或按次数唱，喝之前还会彼此碰碰杯，这样人就拘束了不少。让我没想到的是，凌涛提议让李青江也跟着喝的时候她竟然完全没有推辞，而且她果真就“跟着喝”了，一口不落一滴不少，完全跟我们一样，奔着一醉方休的架势去了。说实话，我见过女人喝酒，但像她酒量这么大的见得不多，而喝得如此痛快的更是没有。用凌涛的话说，喝到最后都忘了李青江是个女人了。

推杯换盏之间我才弄清楚，凌涛跟青山想投资一个“项目”，就是在县城最大的商场新华广场承包一个羽绒服专卖场，前期他们已经做了一些工作了，包括与供货商、商场对接，也达成了部分意向，现在已经到了筹备资金和招聘营业员的阶段，当然目前所面临的最大的困难还是资金问题。凌涛攒这个局除了给我接风，还有一个目的是想拉我入伙，说白了就是资金赞助。借着酒劲，凌涛红着脸，说得支支吾吾，绕了半天他最后表达出来的意思是我完全自愿，不过我也听出来了，他对我的这份力量寄予很大的期望。

我一时间有些犯难。说实话，虽然我是“混省城”的，但手里一点也不比他们阔绰，在公司干的是工资最少的岗位，每个月的工资房租占去一半，再除去吃喝拉撒和人情世故，基本就是“月光族”，自工作之后最大的一个投资项目就是买了一辆电动车，其中一半的资金还是父母给垫付的。从这一点上来说我蛮可以一口回绝。但从另一方面来说，我也知道自己这样下去永远也不可能实现

“财富自由”，也打心里希望能投资项目赚点外快。所以一时也犯了难。

凌涛看我一脸难色，便摆摆手说：“那就算了吧，我们再想辙。”当时我的酒劲儿还没上来，头脑还是清醒的，便问出了两个关心的问题，能稳赚吗？利润是多少？凌涛早有了醉意，他白了我一眼说：“对我这么不放心，还发小呢！”青山急忙出来打圆场说：“丁木这样问也对，亲兄弟明算账嘛，要是弄出了糊涂账翻了脸反而不好，不过这个问题嘛我们也探讨过了，这几年羽绒服的样式越来越多，不光保暖还时尚，整体价位也下来了，老百姓的接受度越来越高，总之就行情看可以说是稳赚不赔，至于利润嘛，应该在百分之二十到百分之三十之间，比起其他服装类来算是高的了。你放心吧，我们手里也没几个钱，折腾不起，不打无把握之仗。”

听他这么一说我就安心了许多，问他总共投资多少。青山掰着手指头说：“加盟费装修进货加员工工资 20 万吧。我们搞的是卖场，不是专卖店，走货量大，今年差不多就能回本，以后就是赚了。”我又问他：“你们有多少了？”这下青山有了难色，举起手里的啤酒瓶咕咚咕咚猛灌几口说：“跟你实话说吧，我俩手里都没钱。”

我忍着没把嘴里的酒喷出来，不过旁边的李青江给喷了出来，她跟凌涛正对，酒都喷到凌涛脸上身上。她急忙抓起纸巾盒里的纸去擦，结果又把跟前的酒瓶碰倒了，乒乒乓乓响成一片。显然凌涛已经从心里认可了李青江，并不气恼，朝她摆摆手，自己抽出纸巾擦起来。青山把酒瓶举到我跟前，梗着脖子说：“没钱把事办成了，那才叫本事。”他这话就像一根引线，一下把我身体里的热情点燃了，我举起瓶子跟他碰了一下，郑重其事地说了句：“我加入。”然后仰头把瓶里的酒一饮而尽。

02

凌涛在北京出事了。这是“中间人”在电话告诉我的。中间人叫向峰，是凌涛手下一个项目经理，属于他的“心腹”。向峰简单地跟我说了下经过，大体是因为同行竞争。凌涛的项目被人背后“捅了刀子”，凌涛气不过，在没有证据的情况下把人打伤了，被人扭送到了派出所，拘留了。事情不大不小，后来托人运作，派出所答应交了保释金，找人担保，就可以放人。我这次进京就是当凌涛的担保人。

“我们经理首先想到了您，说你们关系铁，你又是公职人员，信誉好，所以麻烦让您来当担保人，派出所一听也立马就同意了。”向峰在电话里不无讨好地说。他这讨好显然不光是为我，主要还是为凌涛。由此可见凌涛在北京混得不错的传言并不假。

其实当年我们“县城四人组”里最有钱的是凌涛，他可是名副其实的富二代，只是跟印象中的富二代不同，他固执、倔强甚至傲气十足，身上看不出富二代的影子。凌涛的父亲是我们县城赫赫有名的地产商。当时县城流传着一个“富豪排行榜”，凌涛的父亲一直稳坐前三的宝座。只是后来凌涛的父亲干得越来越大，据说承揽下西气东输的工程来，公司总部便移师北京，只给县城留下传说。

凌涛虽为富二代，但命运却有些不济。他四岁那年母亲得病去世，他父亲很快给他娶了后妈，第二年生下了同父异母的弟弟。母亲去世后，因为父亲太忙，凌涛便跟着外祖父母在镇上生活。外祖父母怪罪女婿再婚太早，不念女儿情分，跟他心生嫌隙，便经常在凌涛耳边说他父亲的坏话，搞得翁婿关系、父子关系都很糟糕。所以虽然父亲在县城叱咤风云，但与他并无多大关系，他一直跟着祖父母过着清贫的生活（据说凌涛父亲在生活上也多有资助，但都被外祖父母拒之门外了）。凌涛身上孤傲的个性与外祖父母的教育有很大关系。

我与凌涛就是一起在镇中心小学读书时候认识的，我们又一起进入镇中学读书，并最终发展成了铁哥们。当时我经常邀请他放学后到我家一起做作业，时常留下他一起吃饭。或许是环境造就的，凌涛身上透着内向和谨慎，脸上很少有笑容，是个快乐不起来的男孩儿。我母亲就经常感叹："这个凌涛哪像是大款的儿子啊？"凌涛总是心事重重的，还带着一种心不在焉，这也表现在了他的学习上，他对学习没多大兴趣，上课总是集中不起注意力来，成绩一直处于中下，初中毕业的时候，他就选择了读技校，据说当时他爸爸曾想花钱运作让他读高中，可被他拒绝了。对此我曾经劝过他，说还是前途要紧，结果一听到我提到他父亲他就对我大发雷霆。那是我们交往以来他唯一一次对我发脾气，也是我平生第一次见他动怒，真是有雷霆之势，看着他涨红的脸、鼓胀的眼球我都有些后怕，正想跟他和解他却甩身走掉了。当然这并不影响我们的感情，第二天他便主动来找我玩，只是我自此也明白了一个道理，打死也不能跟他提他父亲，那是他的禁忌。

我读的高中和凌涛读的技校都在县城，隔着一条街，但高中功课紧张，实行封闭式管理，凌涛学习和实践各占一半，经常去企业实习，我们见面的机会并不多。为了照顾我的生活，我妈从镇上搬到县城来陪读，从她回乡时带回的一些关于凌涛父亲的传言中我也知道了一些他的情况。毕竟外祖父母年纪大了（后来相继去世了），无力供养凌涛在县城的学习生活，所以凌涛的花费主要是他父亲承担的。凌涛父亲还给他买了套房子，甚至还买了辆好几万的摩托车送给他，总之他们的父子关系已经缓和了，凌涛回归父亲的家庭，过起了衣食无忧的生活。这些消息让我安心了许多。

进入高三，学习节奏更趋紧张，我的精力全部集中在高考冲刺上，无暇去想他了。临近毕业的一天下午，学校传达室通知我说校门口有人找我，我跑过去一看，竟然是凌涛。他的样子让我大吃一惊，他穿着一身脏兮兮的工作服，蓬松着头发，嘴边一圈黑乎乎的胡须，手里提着一个黑色布袋。总之他的样子比我这个面容憔悴的高中生还显得邋遢。我先给了他一个大大的拥抱，正要问他怎么回事，他把手里的布袋递给我。我接过一看，里面是一件夹克、一部相机和一个信封，衣服和相机都是新的，信封里有 500 块钱。他告诉我，他现在已经工作了，在城郊一家机械加工厂里，这些东西都是他攒钱买的，知道我快毕业了，这些东西都用得着。我眼窝一热，再次紧紧地抱了他一下。

我们又谈了一会儿，他告诉我，其实并不像外界传言的那样，他跟他的父亲关系并没有缓和，房子车子是买了，但他都没要。他有工作了，而且身强力壮的，他相信靠自己的能力一定能生活得很好。说着他做了个曲臂加油的动作。要上课了，我只得跟他惜别。“加油，考个好大学，有个好前途。”他朝我摆摆手。转过身后，我立刻泪流满面。毕业时同学老师拍照，相机帮了很大的忙，至今我还当宝贝珍藏着。

我高考没发挥好，只考了省内一所普通二本，毕业后就留在了济南。这期间我跟凌涛恢复了联系——主要是通过手机，见面的机会也不多。关于他父亲的话题我们没再提起过，不过我也知道那人其实就像影子一样一直环绕在凌涛身边，而且比之以前，他们的关系也在逐渐缓和。

凌涛虽然工作早，但并不顺利。他先进的那家机械加工厂干了几年就倒闭了。后来他进入县城一家建筑公司工作，干的是找项目跑业务的工作，而且很快就混到了副经理的位置。一次我休假回家的时候特意约他出来吃饭，向他表示祝贺，他这才告诉了我事情的原委，这也是很多年以后我们第一次谈起他的富豪父亲。原来那家建筑公司是他父亲的一个朋友开的，他进入那家公司工作以及很快被提拔都是他父亲的关系。他还告诉我虽然他头顶这个公司副经理的头衔，其实收入还不如街头烤串的。因为建筑行业竞争十分残酷，越是规模小的公司越是举步维艰，公司一直徘徊在倒闭的边缘。也正是因为父亲的关系他才不敢轻易辞职，他怕被父亲看扁了。自己没学历没技术，似乎啥都干不好，他不想给父亲留下这样的印象。他还破天荒地提起了他同父异母的弟弟，说弟弟名牌大学毕业后被父亲送到国外学习建筑，显然是为了回来让他接班做准备。此时的凌涛在我面前像是完全变了一个人，眼睛里没了锐气，言语里也不再是傲气十足，多了许多无奈与哀怨。

其实当时我的状态也好不到哪里去，虽然在省城济南落了脚，但离站稳脚跟还差十万八千里，工作生活的压力搞得我心情郁闷，感觉一片迷茫。望着眼前颓然的凌涛，我仿佛看到了自己，也不知道如何劝他，只有陪他闷闷地喝酒。

凌涛就是那个时期认识青山的。用凌涛的话说，青山身上跟他有很多相似点。农村家庭出身，没学历，没技能，只能在县城的街头瞎混。他俩有一个共同的爱好，就是打台球，他俩就是在台球桌上认识的，后来经常在一起切磋球技，就成了好朋友。

青山比凌涛性格外向，没啥心事，一门心思想做生意发财，后来他自己弄了个小吃车，在县城最繁华的商业街卖炸串，收入还可以。但他不满足，觉得没面子，便撺掇凌涛一起搞个“大生意”，在知道了凌涛的身世后他甚至鼓动他去找他的富豪爸爸开口要钱，当然被凌涛严词拒绝了，两人甚至还差点因此翻了脸。不过凌涛最终还是被青山说动了心，当然不是去找他父亲要钱，而是搞“大生意”。用他的话说就是不能再这么浑浑噩噩地混下去了，得干出点什么来，以证明自己的人生不那么失败。他们做了一番功课之后，最终选定了进军羽绒服行业。

事实证明——至少在当时看来，凌涛和青山的选择是正确的。那年冬天，我们的羽绒服大卖场开业了。因为我跟凌涛要上班，按照我们提前商定的方案，就由青山担任卖场的经理，全权负责卖场运营管理，李青江负责销售，算是销售经理。我们三人吃分红，李青江拿工资。

当然卖场开业前我们还做了不少功课，包括去省城济南参观大卖场，了解人家的经营情况，专门给青山和李青江报了那种学习经营管理的培训学校，当然招聘培训服务员、进货铺货之类的工作就更多了。那段时间——其实包括后来的经营过程——主要是青山和李青江在忙，其次是凌涛，我虽然在县城省城之间来回奔忙的频率高了不少，但也就是打打下手。

很快，青山和李青江都表现出了超常的商业天赋，几乎让我跟凌涛到了瞠目结舌的地步。

青山性格有点吊儿郎当，但在工作中转换成了拼劲和闯劲，遇事不怕，也极富耐心，再棘手的问题（比如同行的恶意竞争或邻居商铺之间的摩擦）都能稳妥处理掉。有一次与竞争对手大打出手，都闹到派出所了，等凌涛闻讯赶到的时候，人家已经握手言和了。

李青江正像凌涛当时所预料的那样，身上有一股寻常城市女孩儿所没有的愣劲儿和韧劲儿，工作中也是遇事不怕，更主要的是不怕苦不怕累。就说进货吧，每次她都亲自去对接供货商，一件件地挑选，而且还跟工人一样打包、运回、铺货，每个环节都亲力亲为，常常累得满头大汗。我看了都一些不忍，但她对我们却很感激，总说是我们给了她在县城立足和施展抱负的机会。

不得不提的是李青江身上所起的变化，对我来说，每次见面都感觉她变了一个人，这种变化不仅表现在身上穿的衣服越来越时尚得体、脸上的妆容（工作需要她必须每天化妆）越来越精致且恰到好处，还表现在她的眼神、气质。在我看来，已经完全融入县城的李青江已经变成了一个货真价实的城市姑娘，但她又多一种城市姑娘所没有的刚柔相济的东西，要更胜一筹。

这些变化自然也没逃过凌涛的眼睛。有一次我俩在卖场的休息厅里聊天，望着外面忙忙碌碌的李青江，凌涛的眼睛里多了一层蜜意，嘴里不无遗憾地感叹道："她要不是青山的女人，我一定会把她追到手。"我的心猛地抽动了一下，我知道那是对凌涛的话产生的共鸣。

意料之中的，那年冬天我们"发财了"，几乎赚回了全部本钱，年底促销结束后，我们三人各拿到了两万元的分红。按照凌涛的计划，钱不能全分了，明年还要扩大规模，加大投入。我们深表赞成。再说了，这个数字对我们来说已经是不可想象了。而为了表达对李青江的感谢，青山表示再另外给她包一个 5000 块钱的红包，我跟凌涛也表示赞成。那天晚上，我们决定好好庆祝一下。我们没去路边摊，而是选择了县城最高档的桃源大酒店，奢侈了一下。自然，我们都喝得酩酊大醉。

那年冬天格外冷（这也是我们羽绒服卖得红火的原因之一），但我们身体里全都有一团火在燃烧，青山甚至都光起了膀子。

从酒店里出来后，我们四个人肩并着肩走在县城的大街上，忘我地大呼小叫着。我相信当时我们都有同一种感觉，那就是县城的高楼大厦都缩小在了我们的脚下，我们成了胜利的征服者。

在一处小公园的草坪上，我们肩并肩躺下来，望着满天的星光继续吐着酒气说着醉话。青山突然站起身，一本正经地说："我给你们唱首歌吧。"我们一起鼓掌欢呼。青山站起身，煞有介事地做出手拿话筒的动作，忘情地摇摆着身体唱起来：鸿雁，天空上，对对排成行……

我感觉身边飘来阵阵茉莉花的香气，我知道那是李青江身上的味道（她喜欢用茉莉花香的化妆品），便闭上眼睛，让自己委身于香气的环抱中。

03

第一眼看到凌涛时，他给我的感觉是完全没有我预想中的那种落魄，他还是我上次在老家县城见到的那副模样——容光焕发志满意得。他一身崭新的笔挺西装，时尚利落的发型，胳膊下面夹着一个真皮格子皮包，腕上的金表熠熠闪光，就好像他身后不是拘留所，而是一家美容院。

向峰急忙迎上去接包，样子极为恭敬。向峰的确是凌涛值得信赖的“心腹”，这大半天都是他在忙活，先去北京南站接了我，然后带我吃了午饭，之后就马不停蹄地带着我来到拘留所办了保释手续。手续很简单，就是让我签个字而已。看到我后，凌涛先上来给了我一个大大的拥抱，然后打量着我问：“这啥表情？不认识我了？放心吧，哥们进去待了两天也不会变成坏人的。”我也实话实说：“你这样子可不像待过拘留所的。”他狡黠一笑：“放心吧，好着呢。”我点点头说：“那就好。”他又深吸了口气说：“其实这担保人也不是非找你不可，我就是想让你来一趟。”“为啥？”我不解地问。“因为……我想你了，上车。”说着他拍拍我的肩膀，然后转身拉开车门钻了进去。我鼻尖酸了一下，急忙低头钻进了车里。

车子驶下高架桥，进入城区天已经黑了，向峰问是不是订家酒店吃饭，凌涛摆摆手："订啥酒店？找个路边摊儿，我们去练摊儿。"我笑道："你这大老远地把我召到京城来就让我吃路边摊儿？""路边摊怎么了？路边摊儿也是京城的路边摊。"说完他叹了口气："青山和李青江才来京城那两年，我们聚会的时候就找个路边摊儿，别说，吃得真有滋味。"

这是我俩之间第一次出现关于青山和李青江的话题，因为有向峰在场，我没说什么。凌涛也随之沉默了。路边摊位于一个城墙根下面，板凳马扎，烟火缭绕，食客大都是穿着随意的年轻人，有男有女，很有些小城练摊儿的感觉。

凌涛特意点了我们家乡的泰山啤酒。他握着酒瓶颇有感触地说，这酒去年才进入北京市场，他现在逢酒局必点它，而且还向朋友们大力推荐，用他的话说如今这酒在京城的销售有他很大一部分功劳。

但说归说，我们并没有喝得酩酊大醉，一向酒量过人的他几杯酒下去就有了醉意，而我则端着杯子横竖喝不出那种熟悉的味道。我知道那是因为"练摊儿"在我俩心里已经成了一块难以面对的禁忌地带，最终我们匆匆结了账离开了。

凌涛让向峰把汽车开上了高架路，并打开了音响，里面播放的是汪峰的《北京，北京》。凌涛设置成单曲循环，然后跟着唱了起来。此时已是后半夜，路上车辆稀少，远处，城市的霓虹高楼散射着耀眼的光芒，但无一不是在暗夜中静默着，与汪峰那高入云霄但又安稳敦厚的音乐意境十分吻合。

跟着唱了几个循环，凌涛终于停下来。他靠在椅背上，眼望着窗外，用一种极为沉浑的声音说："当年进京后不久，每次聚会喝完酒，我们三个都会爬上高架路，一边沿路高歌一边迎着风奔跑，我唱《北京，北京》，青山唱他的《鸿雁》，李青江就在后面跟着跑。那时候我们也遇见其他年轻人，三三两两的，喝多了唱歌，奔跑，他们跟我们一样，进了北京兴奋，不对，是亢奋，想要征服这里。当时我还老想到你。"凌涛把目光转向我。"想到我啥？""想到也把你拉来，那我们的'县城四人组'就成'京城四人组'了。"我笑道："为啥不叫我？我可能真就辞职来了。"凌涛却摇摇头说："不行,你可是我在县城的根啊,你来了,我的根就没有了。"我笑说："你都在京城扎下根了，还稀罕县城的根。"凌涛继续摇着头："这哪算根啊，顶多算个杈。北京的天空啊，杈多得是，这地下的根啊，可稀罕了。"我说："好吧，我就当你的根好了，记得以前你可是我的根啊，这就叫风水轮流转吧？"凌涛拍了拍我的肩说："所以我们是铁哥们嘛。"

这时候几辆敞篷跑车叫嚣着冲过去，凌涛的目光追上去，说："那时候也有赛车族，都是富二代，跟我们不一样。当时我就梦想着有一天也要开上自己的车在上面奔驰。青山的梦想是想去《星光大道》,报了好几次名,一次也没过。其实他那水平不比我们高多少，就喜欢而已。至于李青江的梦想，你一定想知道吧，可惜她从来不说，我也问过，没问出来。"

听到李青江的名字，我心里咯噔一下。虽说从我们的"县城四人组”解散后，我再未跟青山和李青江见过面，也几乎从未联系过（仅仅是过年过节的时候在微信上互发个群发祝福短信而已），但有凌涛在，我对他们这几年的行踪变化还是大体知道的。

凌涛在北京立住脚（他父亲的背后支持起了很大作用）之后，他们两个人便先后来投奔他。一开始都跟着凌涛干过一阵子，因为凌涛那时候公司并不稳定，他们的日子也并不顺畅。青山在凌涛公司承接的建筑工地上干过一阵安装工，之后便辞职进入了餐饮行业，虽说他有在县城烤串的经验，但厨艺只能算个二把刀，在正规餐厅的话也就是给大厨打下手，干不下去了也去烤串店烤过串。后来他想自己弄个烧烤车，跟凌涛借过钱，不知什么原因也没做下去，后来便离开了京城。走的时候也没跟凌涛说一声，两人也再未谋面，等于是半失联了。李清江跟凌涛倒有联系，但也快两年没见过面了。至于原因，用凌涛的话说是不好意思，拉不下脸来。因为她能有今天，凌涛“功不可没”。

据凌涛讲，到京城之后，李青江做过许多工作，当过酒店、超市服务员，给饭店刷过盘子，推销过化妆品，甚至还卖过房卖过车，也做过卖衣服的老本行，但京城毕竟不比县城，要求高，竞争惨烈，由于没有学历没经验加上不适应，她做了很多工作都不顺利，吃饭租房都成了问题，还经常遭遇“咸猪手”，恼得她都想回老家了，就在这时候有了转机。

一次，凌涛带她去应饭局，被一个老板朋友看上了。老板50岁，家资雄厚，外表儒雅，内心风流，他直截了当地向凌涛提出来想让李青江给他当“情人”。凌涛有些抵触，无奈那老板极为急切，有种不到手不罢休的架势，凌涛不好跟他翻脸，便找李青江商量，没想到李青江迟疑了半天最终还是答应了，这倒把凌涛闪了一下。

用凌涛的话说，自此李青江过上了锦衣玉食的贵妇人生活，他们再也没见过面。

我听说了这事以后对凌涛颇有些微词，觉得是他“害了”李青江。凌涛叹了口气说：“这叫‘各取所需’。”他说外地人来京城打拼十分艰难，必须“有所长”，钱、学历、本事、人脉总得占一样，啥也没有只有死路一条，而李青江的“所长”便是她的脸——让男人心动的脸。如果不走这条路的话，她十有八九是在县城的某个小饭馆端盘子或者市场街上摆地摊，也或者早就嫁人生了一大堆孩子了。我想辩驳，但最终还是没张开嘴。

04

在凌涛的安排下，第二天晚上我与李青江见面了。见面地点是李青江定的，在三里屯曼哈顿酒店。凌涛把我送到酒店门口，望着上面通体闪光的玻璃楼赞叹道：“真豪啊，这地儿我都没进去过。下面就是大名鼎鼎的三里屯大街，范冰冰就常在这里逛街，说不准你能瞧见呢。”我说：“范冰冰不是塌房了嘛，还有心思逛街？”他想了想说：“那就迪力热扎，大眼睛的新疆姑娘，可俊了。”我说：“应该是迪丽热巴吧？”他说：“你就会抠字眼，得，你是搞文字材料的，我说不过你，进去吧，别让人家等急了。”他摆摆手，将真皮格子挎包塞到胳膊底下，消失在人流里。

今晚是我跟李青江单独“约”，凌涛说这是李青江的授意。说这话的时候他眼神里含义复杂，有羡慕嫉妒，也有调侃戏谑。其实一直以来对于跟李青江的关系，凌涛、我，还有青山，我们都有种心知肚明的感觉在，而具体这种感觉是什么，似乎又说不清楚。

如今李青江已经改名为李晶如，也就是说她已经切断了跟当年那个赶鸭子的乡村女孩儿的最后一丝联系，彻底变成了城市姑娘——再进一步说应该是京城女人。想到这里我竟有些伤感，觉得有一段岁月就像一阵风一样从我眼前掠过，消失不见了，而这段岁月恰好是我最喜欢的。

观光电梯缓慢上行，外面纷彩的霓虹灯光打在电梯的玻璃外墙上，像一朵朵烟花绽放、消失，无声无息，这无疑又增添了我心里的伤感，等走出电梯时，我眼里竟有些泪水了。站在李青江约定的包房门口，我没有急于推门，而是先擦干泪水，让自己镇定下来。

推开门，一股茉莉的幽香迎面而来，这是一种我熟悉的味道，当然也是李青江特有的味道。我突然觉得或许那段岁月并没有消失，她只是以另一种姿态隐匿了起来，只要我需要，她能随叫随到。想到这里我心里又好受了一些。李青江以一身白裙迎上来，给了我一个大大的拥抱。我有些恍惚，觉得她又换上了当年那身裙子——没错，那一次她就是穿着一身白裙，裹挟着一袭茉莉香气，对了，还有水晶项链，我特意朝她的脖子上看了看，果然有一串水晶项链在熠熠闪烁，如果我没猜错的话，这项链也是当年那根。我心头立刻升起一层暖意，眼角似乎又有泪水要流出，我强忍住笑道：“你这啥意思啊，回忆往事吗？”她脸上浮出一层带着兴奋的笑意：“看起来，当年的情景你都还记得呢。”我点点头，没再说话。此情此景下，这是一个让人尴尬的话题，我不想在上面停留太久。她显然看出了我的心思，拉起我的手说：“我们还有一晚上的时间呢，边喝边聊吧。”

房间陈设很简单，一套布艺沙发，中间是一个双人餐桌，上面摆着两个酒杯和两碟坚果。餐桌对面是一面落地玻璃窗，北京城的灯火海洋尽收眼底。李青江径直把我拉到玻璃窗跟前，望着下面的三里屯大街说：“看，北京城最热闹的地方，有多少人梦想着在这里有一席之地。”“你已经做到了。”我脱口而出。她看了我一眼，随即笑道：“我想你误会我的意思了。我没有炫耀的意思，包括来这里吃饭，的确，这里很难约上，而且价格也不菲，但我这样做只是想让你了解一下现在的我，别无他意。”“挺不错。我由衷地说。”

“还记得我们当年的梦想吗？”一时间我更加迷惑了，我不知道她这番话或者说她今天的举动与我们当年的梦想有什么关系。再说了，我怎么不记得当年我们有什么梦想？而且即便有的话我也不记得跟她谈起过啊？我想我的表情一定很夸张，把她给逗乐了。她笑着拉着我走向餐桌：“坐下聊吧。”

我们在餐桌前相对而坐，李青江先征求我的意见：“喝白酒还是红酒？”我说：“红的吧。”我并不怎么想喝酒，也完全没有一醉方休的打算。或许是环境陌生的缘故吧，我完全找不到熟悉的感觉，包括面前的李青江，可不是嘛，她已经不是李青江了，而是李晶如。

李晶如倒酒的工夫，服务生送来了菜，六个，量都不大，但很精致，海参、鲍鱼、燕窝都有。李晶如端起酒杯，轻轻地摇晃着道:“这红酒的劲儿可不比白酒差，喝多了照样醉人哦。”她的眼神里带着笑意，闪着银光，我急忙避开说:“那就少喝点吧。”“那怎么能行，老朋友久别重逢，喝少了岂不让人笑话？”说着她一仰头将杯里的酒一饮而尽。我也只好一饮而尽。“这就对了嘛。”她给了我一个带着赞许笑意的眼神，再次给我倒上酒，举起来说:“当然，我们还有很多话说，不能喝得太快了，容易醉。”

我摸着微微犯晕的额头说:“这酒劲儿真挺大的。”“怕不完全是酒精的作用吧？”李晶如抿着嘴说。我尴尬不知所言。

“问你个问题吧。”她岔开话题。我点点头。“这些年来，想过我吗？”我默默地点点头。她也点点头:“其实我能感觉得到，心有灵犀，在这种事情上特别灵。只是可惜啊，你有你的小学老师，我永远没机会了。”

“小学老师”是我的妻子，她的职业就是小学老师。

我说:“其实人这一生失去的机会很多，你只要把它当成其中一个就好，不要刻意放大。”“你当年也说过这话。”她朝我举起酒杯。我点点头，笑说了句“初心未改”，然后跟她一起碰杯，一饮而尽。“对了，你刚才说当年我们的梦想，我怎么不记得了？”这次我主动挑起话题。“当年我们是没说过。”她摇摇头，“但是明摆着嘛，我们都有一颗征服世界的心，想做人上人，飞到天空之上，俯瞰芸芸众生。”我点点头说:“这倒是。没想到当年你不言不语的，总结得倒挺好。”她笑了笑说:“你觉得梦想实现了吗？”我想了想说:“说不上，其实后来我也没想过那么多，就觉得平平淡淡地生活就挺好。”她却摇了摇头说:“其实当年在我们看来，从你考上公务员的那天起你的愿望就已经实现了。你成了俯视众生的人，而我们的生活还是一团糟。”

听到这话我没有兴奋之感，甚至连欣慰都没有，而是心头掠过一阵锐痛。我很清楚，我们“县城四人组”出现裂隙并最终解体就是从那个时候开始的。她继续说：“我们三人在县城混不下去了，最终选择闯京城，其实就是为了实现未完成的梦想。”

接下来主要是李晶如在说了，她从梦想说起，说她怀揣着梦想进入京城之后，却事事不如意，甚至都开始灰心了，是那个选择让她看到了希望。

她觉得对于一个除了颜值一无所有的外乡女人来说，这是一个翻身乃至实现梦想的好机会，于是便义无反顾地选择了接受——她坦言当时的犹豫是做出来的，并不是她的真实想法。而且那个男人除了年龄是她两个大之外别无缺点，对她温柔体贴，床上有与年龄不符的激情，而且家里家外都处理得十分妥当，从没出过麻烦。总之她的日子过得顺风顺水，唯一美中不足的是他不肯要孩子，哪怕她承诺孩子生下来完全不需要他照顾也不肯，他说他是皇城根儿下长大的，一定要接受古代皇帝的教训。说到孩子，她嘤嘤地哭起来，像个无依无靠的弃儿。

她还说一开始她没想这么长远，想着等过去跟前的难关再想别的办法，比如找个哪怕条件差一点儿的年龄匹配的男人嫁掉，尤其是当她确定他不要孩子的立场永远不可能改变之后，可她发现自己根本做不到。

一来因为家里的父母常年有病，药罐子就是个无底洞，弟弟在上大学，接下来还要讨老婆，处处需要钱。更重要的是，她发现自己已经习惯了这种养尊处优的生活，它表面看起来很美，但其实就是个泥沼，自己已经陷进去了——陷到这里了——她比了比自己的脖子，想爬都爬不出来了。说完她又笑起来，似乎在说一个很大的笑话，笑容里还带着未干的泪光。

她又说到了凌涛和青山，原来他们之间竟有那么多秘密，都是我闻所未闻的。

她先说的青山。她说她当年跟着他从村里出来进县城的时候，是打算给他当老婆的，他们两家大人也是这么打算的，为此青山的父母曾去她家里提过亲。而且就像我们当时看到的那样，他们一开始也确实对外是一对恋人的形象，只是事实不是这样的，他们在一起根本找不到那种男人女人之间的感觉。他们也不信邪，甚至有一次专门喝了点酒，然后去酒店开房，可面对对方的赤身裸体，他们却笑作一团。他们打小就在一条河里游泳，对方的身体对自己来说根本没秘密可言，更起不了那种感觉，就只好作罢，并约定从此以兄弟相称。

对于凌涛，她也仔细想过，甚至假想过以后嫁给他，她发现也是不可能的。虽然凌涛从各方面来说是个不错的结婚对象，但对她来说，凌涛更像是恩人，或者最多是个有亲情的哥哥，但绝对做不了恋人。她告诉了我一件她跟凌涛之间发生的“秘事”。

她说有一段时间，应该是在羽绒服卖场生意最好的时候，凌涛对她产生了“爱意”，她能感觉出来，她也曾努力说服自己，说凌涛是各方面都不错的男人，对自己也不错，就试着去爱他吧。可她发现无论怎么也说服不了自己，实在对他产生不了那种感觉，就只好对他的“爱意”视而不见，并尽量躲着他。可有一天晚上，凌涛突然一身酒气找上门来，一进门便一把抱住她，嘴里说着想她爱她的话然后就开始上下其手。李青江使出浑身力气一把把他推开，告诉他在她心里他只是个哥哥，永远不可能成为别的。凌涛一听这话立刻像个委屈的孩子一样哭起来。

李晶如摇晃着绚丽的红酒杯说:“他哭完了，酒也醒了，我们的故事也就彻底结束了，不过到底是尴尬了好长一段时间，当时你有所觉察吗？”我摇摇头。毕竟那时候我回去得少，真没注意到这个，不过这倒解开了我心里的疑问，就是我有一次回去发现凌涛对李青江的态度出现了明显的变化，看她时眼睛里的蜜意消失了，从那以后我们的话题里也没再出现过她，当时我一直以为是青山的原因，原来竟有这么一出。这个凌涛。我在心里感叹一声。

积攒的话题聊得差不多了，酒也喝了不少，而且也都有了醉意，我决定起身告辞。

天下没有不散的筵席。我找了个冠冕堂皇的理由。李晶如温软的口气里透着几分固执:“我们的筵席还没到散的时候啊，我还有话要问你呢。”我说:“那就问吧。”李青江并未说话，而是举着酒杯朝我示意一下，然后起身走到落地窗前，目光落向下面的流萤灯火。

我跟了过去。她说:“你怎么不问问我的梦想实现了吗？”我愣了一下，没错，我还没想过这个问题，但我转念一想，这个问题还用问吗？未等我开口，李晶如却嫣然一笑说:“我知道你心里的答案，但我要告诉你的是，并非如此！你看下面这些人，当年我们就像他们一样，仰望天空，想成为俯视大地的人，而现在我们就在高处俯视他们，有没有成功的感觉？”我摇摇头。她点点头：“这就是了。正所谓，天下皆知美之为美，斯恶已；皆知善之为善，斯不善已。故有无相生，难易相成，长短相形，高下相倾，音声相和，前后相随。”

她字正腔圆，一字不差，听得我浑身一凛，说：“《道德经》？”她笑道：“不行吗？”我忙说：“不是这个意思。”她叹了口气说：“我就是读书太少了，所以现在空闲时间多，就经常读书，读得多了，很多事情就想明白了。”李晶如脖颈上的水晶项链闪着夺目的光亮，我也瞬间明白了她改名字的真正意图，心里不由生出一种敬服之意，由衷地说：“你变了，比起当年你从乡下到县城所发生的变化来，这次变化更大，更好……”“问你最后一个问题。”李晶如打断我。我点点头。“如果下辈子再见的话，你会娶我吗？”“当然！”我脱口而出。

05

在朝北京南站的候车室走去的时候，我又回过头，看了看这个陌生的城市。

没错，尽管这是我出差常来的城市，而且这次也有几天的逗留，但这里对我来说还是完全陌生的。看来要想熟悉一座城市没那么容易，而想要征服这里更是无稽之谈。对于这里来说，我同那些匆匆忙忙进出站的旅客一样，不过是过客罢了。

记得曾在书里看过一句话，人的一生就是由一段又一段的旅程组成，完成这一段再进入下一段，如此往复。这么说起来，一段旅程当中的人，是不是也只是一名擦肩而过的过客？比如凌涛、李青江还有青山，之于我，他们是不是过客？是，似乎又不是。冥冥之中，我觉得这次京城之旅又好像一次告别之旅，不是告别这座城市（不论是因公还是因私我肯定还会再来），也不是为了告别某人（比如凌涛和李青江，虽然不在同一座城市，但我们一定还会有扯不断的关联），而是告别一段岁月，或者告别一段往事。想到这里，我深深地舒了口气——这几天的经历未免太压抑了，然后随着拥挤的人流走向进站口。

坐在从北京返回的高铁上，我又想到了另一个酒局，它跟前一场酒局一样，也具有非凡意义——而且意义恰好是相对的，这场酒局标志着我们"县城四人组"开始走向分裂。这场酒局是我攒的，换句话说，对于我们"县城四人组"的分崩离析我具有不可推卸的责任——尽管它的结局早已不可扭转。

那是我们的羽绒服广场开业后的第四个年头。经过一番努力奋斗，我考上了我们县城的公务员，成了市政府的一名科员。用凌涛他们的话说，我成了"衙门里的人"，而其中缘由只有我知道。其实我发自内心是非常想在济南混的。当时大学毕业后，我一腔热血一头扎进济南的怀抱，想做出一番成绩来，想要征服济南，可事与愿违。工作不顺利，收入惨淡，再加上接连谈了两个女朋友均以失败告终，在父母的鼓动之下，我咬牙开始了回归县城的"公考之旅”，总起来说还算幸运，在第二年终于“如愿以偿”。

为庆祝我“回乡”，凌涛他们四人特地举办了个欢迎晚宴，李清江显得尤其激动，话说得最多，酒也喝得不少。她举着酒杯对我们“县城四人组”进行了重新解读，用她的话说，虽然我们只有四个人，却涵盖士农工商四个阶层，在县城里足以以一敌百、号令天下了。此时的她已经变成一个性格爽朗、精明能干甚至还散发着女总范儿的城市女人，整场酒局由她掌控，我们对她的每一句发言都欢呼赞成。

我们深知我们能有今天都归功于她。事实上羽绒服大卖场主要由她一个人经营，我跟凌涛继续上班，而我考上公务员后就更加不管不问甚至与之刻意保持距离了。青山本来就兴趣广泛，现在手里有了钱更加如鱼得水，经常混迹于酒吧、舞厅、台球场，呼朋唤友好不痛快。羽绒服卖场在李青江手里越来越红火，她成了我们名副其实的“财神爷”，我们对她更加看重——甚至说敬重，出去吃饭都会把她请为“座上宾”，真真假假地恭维半天。而事实上，在这美好的表面背后，危机正在悄然产生，我们只是没有觉察到，或者是觉察到了却选择性回避罢了。

再说说那段时间我的生活吧。应该感谢命运之神的眷顾，我一直处于低谷的生活开始逐渐好转。工资稳定了，再加上大卖场的分红，足够我在县城有着不错的生活，相亲对象越来越多，大有上赶着的架势，这自然让凌涛和青山羡慕不已，说我是“翻身农奴把歌唱”，是踩了狗屎运”。我知道他们话里多少有些嫉妒，但更多的还是真心替我高兴，毕竟我们的关系在那儿摆着呢。而李青江的表现则有些模棱两可，她有时候会说出两句祝福的话来——在凌涛和青山面前时，但更多时候表现出的则是漠不关心。其实她这种表现我是能够理解的，因为自从我回到县城之后，我们的关系就发生了微妙的变化。而这，只有我俩心知肚明。

那就说说我俩的关系吧。其实——怎么说呢，之前我在济南工作的时候，就对她有了牵挂，我喜欢上了这个女孩儿，只是因为有青山在（后来凌涛又加入进来），我只好把这种喜欢藏在心里。但喜欢这种东西就像小苗，你越想把它压住，它越要千方百计地探出头来，甚至一度影响到了我的生活。比如有一段时间我特别想回去，但一想到回去并不能跟她单独相处，也就只好作罢。我与几任前女朋友相处的时候，会无意间拿对方与她作比较，这也是导致我的几段感情并不顺利的原因之一。而对于这种“喜欢”今后的走向，我其实并不清楚，一直采取避讳的态度。

一开始避讳的是青山，以为他跟李青江青梅竹马，但后来发现并不是这么回事，没想到这时候凌涛又插在了前面。至于凌涛跟李青江是个什么情况、发展到什么程度，我并没有亲眼见过，又不好直接问，只能通过观察揣测知道他已经由对她的暗暗喜欢到了要采取行动的地步，而青山跟李青江关系的“真相大白”无疑又起了助推剂的作用。我也只好让这种“喜欢”偃旗息鼓——尽管这很痛苦。

后来赶上我备考公务员，注意力大大转移，也就不再去关心了。只是让我没想到的是，当我考试通过，回县城工作的时候，凌涛却对我说他跟李青江没什么关系了，他甚至还开玩笑说我“可以上了”，说老天爷是要成全我俩。不过他也特别提醒我：上之前要仔细想想有没有娶人家的打算，人家可是个好姑娘。听了凌涛这句话我也不禁扪心自问：我有娶人家的打算吗？我的答案当时也是否定的。而就在我进退危难之际发生了我跟她那一夜的故事。

那应该是我回县城工作大约半年之后的一天，是个周末，因为之前好久没去卖场了，我决定去看看，当然要说是特意去见李青江也可以。此时正值秋季，羽绒服卖场还没开始安排。按照青山的安排，除了冬季，其他三个季节卖女士时装。这曾遭到李青江的反对，她的意思是女装竞争太激烈，我们的卖场不具备优势，不如干脆把卖场租出去，收取租金就完了。青山死活不同意，说一年一租很麻烦，而且每次都要进行重新装修，费用也不少。我跟凌涛觉得两人的说法都有道理，也就不便过问，青山毕竟是总经理，最终还是依了他的建议。

事实证明，这个建议是错误的。女装样式多，容易过时，不好把握，而我们的卖场面积大，进货量大，占有资金多，几年下来出现了大量压货。这些压货如果低价处理，等于白扔，损失很大，李青江舍不得，只好每年补充一下新样式，维持基本经营。好在还有每年冬季卖场的营业额罩着，总体上还算过得去。而所谓的基本经营，说得再准确一点就是惨淡经营。

我到达卖场的时候，里面完全没有周末商场里该有的热闹景象，偌大的厅里没有一名顾客，几名服务员躲在角落里窃窃私语，总之看上去冷清至极。

我直接去了后面的办公室，李青江正抱着手机玩游戏，看到我进来，她显出几分尴尬说："来视察啊，也不提前下个通知，我们好准备一下。”我笑说：“咋准备？邀请群众演员吗？”她耸耸肩说：“不知道，反正现在这场面，我感觉挺对不住你们的。”我急忙摆摆手说：“千万别有这种想法，不论怎么说这个卖场还是你付出最多，该说感谢的是我们。”

李青江叹了口气，一副欲言又止的样子，又问道：“今天怎么突然大驾光临？”我用开玩笑的口气说：“想你呗。”李青江的脸刷一下红了，她躲闪着我的眼神，气氛更加尴尬了。我急忙没话找话：“要不晚上一起吃个饭吧。”她便慌乱地掏出手机说：“那我给他俩下通知。”我按住她的手说：“别通知了，就我俩。”她迅速地将手抽走，说了声：“那你先坐，我去给你泡茶。”然后就转身出去了。

其实房间里有消毒柜，里面有水杯茶叶，我想她出去应该是稳定一下情绪吧。果不其然，几分钟之后她返回，看起来就平静了许多，气氛也就不那么尴尬了。我们聊了会儿天，云天海地啥都聊，她问起了我在济南工作生活的情况，而且似乎对这个话题很感兴趣。我笑问她是不是感觉县城小了，想去大城市混了。她叹了口气说：“我倒想去，得有这个本事啊。”我便笑说：“还是不要了，我这刚回来你就走了，太说不过去了吧。”她便又显出几分慌乱来，我急忙岔开话题说：时间差不多了，我们走吧。

为了避开凌涛和青山，我们决定找一个僻静的饭馆。可在县城大街上转了一圈也没找到中意的地方，最后李青江提议去她家。

我几乎想都没想就答应了——这显然是我想“更进一步”的意图在作祟。她租的房子不大，但布置得温馨舒适。进屋后，她张罗着给我沏茶，我等不及了，将她一把拉进怀里。她几乎没做任何反抗,就温顺地贴伏在我的臂弯里。我们就这样紧紧地抱着,之前“一起吃个饭”的约定，以及在进门之前才说的为我做个拿手菜之类的话，统统被抛诸脑后。

我甚至开始酝酿“下一步的行动”，可就在这时，我听到了她的哭声，心头不禁掠过一丝痛感，问她怎么了，她抹了把脸上的泪水摇摇头说:“我是高兴得！你知道吗？我这辈子只爱过一个男人，那就是你。我想我以后再也不会爱上任何别的男人了,但我不后悔，哪怕你回头娶了别的女人，我也不后悔。”

她这番话犹如一个响雷,炸得我一个激灵,我一下子清醒过来，身体里的热浪也急剧退去。她感觉到了，想再次把我抱紧，我急忙推开她，语无伦次地说:“不能这样，我不能这样对你。”她显然也清醒了许多，用手指擦去脸上的泪痕，闷闷地说:“我去做饭吧。”我仓皇地说了声“不用了”，就推开房门冲进了夜色之中。

大约半年之后，我订婚了，跟县城实验小学的一位老师，也就是我现在的妻子。凌涛、青山、李青江向我表示祝贺，都包了个大大的红包，李青江还特意给了我一个大大的拥抱。

这半年多来李青江一直表现出什么也没发生过的样子，这让我对她充满了感激，但我又无法把感谢之言说出口，只有在心里默默祝福她。为了表示感谢，我特意攒了个局，地点定在了县城唯一的一家五星级酒店——桃源大酒店。

酒店的的前身是市政府招待所，改制后一路高歌猛进，迅速成长为全市规模最大、装修最豪华的一家五星级酒店。它作为政府招待的功能还在，不过整个大酒店被分成了东西两院，东院取名东花厅，因为里面一个巨大的花园而得名，环境极为雅致，负责公务接待，门朝里开，只有公务人员才能进出；西院里面并无花园，只有一座 26 层的酒店公寓和一个偌大的停车场面，不过它也顺着取名西花厅。市民中便流传着一个说法："西花不见花，东花不见人。"西花厅大门朝向市民大道以及大道另一侧的市民公园，向社会大众开放。

不过，毕竟它五星级的，档次在那儿摆着呢，一顿饭下来也绝对是一个不菲的数目，所以你要想在这里请客的话，还得多想想。

而我选在这里做东，也是想了又想的。一来是想隆重表示一下我的谢意，二来我想跟他们商量一下，从卖场借一部分资金。订婚之后就要准备婚房，父亲不久之前动了个大手术，花费不小，订婚前前后后也花去不少，而我自己没什么积蓄，经济陷入了困顿。青山还给了第三个原因，说我在这里请客才配得上身份。这是戏谑之言，但我还是有种被人看穿心思的尴尬。凌涛便出来打圆场说这样岂不更好，我们以后就吃定西花厅了。

嬉笑间，气氛回归正常，我们便开始喝酒。我做东，便使出浑身解数劝酒，一来是想务必完成我们不醉不归的一贯的目标，另外还想借着酒劲说出借钱的想法。我终于等到机会说出口之后，原本热烈的气氛却一下冷下来，青山和李青江的表现最为反常，几乎是同时拉下了脸。

我跟凌涛面面相觑，不明所以，只听李青江冷冷地说："账上没钱了，亏空还不少，今年的卖场能不能开起来还不知道。""怎么会这样？"我跟凌涛同时惊问。我们的话刚落，只见青山一下跪在地上——我一开始还以为他是喝多了滑到地上去了，朝我们作揖道："兄弟们对不住了，我赌钱输了大头，把卖场搭进去了。"那天晚上青山和李青江怎么回的家我不知道，我只记得我跟凌涛相互扶着肩在冷风里走了很长时间，这感觉很像我们当年肩并肩走在小镇的街头，末了他告诉我他要去北京混了。

从高铁站出来，我去地下停车场取了车，直接奔县城的市场街。这些年县城变化挺大的，面积扩出了一倍之多，繁华地段高楼林立，完全不输大城市的气象。只是市场街作为老城旧物越来越受冷落了，像一位迟暮老人只能独自垂泪夕阳暗数过去的辉煌了。按照市政府规划，市场街很快就会被一处现代化的新小区取代。我已经很久没去那里了，更没想到青山竟然会"深藏其中"。这是李青江告诉我的，他们一直有联系。青山在北京的时候赌瘾又犯了，找李青江借钱，她没借给他钱，而是把他送进了派出所。青山判了半年刑，出来后李青江把那笔没借给他的钱送给他，让他回县城做生意。

青山开的是一家拉面馆。此时正值下午，店里没有顾客，门口的拉面锅飘着淡淡的热气。我一进门，一个头戴厨师帽、身系围裙的男人走出来，是青山，他胖了一圈，脸上油光很重，一副典型的厨师模样。

我叫了他一声，他一愣，也很快认出了我，眼睛里立刻闪出亮光来。他想给我一个拥抱，但看了看油腻腻的双手说：还是免了吧。我喉头哽着东西，直到跟他面对面坐下才说出话来："挺好的嘛，又当老板了。"他哈哈一笑说："可不是嘛，从老板到老板，咱不亏。”我说:“干嘛不去找我？”他说:“这不一直忙吗，还没得闲。不过你在明处,可没逃过我的眼睛,又升了一级,是吧？”我说:“我去京城走了一圈儿，刚回来，凌涛和清江都见了，都挺好的。”

这时候从里间出来个跟青山打扮一样的女人，朝我们笑着。青山指了指说:“我老婆，怀孕了。”我正要起身打招呼，青山朝她摆摆手，女人很听话地折回屋里去了。青山指指头:“家里介绍的，这里有点毛病，不过长得不赖，能干，省心。”我点点头说:“孩子出生告诉我一声，我要包个大红包。”青山点点头:“没问题。”我又问他:“还唱歌吗？”他摇摇头:“不唱了，不过现在老在想歌词。”我不解地问:“啥歌词？”青山立刻晃着脑袋唱开了:“鸿雁,天空上，对对排成行。”他又突然停下来问我:“知道后面有句啥吗？”我一时没反应过来，疑惑地摇摇头。“天空有多么遥远。”青山又唱了一句，然后站起身说:“饿了吧？我去给你做碗面，尝尝哥们的手艺。”

青山摇摆着肥硕的身体朝后厨走去，样子很滑稽，像只企鹅，当然，也很可爱。

二、无　花

01

名叫天宝的少年走进破旧小院的时候，柳天明正蹲在院子里编柳筐。他两只手扶着编了一半的柳筐，细长的手指在一众柳条间穿梭。看到这里，天宝眼前蓦地浮现出一个画面：波光粼粼的水面上，许多鱼儿跃出来，在半空中翻舞。他不由地呆住了。

瞥见天宝，天明停下手里的活儿，抬起头，苍白木然的脸上浮出几丝笑纹："是天宝啊，你爹怎样了？"

天宝感觉那些鱼忽一下钻到水底去了，水面瞬间恢复了平静。"他快要死了。"天宝咬着嘴唇说。

天明脸上的笑纹消失了："难不成真像马先生说的，他熬不到柳条儿开花了？"

天宝低下头，用手指撕扯着衣襟说："昨天夜里，他突然吐了很多东西。我娘说他这是把从生病开始攒在身体里的脏东西都吐出来了，怕是快要死了。她还说当年我爷就是这样，吐完之后就咽气了。”

“我说我今天眼皮老跳呢！”天明抬头看了看天，天阴着，灰色的天幕上缀着一块黑云。他盯着看了一会儿，把手里编了一半的柳筐放下，站起身来说：“走，我去看看你爹……”

“别去。”天宝猛地伸开两个胳膊，看架势是想把天明一把搂住，在他发现天明的身体其实还没动弹之后，把胳膊放了下来，他的声音也跟着放了下来：“我娘不会让你见的，她说……我爹早就跟你断绝师徒关系了……”

“我知道，可我现在管不了那么多了，你爹都要死了，我总不能连他最后一面也见不上吧？我可是他的关门弟子啊！”天明越说越急，一条腿跨出了柳条堆。

“没用的。”天宝一把抱住他，“主要是我爹也是这个意思……他交代我娘……”

“交代啥？”

天宝红着脸，支支吾吾地说：“他说……死也不见你，他还说……”

“还说啥？”

“还说……他死了也不能让你去磕头……”

天明一屁股坐回板凳上，胸膛猛地鼓了起来。天宝一眼不眨地望着天明的嘴巴，希望能从那里听到什么让自己振奋的话，结果只等来了一口长长的气。天明的胸膛瘪了下去，他低下头拾起那个编了一半的柳筐继续鼓捣起来。不过这次他手指穿梭的速度明显慢了下来，天宝眼前什么画面都没出现。天宝忍着心里的失望着急地说:“天明哥你应该采取行动啊!”

“什么行动?”天明瓮声问道。

“营救我姐啊!”

天明的身体抖了一下，手里的活儿也停了下来。他低着头问:“你姐怎么了?”

“她被我娘锁了起来，成天光哭……”

天明冷笑一声:“你爹要死了，她当然要哭了，我能有什么办法?我又不是医生能治你爹的病，再说不有马先生吗，他可是远近闻名的神医啊?”

“天明哥你是故意的吧?你知道我姐姐哭不是因为我爹，是因为你!”天宝气鼓鼓地说。

没想到天明的火气更大，他一把把手里的柳筐摔在地上，瞪着天宝说:“跟我有什么关系?我都知道了，你们家已经收了马家的礼，等你爹死了马家还要当你姐的婆家人给你爹送丧呢!你姐已经是马家的人了，这跟我有什么关系?”

天宝被吓得吞了口口水，结巴着问:“天明哥，你真不管我姐了?”

天明的眼神从天宝脸上落到地上，他摇摇头说:“很多事情你不明白的，快回家去吧，别你爹临死看不上你一眼。”

“我爹早就不认人了。”天宝摇摇头，走到天明跟前，磨磨蹭蹭地蹲下身子来，脸上浮起讨好的笑容，说:“其实我来是想问问你天明哥，柳编厂你还办不办啊?”

“问这个干吗?”天明咕哝着，眼睛并不看天宝。

天宝压低声音:“如果你办厂的话，我给你当技术员。”

天明冷笑一声:“笑话，你会柳编？”

“当然了，不信我给你露一手。”说这话的时候，天宝已经拿起了脚边的两根细柳条，“你说，编啥？”

天明嘴角撇了撇:“随便。”

“那就编个柳筐吧。”说着天宝的手指也变成了鱼，在柳条间舞动起来，眨眼的工夫，一只歪歪斜斜的巴掌大的柳筐就出现在天明眼前。

天明看得眼都直了:“你是怎么学会的?你爹不是不让你学吗？”

“偷着学的啊！”天宝诡秘地一笑，“你觉得怎么样？”

“不怎么样，残次品都算不上。”天明拉下脸来，摇摇头。

天宝却不恼，依旧陪着笑脸说:“我知道啊，毕竟我是偷学的嘛，你要是答应让我做你的技术员，我一定会发奋努力，不会让你失望的。”

天明的脸上出现了柔和的笑容，他拍了拍天宝的头说:“柳编厂八字还没一撇呢……”

“天宝！”墙外头突然传来一声叫，接着金柱娘火急火燎地走进院子，拉起天宝就走:“你爹都要倒头了你还乱跑！”

天宝被金柱娘拖得双脚离地，临出门时他使劲挣着脖子喊了声:“别忘了我跟你说的话啊天明哥。”

02

大门外和院子里都站满了人，看到金柱娘拖着天宝过来，人群自动裂开一条缝，阵势倒像是在夹道欢迎某个凯旋之人。走到人群前头，金柱娘停下脚，把天宝放在地上，一边给他整理凌乱的衣服一边低声叮嘱："哭的时候别把泪滴在你爹身上啊，那他的魂儿就走不了了。"

"我为啥要哭呢？"天宝这样想的时候抬头看了看天，天阴得更厚了，他看到刚才那朵黑云变成了灰末纷纷扬扬地洒下来，不自觉地说了声："下雪了……"

人群像是接到命令一般一起朝天上看了看，在并未发现有雪花飘落之后，有人小声嘀咕："这大春天的咋会下雪？这孩子脑子怕是出问题了吧？"

天宝扭过头问他："你没看到吗？下雪了！是黑雪……"他这话还没说完就被金柱娘拉进了人缝里。

天宝一进门，他娘范春花就扑了过来，呼天抢地地嚎叫着："天宝啊，快看看你爹，他要死了，这回真要死了……"

在被范春花拖着朝屋里走的时候，天宝仔细看了看她，她龇着呀瞪着眼一副极度亢奋的样子，与她之前麻木的样子判若两人。哪一个她才是真的呢？

床上的柳一筐，神态安静，四肢平整——此前他绝大多数时候都是因为疼痛而面目扭曲、身体蜷缩，不知道是睡着了还是已经死了。当然，天宝倾向于后者。

范春花按着天宝的头，舌头痉挛着说："天宝快叫爹！"

天宝感觉这个说法很奇怪，好像柳一筐不是当了他十三年的爹，而是一个陌生人。不过他很快又觉得这个说法并不奇怪，床上的柳一筐的确很陌生，他气定神闲，就像并没有遭受病痛折磨的健康人。恍惚间，他觉得柳一筐缓缓地坐了起来，面带微笑，朝他摆着手说："天宝，快叫爹！"

天宝急忙叫了声"爹"，他看到柳一筐满意地点点头，然后站起身朝屋外走去。天宝急忙要追上去，却被范春花一把拉住，说："天宝你是不是傻了？你爹在床上躺着呢。"

天宝嗫嚅着："他走了。"

范春花把他的头按到床跟前，说："你爹还有口气，快跟你爹说句话，送他上路。"

天宝问："说啥？"

范春花苦着脸说："就说家里都好，你安心走吧！"

天宝小心地重复着范春花的话："家里都好，你安心走吧……"柳一筐的眼皮突然动了一下，天宝一个激灵，上前一把抓住柳一筐的胳膊说："爹你先别走，你答应我姐跟天明哥再走……"

范春花猛地尖叫一声，随即瘫坐在地上嚎哭起来，边哭边骂："天宝你个死犊子！你这是要气死我啊你个死犊子……"

"别嚎了！"一个男中音喝了一声，是老族长。围着的人立马让出一条道，老族长叼着旱烟袋走进来。范春花急忙爬起来，一把把天宝按在地上，指着他说："这个逆子诚心要气死我！"

老族长走上前来拉起天宝，柔声问道："天宝，你咋想的？跟我说说。”

天宝咬紧了嘴唇，拿眼狠狠地瞪着老族长。他不会被他的温柔收买的，因为他很清楚老族长跟范春花一条心，她偷偷给他使过钱。

老族长被天宝瞪得很不自在，把烟嘴儿塞进嘴里嘬了口，一边吐着烟雾一边对范春花说：“跟孩子家置什么气？快起身来，一筐这是都咽气了。”

范春花急忙挤过来，也顾不上管天宝，把鼻子凑到柳一筐脸上像猎狗一样闻来闻去。天宝知道她在闻柳一筐嘴里发出来的腐臭的气息。范春花曾私下里告诉过他，说柳一筐身体里被癌细胞侵蚀的内脏正一点点腐烂，所以他嘴里会呼出一种肉质腐烂的味儿。柳一筐生病以后，家里就一直充斥着这种腐臭，并随着他病情的加重越来越浓烈。天宝一开始很不适应，总是想呕吐，好在后来渐渐适应了。适应之后他意识到了一个问题，那就是书上说得没错，死亡是有气味的，这种腐臭的气味就是死亡的气味。而现在，这种气味明显减弱了，就说明死神的脚步已经离开了。

闻着闻着，范春花愣怔起来，好像她这一闻，魂魄被柳一筐吸走了似的。旋即她身体一下出溜到地上，又嚎哭起来：“我命苦啊，你个杀千刀的柳一筐，把这个烂摊子留给我，我命苦啊……”

“别嚎了！”老族长厉声喝住范春花，“命苦的是他，你嚎啥？”范春花急忙止住哭，抹了把脸问：“接下来咋办？”

老族长没有理会她，转头问外面：“水弄好了么？”

“弄好了。”金柱娘应了声，端着盆清水走进屋。

老族长又朝众人挥挥手："都回避。"

众人退出屋去，只剩下老族长、范春花和天宝，当然还有床上的柳一筐。显然，在老族长和范春花眼里，柳一筐已经变成了一具没有生命的尸体，但眼下天宝并不这么想，他觉得柳一筐还活着，只是陷入了昏迷而已，就像此前那样，或许等一下他又会醒过来。

也就是说虽然柳一筐病了这么久，天宝还没有做好他有一天会彻底从自己的生活里消失的准备。那这么说是不是意味着天宝对柳一筐还心存留恋？

要是在此前，天宝对这个问题是有明确答案的。在这一年多生病的时间里，柳一筐拒绝传授自己柳编手艺、把徒弟柳天明逐出师门、对天明哥和姐姐柳天絮棒打鸳鸯、逼迫柳天絮嫁给马先生的瘸腿儿子等一系列的行为，让天宝对他失望透顶，并从心里开始憎恨他，尤其是当自己怎么也不能把一只最简单的柳筐编板正，或听到姐姐在房里痛苦嚎哭的时候，天宝甚至会恶狠狠地诅咒他快点死去。

而现在柳一筐真要死了（或者说已经死了），他却不由自主地慌了起来，他觉得范春花的忧虑没有错，这个家不能没有柳一筐——哪怕他继续做那些荒唐事。天宝的眼前甚至还出现了从前跟柳一筐在一起的温暖画面，只是画面还没出现多少，就被老族长打断了。他拉着天宝的胳膊说："来，给你爹净身子。"

天宝一把甩开他，本能地朝后缩，嘴里喊着："我不我不……"

老族长有些不耐烦，瞪着眼说："你是他儿子，你不来谁来？别胡闹，快过来！"

这时候，范春花过来推着天宝说：“乖天宝，给你爹净身子，让你爹干干净净上路……”

天宝突然疯魔了一样，使劲挣扎，想要挣脱范春花，嘴里嘶吼着：“我不我不，他还活着，我不我不……”

“住嘴！”老族长喊了一声，脸上已经现了怒气，好在他还没有失去耐心，他伸手抓住天宝，语气温和：“天宝听话，这是你爹，怕啥？你爹最疼你了，给他净净身好上路，回头他还要保佑天宝考上大学呢？”

不知道是被老族长触动了还是吓到了，天宝变得乖顺了，在老族长那双大手的作用下，他再次靠近了柳一筐。柳一筐看上去像一尊陈旧的蜡像，没有一丝生气，天宝不禁嘀咕起来：“难道他真的已经死了？”

这时候老族长把一块蘸了水的毛巾塞到天宝手里，说：“先擦脸。”

天宝拿着毛巾的手缓慢地朝柳一筐的脸靠近，就在即将碰到他的那一瞬间，天宝猛地打了个寒颤，旋即丢掉毛巾，一边使劲朝后退一边喊：“我不擦我不擦……”

老族长彻底失去了耐心，气急败坏地对范春花说：“摁住他，使劲摁住他！”

得到命令的范春花像一头母狮子一样扑上来，狠狠地抱紧了天宝的身体，老族长的手则一把钳住天宝的手，试图把他拖拽到柳一筐跟前，可天宝好似身体突然被灌进了力气，他一边吼一边挣扎，搞得范春花和老族长踉踉跄跄极为狼狈。就在这时候，门口突然传来一声怒喝:“都住手！”

三人同时停下手，扭过头，看到柳天絮正走进来。柳天絮头发凌乱，面色苍白，没有一丝表情，进门之后她谁也不看，径自朝柳一筐床前走过去。柳天絮浑身散发着冷气，惊得三人手忙脚乱地给她让路。

柳天絮走到床前，跪下来，拿起掉在柳一筐脸上的湿毛巾，轻轻地擦了起来……

03

“你不该给他擦身子。”天宝用一种很不友好的口气对着柳天絮说。

柳天絮正坐在桌前看书，天宝知道她看的那本书叫《金阁寺》，是个叫三岛由纪夫的神经有问题的家伙写的，这样说并不是说天宝对这本书或这个作者有多了解——以前他压根儿就不知道世界上有这么本书和这么个人，是趁柳天絮上厕所时偷看了这本书才得到的这些信息，而他这样做的原因只有一个，那就是好奇。

在他看来，他对这个姐姐一点儿都不了解，虽然他们生活在同一个屋檐下。他本想跟柳天絮建立统一战线，共同抵御范春花和活着的柳一筐，可她却极少理会他，对他的提议置若罔闻，且拒绝向他表明自己对范春花柳一筐的态度。天宝曾不止一次地向她表达内心的不满，可她总是一副嗤之以鼻的样子，这就让天宝更加不满，可不满又有什么办法呢？不过柳天絮身上有一点是天宝极为佩服的，那就是喜欢读书。她的学问并不高，中学毕业就被柳一筐逼着辍学了，在他眼里女孩子家能识几个字就行了，书读太多了也是白瞎，不如跟他学个柳编手艺，将来也饿不着肚子。这引起了柳天絮的强烈不满。天宝知道姐姐的成绩一向很好，心里有上大学的打算。为此辍学后的柳天絮跟柳一筐闹了很长时间的情绪，不过最后看到上学已经无望也就不了了之了。

辍学后的柳天絮爱上了看书，这是所有人都没想到的，毕竟周围的人——尤其是女孩子家——看书的很少。柳一筐再次表示反对，并百般阻挠。因为在他眼里看书跟上学差不多，都是在做无用功，远不如编个竹筐去集上卖那么实惠。没想到柳天絮的反应极为强烈，她甚至摆出了“不让她看书就去死”的架势，柳一筐只好由她去了。

天宝一开始也觉得柳天絮爱看书不可思议，不过后来，不可思议转变成了佩服，因为柳天絮对读书几乎已经到了痴迷的程度，这让学习成绩不错的天宝感到自愧不如。柳天絮的阅读量很惊人，家里的书（本来就没几本）读完了她就满村子里借;村里的读完了，她就拜托同学帮忙借；镇上有个书店往外租书，她就让天明哥三天两头去那里帮她租。后来，天明哥都犯了愁，说镇上书店的书都让她看遍了，没得租了。她竟然又让天明哥去县城里租，好在天明哥愿意为她做任何事，还不嫌麻烦，也肯为她花钱，遇到只卖不租的书他就给她买下来，一来二去也花了不少钱。天明哥并不宽裕，她过意不去就放慢了阅读的速度。不过那都是很早之前的事了，自从柳一筐答应了马先生的求亲之后，她就再也没让天明哥给她租过书。但天宝发现她手里还是不时会有新书，他怀疑这是天明哥偷偷帮她租的。

除了佩服柳天絮爱读书，天宝还佩服她读的书与众不同。按说这个年龄读的都是些言情啦，心灵鸡汤啦，或者明星八卦类的书（柳天絮那些同村小姐妹就读这些），可她却从来不读那些，而是读一些很深奥的甚至有些另类的书（至少天宝大部分都看不懂），而且还国外的居多。这让天宝觉得她也像那些书一样逐渐变得深奥并且另类起来，再加上她整天冷冰冰的对人没好气，天宝就愈发觉得她浑身散发着神秘的光芒。他相信天明哥也是因为这个原因才对她爱得死去活来。

每当想到柳天絮跟天明哥的爱情，天宝总会长叹一口气。天明哥是个苦命的孩子，很小的时候他爹就意外身亡了，他娘丢下他不知所踪，他是吃百家饭长大的。后来他拜柳一笸为师，成了自己家的一员，久而久之家里人都跟他产生了很深的感情，柳天絮还跟他谈起了恋爱——当然是偷偷地，柳一笸怎么会同意？柳一笸当年办柳编厂赔了个底朝天，他可是指望着柳天絮能嫁个有钱人好改变一下自己的窘境呢。所以当发现天明哥跟柳天絮谈恋爱之后柳一笸就彻底翻了脸，把天明哥逐出家门，并很快与镇上开诊所的马先生（柳泉村一带把“医生”称为“先生”）攀上关系，把柳天絮许给了他的瘸腿儿子。

“美好的爱情通常会以悲剧收尾。”这句话也是天宝从柳天絮的某一本书里读到的，他之所以印象深刻，是因为这句话简直就是天明哥跟柳天絮爱情的真实写照。虽然年少的天宝还说不清楚“爱情”是怎么回事，但他从心里认定天明哥跟柳天絮那就是爱情。他们在一起时是那样快活——整天板着脸的柳天絮在天明哥跟前总是笑嘻嘻的；听到柳一筐反对两个人在一起的话后他们是那样痛苦；得知柳一筐已经收下了马先生的聘礼后，他们竟然商量着一起去后山跳崖……你说这不是爱情是啥？每当想到这些，天宝的心里就会涌现出一种凌厉的痛感，让他几乎要落下眼泪来。

天宝知道，制造这场悲剧的元凶是柳一筐，也知道柳天絮对柳一筐充满了怨恨。很久以来她都没跟他说过话，也从未到他病床前去过，就是最好的证明，所以柳天絮为柳一筐净身完全出乎天宝的意料，他从心里也并不赞成她的做法。

“他是我们的爹，他死了。”柳天絮没有回头，对天宝说出了很长时间以来字数最多的一句话。

天宝并不领情，继续用一种咄咄逼人的口气说：“可是他把你跟天明哥害成了这样。”

“这是命！”柳天絮脱口而出。

天宝愣了一下，说：“你是命不好，可是你就认命了吗？我看你是书看太多都看傻了！”

柳天絮扭过头，眼睛直直地盯着天宝：“那又怎样？”

“你可以反抗啊，机会来了！”天宝眼里闪起亮光。

“怎么反抗？”柳天絮脸上僵硬的肌肉小幅度地抽动了一下。

“跟天明哥私奔，永远别回来了！”

柳天絮的眼睛突然亮了一下，但亮光旋即被耷拉下来的眼皮遮住了。“说得这么难听。”柳天絮嘟囔一声，转过身去，不再理会天宝了。

今晚上柳一筐去火化，是个好机会。天宝转身出了门。

外屋里乱糟糟的。柳一筐的尸身摆在屋子中间，头朝外脚朝里，脸上蒙着一张草纸，门口有风进来，刮得草纸一动一动的，像是柳一筐在喘气。那是不可能的了！在草纸盖在柳一筐脸上之前，老族长拿着胭脂给他画脸，这个过程天宝看得很仔细，他发现柳一筐因为病痛而皱缩起来的面部肌肉全都舒展开了，表情平静得跟睡着了没什么两样，这足以说明他已经彻底死了。天宝觉得这副表情才应该是真正的柳一筐，所以他把它深深地印在脑海里，以作为日后回忆柳一筐的素材。柳一筐的头前点了一盏油灯，旁边放着一个火盆，不时有人把点燃的草纸丢在里面，到处是稀稀拉拉的哭声。范春花瘫坐在地上，虽然身边围着人，但她全然不理会，哭一会儿，停一会儿。

天宝站了一会儿，发现并没有人理会自己，感觉有些无聊，就转身回了自己屋里，躺在床上。他原本打算回忆一下那些有柳一筐在的时光，可他实在太累了，很快就睡过去了。

迷迷糊糊中天宝被一阵吵闹惊醒，他听到了熟悉的天明哥的声音，就急忙跑出屋去。

外屋里，范春花正坐在地上朝着门口破口大骂。院子里天明哥被两个人拉扯着，一边辩驳着一边大哭，鼻涕眼泪弄了一脸。柳一筐头前的油灯打翻了，油洒了一地，金柱娘正手忙脚乱地添油点灯，老族长则一脸愁容地蹲在门口抽烟。看到天宝，老族长把烟袋在地上磕了磕，朝他招招手说：“天宝你来。”

天宝走过去。老族长摸着他的头说：“你是家里唯一的男丁，那你说这事咋办？让不让你天明哥给你爹磕头？”

其实天宝对这个问题并不感兴趣，或者说他认为这是个无所谓的问题，根本不值得闹得天翻地覆，可现在听老族长这么一说，天宝一下来了精神，腰也直了起来。“对嘛，现在我是家里唯一的男丁，我得行使我的权利啊。”天宝想着，走到天明哥跟前，爽快地招招手说：“天明哥，你是我爹的徒弟，当然要给他磕头了。”

一听这话柳天明立刻破涕为笑，挣开旁边的人，抹了把脸说：“谢谢天宝。”然后跑进屋里,扑通跪在柳一筐灵前趴下身子就磕头。他的动作太快了，范春花根本没反应过来，这时候柳天絮突然从屋里冲出来，推着柳天明就往外去。柳天明完全没料到会这样，等他反应过来已经被推到了院子里。柳天絮回头啪地关上门，只剩下一院人面面相觑。

柳天明想上前去敲门，被天宝拉着出了院子。

两人走到一个没人的地方，天宝说：“对不起，我实在帮不了你了。”

柳天明一脸愁容，摇摇头说：“谁都帮不了我，这就是命，是我的命不好。”

“你这话怎么跟我姐说的一模一样啊，这叫啥来着？”天宝抬头看着天想了想，说：“心有灵犀。”

柳天明苦笑一声：“你就别笑我了，看你姐对我那态度，还说什么心有灵犀？”

天宝说：“我跟我姐说好了，今天晚上，你们私奔。”

“你胡说啥？你再说一遍！”柳天明瞪大了眼睛。

天宝没有理会他的话。此时天已经彻底转晴了，天边的黑云变成了一朵镶着金边的白云，天宝盯着它说：“天晴了，柳条儿要开花了。”

04

听着范春花和马先生等人的议论声，天宝几乎要笑出声来。他看了看墙上的钟表，载着柳一筐尸身的殡车已经走了一个钟头了，天明哥和柳天絮也应该到镇上了。为了安全起见，他们在镇上不做停留，直接搭乘黑出租去县里，当然在县里他们也不停留，会乘坐去省城的夜班车连夜赶往省城。到了省城后他们就会像两滴水落进大海里，消失得无影无踪，任凭那马先生本事再大也不可能找到他们了。

从马先生急切的口气里就能听出来，他恨不得明天就把柳天絮娶过门，而他那个瘸腿儿子始终一言不发，一副事不关己的样子，让天宝忍不住怀疑他是不是除了腿瘸，脑子也出了问题。按照马先生的要求，柳一筐葬礼那天，柳天絮要跟他的瘸腿儿子一起披麻戴孝，跪在柳一筐坟前给他磕头。这样的规矩天宝从没听说过，好像范春花也是头一次听说，不过她已经完全昏了头，对马先生听之任之。马先生解释说，这样做，一是昭告众人柳天絮已经成了他的儿媳妇，二是能够破了“父母去世三年不能婚嫁”的忌讳，等柳一筐的百日祭一过，他们家就能敲锣打鼓地迎娶柳天絮。被窝里的天宝听着马先生的高谈阔论，眼前不由地浮现出下葬那天会出现的混乱场面，心里禁不住生出几分快感。而这快感就像催眠剂，让疲惫的天宝很快进入了梦乡。

范春花慌慌张张地把天宝叫醒的时候，天已经大亮了。

“天宝，你姐呢？”范春花瞪着双眼，嘴里呼呼地吐着气。

天宝翻了下身，换了个很舒服的姿势。他觉得这一夜睡得极为舒服，没做梦，也没想过柳一筐死的事，就像过去某一个寻常之夜。

范春花却没有让他继续舒服下去的打算，她一把把他拽起来，厉声问道：“小崽子快说，那个小死妮子去哪儿了？是不是跟那个该死的小叛徒私奔了？”

天宝使劲儿甩开范春花的胳膊，没好气地说：“天明哥不是叛徒，是你们把他赶走的。”

“看来我没说错，这该死的！”范春花咬牙切齿地说完就转身往外走。

天宝喊道：“别费劲儿了，他们早都到省城了，你们找不到他们的。”

一听这话，范春花一屁股坐在地上嚎哭起来。金柱娘等人听到动静从外面跑进来，弄清情况后也只能各自叹气。

说实话，天宝一开始并没有被范春花的哭声打动，心里还始终保持着那种舒服的快感，直到从老族长嘴里听到“丢人”两个字。

老族长用烟袋杆敲着桌子，颤抖着胡子说：“太丢人了！我们祖上就没出过这种事，亲爹死了不送葬，倒跟着人私奔了，丢人啊！”

老族长的话让天宝吃了一惊，也很快冷静下来——自然那种舒服的快感也消失了。说实话，对于天明哥和柳天絮私奔的后果，天宝用自己有限的智慧想了很多，比如马家人不依不饶大闹柳一筐的葬礼，逼迫范春花归还彩礼钱，甚至以不守信用的罪名将范春花投进大牢等等，但唯独没想过“丢人”一说。他的目光不自觉地瞥向了桌子中央的柳一筐的骨灰盒。这是他第一次认真地端详已经变成以另外一种形式存在的柳一筐。当然具体是一种什么形式——骨灰还是其他——他不得而知，他能看到的只有精美的骨灰盒和它前边柳一筐的照片。

照片是当年——至少十年前吧——柳一筐作为柳编能手去县里做报告的时候照的。照片里的柳一筐胸戴大红花，穿着讲究，容光焕发，像个成功人士，他那个柳编厂就是在那个时期创办的。当时天宝才两三岁，对柳一筐那段辉煌历史完全没有记忆，不过长大后每当看到这张照片，天宝心里都会生出几分自豪来。

这份自豪是因柳一筐而起，但却与眼前这个柳一筐没半点关系。从有记忆开始，天宝眼里的柳一筐就衣着邋遢，塌背弓腰，目光暗淡，跟村里那些没有生气的中年男人没什么两样。每每看着照片，天宝都会幻想照片上的柳一筐能够走下来，走进他的生活，他觉得那个柳一筐才是他想要的柳一筐。而残酷的现实是，照片只与过去有关，永远成不了现在。现在的柳一筐只会一天比一天衰败，同他那个烂尾的柳编加工厂一样，最终只会变成废墟被时间风化而已。虽然不能认定完全是时间风化的作用，但眼下的柳一筐的确成了灰，委身于一个小方盒子里。

要在以前，说柳天絮跟天明哥私奔的行为丢人了，天宝一定不认同，他会为他们据理力争，甚至会抨击柳一筐的所作所为；但现在不同了，死去的柳一筐已经变成了照片里的柳一筐，柳天絮跟天明哥的行为显然已经忤逆了这个让天宝骄傲的形象，这让天宝的锐气大减，为柳天絮和天明哥辩解的话一个字也说不出口了。

在老族长锐利的目光里，天宝默默地垂下了头。

天宝的表现引起了老族长的警觉，他厉声问："天宝你说，你是不是跟他们串通好了？"

天宝打了个冷战，本能地辩解道："我姐不想嫁给那个瘸子，她和天明哥真心……"

"那你就将功补过，告诉大人去哪儿找他们吧！"老族长显然对天宝的辩解毫无兴趣。

"不可能了。"天宝摇摇头，"他们去了省城，就像一滴水落进大海里，怎么能找到呢？"

老族长一下不知该说什么了。范春花一看这阵势就又咧开嘴嚎叫起来。

天宝想了想说："不过我有个办法让天明哥回来。"

"什么办法？"老族长抬起眉头。范春花止住了嚎叫。

"让天明哥回来办柳编厂。"天宝两眼放光，心狂跳不止。

"唉！"老族长长叹了口气，摇摇头说："哪有那么易？"

天宝眼里的光消失了，心跳也慢下来："那我就没办法了。"

范春花不耐烦地摆摆手："族长你可别听这小崽子瞎叨叨，那小子哪有本事办厂，一辈子就是穷酸一个！您老快想想办法啊，明天这一开丧，马家就要找上门来了。”

“我能想啥办法？都这烂摊子了还能有啥法子救？”老族长又拿烟袋杆子把地面戳得啪啪响。

05

老族长的确没什么好办法了——谁都没有好办法了，好在大伙儿都没有放弃——或者说为了不至于让家族颜面扫地成为十里八乡的笑柄，众人还是群策群力，最终想出了一个不是办法的办法，那就是——保密！说白了，就是不让外人，尤其是马家人，知道柳天絮跟柳天明私奔的事，就说柳天絮正等着给她爹柳一筐送葬呢。

俗话说：“撒一个谎就需要许多个谎来圆。”现在大伙儿就遇到了同样的问题，而且这个问题严重且棘手。因为柳天絮不是个物件儿，随便就能找个类似的来顶替，她是个人，而且还是葬礼的核心人物，是马家的目标人物。要想把马家糊弄过去，最低要求也得是她“在场”，可是“她变成了一滴水落进了大海里”已成了不争的事实，如何让她“在场”呢？

好在人多力量大，经过大伙儿不舍昼夜地冥思苦想，最终揉搓出一条“妙计”。用老族长的话说，这条妙计就叫“狸猫换太子”。也就是说，找个跟柳天絮年龄外形等各方面相像的女孩儿，让她穿上柳天絮的衣服，装扮成柳天絮的样子冒充柳天絮。不过马先生是谁啊，他可是远近闻名的“名医”，眼睛毒得很，人身体脏腑里的病症他都看得透透的，还能辨不出真假柳天絮？所以这个假柳天絮不能到马先生跟前去，她要“装病”，有了病，她就有理由不去给柳一筐送丧了，就可以把自己反锁在屋里，盖上被子，只露半个脸——甚至她还可以面朝里半个脸也不用露。任马先生再好的眼力，也不可能仅靠个后脑勺就能把假柳天絮看穿吧？

主意已定，众人无不兴奋。等假扮柳天絮的女孩儿穿上真柳天絮的衣服站在面前时，要不是碍于骨灰盒中的柳一筐，众人差点儿就要欢呼起来了。于是当晚都回家睡了个安稳觉。

不过天宝睡得并不安稳，而且破天荒的，他失眠了。后半夜的时候，天宝突然醒过来，望着四周静谧的黑暗，他突然有种被抛弃的感觉。柳天絮走了，柳一筐变成了一只静默的小方盒，范春花瑟缩在她的房间里，间或发出呻吟似的哭泣之声。天宝觉得自己正躺在一只在无边际的大海上飘摇的小船里，随时会葬身于风浪之中。他心里越来越悲伤，再加上范春花哭声的感染，他终于忍不住了，缩进被窝里默默地哭起来。

院子里一有动静，天宝就起来了。他发现一夜之间众人身上似乎发生了一个共同的变化，那就是更加沉默了。大家各司其职，忙忙碌碌，但几乎都不发一言，甚至连交流都省略成了一个眼神或者手势。新请来的响器班子好像也受到这诡异气氛的影响而舍弃了试音的环节，默默地收拾着家伙什儿。

天宝明白众人之所以如此表现都与那个“谎言”有关。他们的表现不论是自觉还是不自觉，都在为“谎言”不被戳穿、“妙计”得以顺利实施而努力。其实天宝心里并不觉得这种努力有什么价值，在他看来越是这样，谎言反而越容易被戳穿。如此诡异的气氛，他一个小孩子都感觉出来了，更何况是鬼精的成年人马先生？看来成年人的世界并非多么复杂或高明，他们不过是比较喜欢编织谎言和自欺欺人罢了。所以这场欺瞒能不能一直继续下去，或者最终能造成什么后果，天宝也就懒得去想了。

随着一声冲天的唢呐声响起，葬礼开始了。各路亲属纷至，天宝在葬礼司仪的指挥下，依次去迎接，为男客磕头行礼，女客则被迎进屋内，与范春花一番抱头哭诉。范春花显得更加麻木了，除了偶尔干嚎两声，大部分时间都是神情木然地盯着一个地方。亲属们纷纷劝慰她，并把她的木然解读为“泪都哭干了”，但天宝觉得还有一个原因，那就是她一直为“谎言”揪着心，导致她连痛哭的心情都没有了。也有人发现了问题，向范春花打听柳天絮的去向。范春花用尽量少的语言说出了准备好的答案，并表现出不想继续讨论这个话题的意图，问者也就不了了之了。总之，在众人的共同努力下，事情朝着既定的方向缓慢地发展着，直到马先生的出现。

马先生不是一个人来的，身后跟着他的瘸腿儿子和一众家眷。比起其他亲属来，他们更像是一支全副武装的队伍。纸糊的花园、洋房、汽车、家电应有尽有，他们或被举着提着，或被抬着扛着，场面好不壮观。而更出众的还要数马先生的瘸腿儿子，他竟然穿上了新郎官的衣服，胸前佩戴的一朵大白花方能显示出他是来参加葬礼而非婚礼。他手里捧着一套红色的新娘装，上面也缀着一朵白花，显然是为柳天絮准备的。观者无不为新郎官的装束称奇，不过老族长和范春花倒显淡定，这是马先生提前定好的，他说这样装扮可以冲喜，不影响日后的婚娶。当然范春花他们现在也顾不上这个了，别说那瘸腿儿子配白花了，就是配朵大红花他们也会听之任之的。

来到灵堂，队列排布完毕，马先生并不急着行礼作揖，而是打人群里寻找起柳天絮来。

“我新儿媳妇呢？”他问葬礼司仪。司仪摇头表示不止。

马先生便朝屋里呼喊：“新儿媳准备好了吗？快出来一起行礼！”

连喊两声，范春花实在坐不住了，从屋里出来先朝马先生行了个礼说：“真是不好意思，天絮病了，床都没起来。”

马先生吃了一惊，说：“咋回事呢？那我得瞧瞧。”

范春花都没来得及阻止一下，马先生就已抢步进了屋里，直奔柳天絮的房间。推了推，门里反锁了，叫了声，没有回应。范春花急忙上前来解释：“这几天太累了，再加上心里不好受，就病了，还发烧，脑子都不大清楚。还是先别叫她了，反正天絮是你马家的儿媳妇了，今天的礼节就省了吧。”

范春花表现得很镇定，或许她觉得自己的解释也足够天衣无缝了，可是她忘了一个关键的问题，马先生是谁？他可是能够看穿人的五脏六腑的“名医”啊！一听范春花的话他反倒更加兴奋了，急切地拍着们说：“天絮快开门，我进去给你瞧瞧。这礼节不重要，要是误了病就麻烦了。”

一听这话范春花完全乱了阵脚，而且马先生越拍越用力，她觉得他的每一掌都拍在了自己的脸上，脸色变得越来越难看。屋里所有的人都蒙圈了，包括闻声而入的老族长。老族长一脸愁容长吁短叹，看来也是无计可施了。天宝也有些慌，但还不至于乱，见此情景他跑到马先生身后说：“你别拍了，她不会开门的。”

“为啥啊？”马先生疑惑地盯着天宝。

天宝实在掩饰不住对马先生的厌恶之情，就没好气地说：“她的脾气你还不了解？最好还是等发完丧再说吧。”

这真是个不错的回答！众人的眼里都闪过一丝光亮，不过这光亮比那划过天际的流星的寿命还要短暂，因为就在下一秒，马先生抬脚踹开了门。

06

天塌地陷是一个什么情形？这次天宝算是见识到了。当然，天宝所谓的“天塌地陷”是他心理上的一种感受，他眼前的房屋没有倒塌，柳一筐的骨灰盒还安静地卧在桌子中央，屋里的人，除了范春花和马先生，亦如之前那般沉默，屋外依旧人声嘈杂、唢呐声此起彼伏。总之，眼前一切仍是之前的样子，而天宝在心里却感觉这个世界正在坍塌陷落，尘土飞扬，遮天蔽日。这种感觉三要是马先生的高声叫喊和范春花撕心裂肺的嚎哭带给他的。

此刻，两人一站一蹲于屋子中间——柳一筐骨灰盒前，马先生掐着手指头历数他这几年在柳家的花费，大到给柳天絮的彩礼、给她家修房子、给柳一筐治病，小到给柳天絮买衣服、过节买礼物、给柳一筐提供的输液器（当时说好的免费）等等，他甚至还从口袋里掏出一个小记事本，很仔细地将遗漏了的补充了出来；范春花这边，每当马先生说出一笔钱的时候她都会稍微停顿一下，随之哭声冲天而起，总得来看她哭得此起彼伏，跟马先生的抑扬顿挫配合地恰到好处。

数完之后，马先生做了总计，当那个数字从他嘴里说出来时，范春花嚎叫一声晕了过去。那个数字也让天宝清楚地意识到：世界末日真的来了。不过，他没有像范春花那样晕过去，因为他觉得完全没有必要那么做。于是在众人手忙脚乱地把范春花扶起来，又是拍打，又是呼叫，又是掐人中时，天宝稳稳地走到马先生跟前说："你是医生，你得先救人。"

马先生不紧不慢地把笔记本收到口袋里，白了他一眼说："那得分个时候。"

天宝被激怒了，不过他不是很习惯发怒，所以并没有把怒气很好地表现出来，至多表现出了几分嫌恶而已："你看你这副德行，我姐能嫁进你家才怪！"

"别跟我废话。"马先生同样嫌恶地瞪着天宝，"你爹死了，这钱得你来还。"

天宝说："你就是把我家拆了也还不上你的钱。这样吧，我给你打个欠条，等我赚了钱还给你。"

"那得猴年马月啊！"马先生气得跺了下脚。

天宝耸耸肩说："那就只能欠着了。"

这时候，一旁的老族长闷声说："天宝说的也是个法子。"

马先生想了想，叹了口气："算我倒霉！"就又把那个笔记本掏出来，撕下一张空白页，递到天宝手里说："我说你写。"

写完之后，天宝没有立刻把欠条交给马先生，而是问他："知道我为什么这么痛快地给你写吗？"

马先生愣住了。

天宝笑了笑说："从此我姐永远不用去你家了，我们赚了。"

马先生的脸立刻变得一阵青一阵红。天宝举起手里的欠条说："给你。"

就在这时候，门口突然冲进来一个人，一把夺下天宝手里的欠条。

天宝定睛一看不由得叫了一声："姐？你没有去省城吗？"

柳天絮把手里的纸条撕碎，甩到地上，拍了拍天宝的头："你别整天瞎琢磨，以后要专心学习。"然后又对马先生说："给我换衣服。"

07

柳编厂这场火，烧得可真够蹊跷的——村里人都这么说。首先是着火的时间，是柳一笸下葬的当天夜里，都说这是天意，是柳一笸想要把柳编厂一起带走。再就是起火的原因，柳编厂离柳一笸的坟地不远，有人说是给柳一笸烧纸时火星被风刮到柳编厂里起的火。当然，也有人认为这场火是人为的。至于纵火者是谁，不知道是不知道还是不想说，反正这名字没出现过。

天宝夜里睡得很死，没听到着火的声音。早晨醒来闻见空气里弥漫着焦糊味，天宝问范春花是怎么回事，范春花叹着气说了句："这下都死心了。"一听这话，天宝一咕噜爬起来，撒腿朝柳编厂跑去。

柳编厂变成了一堆黑乎乎的废墟。夜里下过一场小雨，火已经完全灭掉了，只有个别地方还冒着缕缕青烟，像是死去的人升天的魂魄。天宝顺着一缕青烟朝上看去，看到了湛蓝的天空和太阳升起时的金色霞光。此外，他还看到了远处河堤上大片的垂柳。柳树的枝条已经垂到了地面，姿态曼妙地随着微风轻轻舞动，抚摸着洒满金光的土地。

天宝的心里突然萌发出一种冲动，他朝河堤上跑去。等他跳上河堤，正准备对一束柳条下手的时候，却看到一个人朝他走过来。

是天明哥！

天宝叫了声，然后雀跃着朝他迎上去。等走近了，看到天明背后的背包时，天宝的眼神立刻暗淡下来。

“天明哥，你要走了吗？”天宝难过得低下头。

天明点点头说：“是啊，天明哥太穷了，得去打工养活自己啊。”

“你还回来吗？”

“那是以后的事。”

“你还爱我姐吗？”

“这世上的事啊，真的很难说清楚，就像这柳条儿，谁会想到到现在还没开花呢。”

天宝皱着眉头，搔了搔脑门：“你还恨我爹吧？”

“不恨啊，我想通了，你爹之所以那样做，应该有他的打算。”

“他能有啥打算？”

“或许……他没把我当他徒弟看吧。”

“那当啥？”

“你是他啥？”

“他儿子啊。”

“这就对了嘛。”

“可你说过要重建柳编厂的啊？”

“现在肯定不行啊，村里都没人了。不过你放心，有这双手在，手艺就在，别的都不是事儿。”说这话的时候，柳天明把自己的手举了起来。

天宝抬起头，看到柳天明的手上闪着金光，忍不住说：“天明哥你的手真好看，手指像一条条鱼！”

天明哥用好看的手拍了拍天宝的头，转身走了。

随着柳天明的背影渐渐模糊，天宝突然看见飞舞的柳条儿开出了金色的小花，洁白的飞絮自花间飞出，霎时布满了天空。

三、无　风

01

挂掉手机，柳茂盛回头瞥见了老伴赵春香的两个大白眼珠子。她那白眼珠翻扯幅度之大，让他不禁担心她会不会背过气去。赵春香当然没有背过气去，不仅如此，她还将手里的那件给她孙女妮妮织了三分之二的毛衣一把摔在桌子上，狠狠地咒骂道："你脑子进水了吧跟儿子这样说？你该送疯人院了吧让儿子？赵春香的声音又急又大，再加上距离近，震得柳茂盛的耳膜呼呼作响，怒气一下冲上了脑门子，他立马伸着脖子朝赵春香吼了起来："闭上你的骚臭嘴！"赵春香怒气冲冲地瞪着柳茂盛，但她很快意识到这时候跟他硬下去绝不明智，就避开眼神，站起身丢下一句"懒得管你"就出门了。有这么几秒钟，柳茂盛的眼神被赵春香的后脊背粘了去，等她被门口的那片光亮吞没，他才回过神来，嘴巴对着手机屏幕问道："我刚才说啥来？"

手机屏幕漆黑一团，像村头那个盛满了脏水的池塘。柳茂盛看着窝火，本想狠狠地骂一句，可话到了嘴边却变成了一声长长的叹息——唉！随着这一声叹息，心里那股火苗就如缺氧了般渐渐灭了。于是他把手机塞进裤兜里，转身朝门外走去。

“上哪儿去？”赵春香迎面问他。

“去棚里看看。”柳茂盛瓮声丢下一句。

“去看那干啥？看了糟心。”赵春香咕哝了一句，不过声音很小，说归说，她怕柳茂盛听到，听了他会更糟心。不过柳茂盛到底听没听到，就只有他自己知道了。这时候他已经走上了村西那条通往他的花卉大棚的土路。他半低着头，嘴里叼着半个烟卷，不时有烟雾冒出来，将他的脸裹起来，使他的脸色看起来更加阴郁了。显然这阴郁只属于他自己——此刻这空茫的土地上除了他连只鸟或者虫子都没有，就连西边天上那只太阳也只剩下半个脸了。

他停下脚，身体正对着那半个太阳，把烟卷从嘴里拔出来，苦笑了一声说：“老爷爷啊，咱俩差不多，日薄西山了哦。”说完就猛烈地咳嗽起来。咳嗽完了，他正想抬脚走，却听到身后传来一声汽车喇叭声，就急忙把身子往路边靠，可汽车快到跟前时却停住了。他先眯着眼看了看车号，又看了看车子，都不认识——其实汽车里头他也就认识他儿子柳天阳那辆小尼桑。车很大很新，就是他这个不懂行的也一眼就看出这车要比儿子那辆小尼桑贵，上档次。打量完车子，他就往驾驶室里看，这时候一张白生生的、戴着墨镜的脸从车窗里伸了出来：“茂盛叔，您老这是去哪儿啊？”

没认出来但听出来了，是柳茂祥的儿子柳天顺，柳茂盛立刻兴味索然，但出于礼貌他还是抖出一个笑脸儿说：“是天顺啊，我去棚里看看。”

“还去看啥啊，这不要拆了么？”这话顺嘴说出后，柳天顺立刻意识到不妥，急忙摘下墨镜陪着笑脸说：“我就顺口一说没别的意思啊茂盛叔……”

“新车？”柳茂盛打断柳天顺的话，岔开话题。他不想跟他一般见识——要跟他一般见识的话还不早被气死了？不过话说出口后他又后悔了，这话岔错了，岔到另一条让他窝心的道上去了。果不其然，柳天顺脸上现出得意之色说：“没错，刚提的，小一百万呢，心疼死我了。”

柳茂盛感觉心脏被什么重物狠狠地撞了一下，他极力保持着镇定的模样说：“心疼啥，你小子不有的是钱么？不像我们家天阳，挣个死工资，开个十几万的车。”

柳天顺听出了柳茂盛话里的酸味，急忙说：“茂盛叔，话也不能这么说，天阳是啥？公务员，就得低调，再说了，人家旱涝保收，不用像我这样满世界求爷爷告奶奶地找钱，钱是挣着了，可尊严没了，到头来一合计，都差不多。”

柳茂盛心里冷笑一声：“哼！差不多？差老了去了？”不过他并没有表现出来，只是微微地点了下头说了句“这话倒对”，然后又问：“这时候回来，是为投票的事吧？”

柳天顺叹了口气说：“可不是嘛，我爸火急火燎地非让我回来，您说多大点事儿吧？这来回好几天可耽误我死了。”

这次柳茂盛不再掩饰了，哼了一声说：“在你们这些年轻人眼里就钱是大事，家都不要了。”

一听这话，柳天顺急忙赔起笑脸说：“茂盛叔我可不是这个意思，就算走到天边我也忘不了这柳泉村是我的家啊，唉，茂盛叔您别走啊，我载你一程吧……”

“载啥载？我又不是没脚！”柳茂盛冷冷地抛回一句。

02

柳天阳一直提着的心放下没多久就出事儿了——妮妮被虫咬了。被什么样的虫子咬的，柳天阳和他老婆景丽敏都没看到，当时他正站在村东头的池塘边上同景丽敏回忆往事，他讲得声情并茂，还配以恰到好处的表情、手势，景丽敏的感情和注意力完全被他俘获了，两人一起沉醉其中，仿佛变成了当年那两个在湖边玩耍的小男孩和小女孩，直到听到妮妮的一声哭喊才回过神来。景丽敏手忙脚乱地把妮妮抱进怀里，挪开妮妮那只覆盖在另一只胳膊上的手掌，随后尖叫了一声。柳天阳也看到了妮妮手臂上肿得巨大的红包，感觉心里被刀子剜了一下。

“我看看。”柳天阳朝妮妮伸出手臂，却被景丽敏一把推开：“你看有啥用？”说完景丽敏抱着妮妮转身朝岸上走去。望着景丽敏和妮妮的背影，柳天阳心里更加烦乱了。

这次父亲柳茂盛在电话里的口气非常强硬，不仅没有商量的余地，甚至还有些威胁的味道：“你们这次要是不回来就永远别回来了！”其实这次即便柳茂盛不这样说，柳天阳也做好了回家的打算，而且不仅自己回，景丽敏和妮妮也要回。为什么？就是因为这次的事情不寻常，用柳茂盛的话说，这次是“动祖坟”的大事，但柳天阳隐隐觉得这事可能比“动祖坟”还要严重几分。所以他在电话里虽然没给柳茂盛答复，但心里却是暗暗下定了决心，这次不论难度有多大，也要把景丽敏这块“硬骨头”啃下来。

说实在的，这几年，景丽敏不愿意回家已经成了柳天阳的一块心病。

其实一开始——就是刚结婚那两年吧，景丽敏是很愿意跟柳天阳回老家的，究其原因，一是对农村生活的新奇感（景丽敏在城里长大），二是她跟公婆之间一度居高不下的好感度。那时候每逢柳天阳提出要回家，景丽敏都会很爽快地答应，那热情劲儿比柳天阳还要盛几分。而且进家之后她就会换下衣服，钻进乌烟瘴气的厨房帮着婆婆赵春香烧火做饭，甚至农忙的时候还会跟着下地干活儿，这一度在柳泉村传为佳话，尤其是让柳茂祥的老婆胡春花眼红了好一阵子，她的儿媳妇于苗苗虽然是农村人，可自打结了婚就住在镇上的楼房里，很少回家来，更别说是帮着炒菜做饭下地干活儿了。

对于景丽敏的表现，柳茂盛和赵春香自然是乐开了花，赵春香逢人便把景丽敏的好数叨一番，最后还不忘拐到儿子柳天阳头上，说他人好命好才摊上这么个好媳妇；而柳茂盛的表现则更过，他倒不多说话，但头却昂得比天高，尤其是跟柳茂祥碰面的时候，他毫不掩饰自己的得意之色，通常还会阴阳怪气地抛出一句：“这天顺媳妇有日子没回来了吧？”直气得柳茂祥一边翻白眼一边扭头便走。

要说全家人最清醒的还是柳天阳，一来他了解景丽敏的小姐脾气，从小被父母惯着，连她弟弟都让着她，脾气好的时候倒也温柔如水，可一旦脾气上来就有点六亲不认的架势，所以他并不确定她的优良表现会持续多久；二来他觉得景丽敏为人妻为人儿媳，这样的表现在情理之中，没必要大惊小怪的，更别说要到处炫耀了。

事实证明柳天阳的担忧是有道理的，过了没多久，也就有一年多的时间吧，景丽敏对村里的新奇感逐渐减弱，脸上的笑容和做事的积极性也逐渐消散了，回到家后她不再换衣服钻厨房，而是躺在沙发上喝茶刷手机，下地干活儿更是想都不用想了。当然这还不是最严重的，最严重的是她渐渐地竟然连家也不想回了，而且理由也非常充分，什么白开水里浮着一层厚厚的石灰面儿不敢下嘴啦、厕所一眼就能看到粪便不敢往上蹲啦、到处是叮人的蚊虫睡不安生觉啦等等，这些理由在柳茂盛和赵春香眼里无异于无理取闹，他们有更多的理由加以辩驳，比如他们祖祖辈辈都吃“石灰面”他们也吃了快一辈子了也没见哪里不好、粪便看到又怎样它们又不会自己跑上来、有蚊虫不是还有蚊帐、杀虫剂吗，云云。

在柳天阳眼里，双方的理由都讲得过去，比如他现在也越来越难以忍受家里全开放的厕所以及无处不在的蚊虫，对景丽敏的烦恼感同身受，但反过来看到父母为了他们回来又是打扫卫生又是杀菌消毒的忙得满头大汗，他又于心不忍了，只好两头劝，想像大禹治水一样变堵为疏，可最后他却成了风箱里的老鼠——两头受气，一时间焦头烂额，极有挫败感。

父母见此不忍，率先做出让步，就说不回就不回吧，不回也是我们家的儿媳妇，大不了我们去城里看她。柳天阳听了这话大为感动，又声情并茂地转述给景丽敏听，本想博得她的好感，从而赢得几分让步，没成想景丽敏却借坡下驴，扔出一句：那就只好劳累一下二老了。后来她生下妮妮坐月子，干脆就没回家，让婆婆赵春香来城里照顾的。这事让柳茂盛很是抬不起头来，尤其是碰到柳茂祥的时候，他只好装作没看见绕到别的路上去。这自然逃不过柳茂祥的眼睛，有一次他故意将柳茂盛堵到一条死胡同里，摆出柳茂盛当时那副派头，也用几乎一模一样的口气说：“天阳媳妇可是有日子没回家来了啊，不知啥时候回来啊，天顺媳妇坐月子闷得很，整天念叨想跟她聊天呢。”当时柳天顺老婆刚生下二胎，从镇上的房子里搬回来坐月子，一番话把柳茂盛堵了个大红脸，差点儿坐下病来。

例子一旦兴下，就很难有回还。几年下来，景丽敏回家的次数掰着手指头都能数过来，小事都是柳天阳自己开车回家一趟，处理完就赶回去，一般不过夜。逢年过节的，也是柳茂盛跟赵春香往城里来，路线方向跟村里那些混外的迁徙大军完全相反。一开始他们有怨言，但这几年下来柳泉村留守的人越来越少，迁徙大军越来越稀拉，年节上也越来越冷清，老两口倒有些熬不住了，怨言也就越来越少了。而且现在他们也越来越适应城里的新生活，多久不来一次反倒有些想，就好像他们也随着儿孙在城里有了根，但这只是随口说笑，真要触到这个问题，柳茂盛是万万不会让步的：“我柳茂盛的根就在柳泉村，别的都是瞎扯淡！”

在他说下这句话后不久，他的态度就又有了改变，或者说他又恢复了本来面目，极少进城去了，真是迫不得已的时候他让赵春香自己去，他宁肯一个人在家里守着，就好像家里突然藏了什么宝物需要他日夜看守。他似乎也看开了，极少要求柳天阳他们回来，他甚至还主动对街坊邻居做起了解释："天阳两口子整日忙得不可开交，孙女妮妮周末还要上各种补习班，那话咋说来着，不能输在起跑线上，咱做老人的可不能拖后腿啊。"话里有无奈，但更多的是通情达理。但这次他却一点儿也不"通情达理"了，他把最难听的话抛在了儿子柳天阳脸上，还摆出了一副不容商量没有退路的架势，让他老婆赵春香都看不下去了。到底是什么事让柳茂盛的态度有如此改天换地般的转变呢？这还得从不久前的一纸上级文件说起。

大约一个多月前，村支书柳茂祥从镇里领回一个红头文件，按照文件精神，柳泉村要进行旧村改造，要求村民拆除原房屋，举家搬进镇上的楼房。当然具体搬不搬、啥时候搬，文件并没有具体要求，也就是说尚未进入实施阶段。而且在具体实施之前，本着民主的原则，先要进行一场村民投票，来决定政策能否落地。按照柳茂盛的要求，柳天阳必须带着老婆景丽敏和女儿妮妮回来参与投票，这既是因为他们作为柳家人有投票权，也有人多力量大的意思。在这个事上，柳天阳是完全站在柳茂盛一边的，除了他知道村庄没了会给柳茂盛造成什么样的打击之外，还有他自己的因素，说到底就是骨子里那一份故土情怀，他也不想自己以后成了没有根的人。所以接到柳茂盛电话之后第一时间，他就字斟句酌地给景丽敏做动员工作。景丽敏听完白了他一眼后反问道："你以为我觉悟就这么低吗？"又提出了一个让他没想到的问题："我们的户口都不在家里，是否具备投票权？”柳天阳回答不了，就将其转述给了柳茂盛。柳茂盛先是一愣，随即回怼一句：“你们是我柳茂盛的子孙，怎么没有？”这一愣柳天阳就知道他的底气出了点问题，不过一想也是，就把这话转述给了景丽敏。景丽敏点点头说得好好准备准备。接下来几天，景丽敏一直做准备工作，东西比他们外出旅游时带得还要多，满满两大包。看着两个大包，柳天阳心里虽有些不爽，但终归还是高兴的。

从开车出发到家里住下，柳天阳既兴奋又紧张，兴奋的是全家人终于和和美美地坐在了一起，紧张的自然是怕出什么纰漏，惹到了景丽敏，所以一直对她谨小慎微，甚至还带有几分讨好。其实柳茂盛和赵春香对景丽敏的态度跟柳天阳差不多，只是碍于长辈的尊严不能表现过分，就把讨好之意转化成了热情——过度的热情。几人的表现景丽敏怎么可能看不出来，不过因为长久不回家，她倒有种客人的感觉，并不觉得这种过度的热情有什么不妥，索性该吃吃该喝喝，真做起了客人。

大半天过去了，午饭后加了午睡。已是初夏季节，蚊虫开始出没，幸而赵春香做足了功课，挂蚊帐、洒消毒水、喷空气清新剂，景丽敏和妮妮并没受到蚊虫骚扰，睡了个美美的觉，相安无事。看到景丽精神饱满心情大好，柳天阳自是高兴不已。结果一高兴就有些忘形，警惕心也放下了。他提出要带景丽敏去村里四处转转，饱览一下美景，回忆一番少年趣事。景丽敏本也无聊，加之心情不错，就欣然应允。三口人就说说笑笑地出了门。

村里房屋空了十之七八，街上难得碰到个人，不过柳天阳兴致极高，每路过一座房屋便介绍给景丽敏主人是谁，按行辈怎么称呼，一家几口以及与之有关的奇闻趣事，景丽敏听得极有兴致，咯咯笑个不停。偶然遇个路人，大都是老人，柳天阳便热情地牵着景丽敏打招呼，让妮妮叫人，不觉间就出了村，来到了村东头的池塘边。

池塘有十几亩地大，是村民为方便灌溉人工挖掘的，它的尾部连着一条小细河，一直往南连通大汶河，池塘的水就是从大汶河里引过来的，池塘的边上有个小屋子，里面有一台抽水机，干旱季节抽水机就负责把池塘里的水抽上来送到村民田里。经此一交换，池塘里的水通常很清澈，鱼虾可见，池塘的四周有茂密林木和一大片芦苇丛，入小河的地方还有一座石桥，当年可谓风光旖旎，是柳天阳等一众孩子的乐园。所以他对这个无名池塘有着极深的感情，虽然多年不见，但也时常在梦里梦到它。

如今的池塘完全变了模样，小河干涸，断了水源，它就成了一潭死水，水面也降了不少，像一面泼了墨的镜子，闪着污光，给人一种不洁净的感觉。石桥也破落了,其中一边的栏杆不见了踪影，站上去竟然有种晕晃晃的不安感；四面的树木全被伐净，好在那丛半没在水里的芦苇丛还在，加之现在正是抽节长叶的季节，勉强算有几分景致。这反而让柳天阳触景生情，陷入回忆之中难以自拔，进而感染了原本心情不错的景丽敏，两人一时间忘记了关注妮妮，臭虫则趁虚而入，在妮妮的胳膊上咬了个大包。那包在极短的时间里迅速变大，颜色由红色变成了暗紫色，表面泛着一层亮光，皮肤仿佛要被撑破了，看着相当吓人。

回家的路上，柳天阳出了一身冷汗，这才意识到那池塘死水里的鱼虾大概都变成了毒虫，整日等着人下口呢。他自然是后悔不迭，知道必将有一场暴风雨等着自己。将功补过般，一回到家他就从景丽敏的包里找药膏，惊慌失措的赵春香也找来了早已备好的花露水，两只手一起颤巍巍地捧到景丽敏跟前，景丽敏却抹了把眼泪说："这些能顶啥用？必须上医院！"

柳天阳这才反应过来，急忙找车钥匙，发动车子，载着母女两人火急火燎地赶到镇医院。检查、挤毒液、抹药水，一番操作下来，那包上的亮光逐渐消失，皮肤不那么紧绷了，妮妮也终于止住了哭泣，沉沉睡去。景丽敏板着脸，眼里泪水干了，脸色却极为难看。柳天阳料定这场暴风雨会比往常还要猛烈，就硬着头皮主动出击——向景丽敏承认错误。景丽敏没接他的茬儿，半天后抛出来一句：我们回家！柳天阳知道，景丽敏这句话就等于下了"最后通牒"，讨价还价改变不了结果不说，还会招致更大一场狂风暴雨，于是便掏出手机要给父母打电话。景丽敏却说：别打了，我们坐出租车回去，你留下。

望着景丽敏和妮妮乘坐的出租车迎着夕阳远去，柳天阳心里五味杂陈：有感动，感动景丽敏这个周全的选择；有疼惜，对手臂被叮的妮妮；也有轻松，终于可以留下来，安心地参与投票了；当然还有忧虑，怕遭到父母的责难。

回到家，柳天阳有种负罪感，羞愧得抬不起头来，不过父母都没有责怪他，母亲甚至还宽慰他："回去了好，妮妮晚上要是再被咬一口就更麻烦了。"柳茂盛却叹了口气，柳天阳急忙解释说："啥事就怕个巧字，这事是真巧了。”这时候赵春香喊两人吃饭，柳茂盛正要抬腿进屋，又停下来，转身对柳天阳说：“吃过饭，去你茂祥大爷家坐坐。”

03

尽管出门前，柳茂盛特别交代了一句“别拿东西，就坐坐”，等走到村小卖铺门口的时候，柳天阳还是拐了进去。他很清楚，父亲之所以不让买东西并不是心疼那点儿钱，而是另有原因，那就是柳天顺从来没有拿着东西正儿八经地拜访过他，所谓“礼尚往来”嘛，老是“来而不往”就让人心里不舒服了。

不得不承认，在这一点上柳茂盛做得确实不错，这些年每次柳天阳回来，他都会叮嘱去柳茂祥家里坐坐，当然也是不要带东西。柳天阳也听话，这甚至都演变成了他的自觉行动，有时候父亲忙忘了他会主动提出来。当然他通常不会空着手，路过村里小卖铺的时候都会进去买点东西，年节的话东西会重一些。

而对于柳茂祥的作为，柳天阳从来不非议——不论是当人（尤其是父亲）面还是从内心里，相反他觉得可以理解。柳茂祥毕竟是一村之长，再加上两兄弟关系一直不睦，他如果老往自己家跑会被人耻笑没骨气。

至于柳天顺，说实话，柳天阳倒不希望他登门，虽然两人是本家兄弟，又是同级同学，但柳天阳一直不喜欢柳天顺那种油腔滑调的做派，他这些年走南闯北养成的愈来愈明显的商人气息也让柳天阳越来越排斥。他知道父亲柳茂盛跟他感觉差不多。这些因素综合起来一考量，柳天阳觉得保持现状就挺好。

柳天阳这次带的东西明显贵重了许多——两瓶五星泰山特曲、两条泰山烟，东西在小卖铺都是上好的，就连小卖铺老板都好奇地问他要去串哪个“贵门子”，他笑而不语。东西拿在手里沉甸甸的，柳天阳感觉心也踏实了许多。没错，他今晚可不是简单地去柳茂祥家坐坐，而是要“跟他好好谈谈”，必须要有东西压手才行。

柳茂祥家位于村子中央——属“风水宝地”，院子面积也很大，分东西两个院，他老两口住东院，柳天顺几口住西院，走一个大门。大门楼也修得非常气派，墙壁上贴着龙凤呈祥的瓷砖，顶上还有一对龙凤雕塑，华贵威严。外人来村里找他，通常不需要打听，一看门楼就知道是他家了。此时大门前停着一辆崭新的奔驰商务车，看来柳天顺也回来了。不过柳天阳并不担心碰上他，因为他回来一般都窝在西院，很少去东院走动，他们爷儿俩的关系有点那个，在村里也不是什么秘密。

两扇朱红大铁门紧闭着，门上有个亮着红点的地方，那是门铃，柳天阳按了一下，很快便听到了脚步声。开门的是胡春花，暮色中她的表情有些茫然，但很快变为喜悦：“天阳回来了啊，快屋里来。”接着又听她破开嗓子喊了一句：“他爸，天阳来了。”柳天阳知道她这句话既是喊给屋里的柳茂祥听的，又是喊给街坊四邻听的。

过了一会儿，屋里传了一阵咳嗽声，接着柳茂祥出现在门口。他一只手推开铝合金纱门，一只手往嘴里送烟，抽了一口，又咳嗽了两声，说：“我估摸着天阳也该回来了，屋里来说话。”纱门是带弹簧的，一松手就会自动弹回去。柳天阳急忙上去接住门，柳茂祥这才松开手，转身朝屋里走去。

进了门，胡春花才赶快接过柳天阳手里的东西，嗔怪说："来就来，不许这么客气，走的时候给你爸把酒捎回去。"

柳茂祥不高兴地接过话："你这娘们儿，哪有进门就退东西的，这不赶人走吗？"

柳天阳忙说："不碍事，我又不是外人。"

胡春花脸上立刻笑开了花："对对，都是自己人，天阳快坐。"说着提了东西朝里间去了。

坐下之后，柳茂祥先把桌上的烟盒朝柳天阳递了一下，问："抽烟不？"

柳天阳摆摆手说："这东西跟我无缘。"

"这就对了，不像你天顺哥，成了新一辈的烟鬼。"柳茂祥一边说一边续上一支烟，动作不疾不徐。

柳天阳说："我跟天顺哥不同，他是混江湖的，不学这个不行。"

"对的，你跟他不同，他是粗人，你是……那话咋说来着，高居庙堂……"

柳天阳又急忙摆摆手："我就一小科员，可称不上庙堂。"

"可不要谦虚嘛。"柳茂祥哈哈一笑，又说："不过谦虚是好事，尤其是在官场，越谦虚的人进步越快啊。"

柳天阳感觉脸上有火烧起来，一时都不知道该如何接话了。柳茂祥似乎并没注意到柳天阳的窘态，继续问道："对了，最近又升职了吗？"

“没有，还那样。”柳天阳摇摇头。

“那也快了。”柳茂祥口气笃定地说，“你的能力在那儿放着呢，其实我也很关注你，只要遇到上面的领导就打听你，你的名号很响呢，都说你的笔杆子了不得，当然我也没忘了在他们跟前夸你，让他们多关照关照你。”

这话不好接，柳天阳只好避重就轻地回道：“谢谢大爷。”

柳茂祥摆摆手：“这话就见外了，我是你大爷吗，一笔可写不出俩柳字来，再说了，你混大了也是我们柳泉村的骄傲呢。对了，你现在都做啥呢，我怎么辨不清楚呢，跟我们现在这个新农村建设有关系吗？”

一听这话，柳天阳感觉脸上更热了，他勉强抬着头说：“还真没多大关系……我负责……编刊物……”

“啥刊物？”

“文联办的一个内部文学期刊……”

“文学期刊？哦，是给作家看的吧？对了，你还是个作家，这个我知道，都知道……”

柳天阳更加语无伦次了，嗫嚅半天又抛出来半句：“那个文化下乡……归我们管……”

“文化下乡？哦，知道了，镇上年集的时候碰到过，我还要过一副对联。”柳茂祥边说边点头，脸却逐渐阴了下去。柳天阳知道他大概想到了一副对联的分量，心里失望了。他局促着，更加不知道该如何开口了，幸好这时候胡春花端着水壶从屋里走出来，她一边收拾茶具沏茶一边说：“咱村里的年轻人，你大伯就对你评价最高，说天阳是全村最有出息的孩子，日后一定是市里官场的一颗新星……”

柳茂祥冷冷地哼一声：“最后这话一听就是你娘娘自己乱加的，妇人之见，就算是实话这话我会说出来吗，官场忌讳这个，对吧？”

柳天阳深吸了口气，逐渐平静下来，说：“不瞒你们说，我们文联不完全算是官场，我更不是什么官，更别说能给我们村里做什么事了，说起来我也挺惭愧的……”

“咱不说那个了，在自己家里，不扯那些闲篇。”柳茂祥摆摆手。

“就是就是，不论怎么说，天阳还是咱孩子，咱都跑不了一家人。”胡春花打着圆场。

柳天阳也笑着点点头。

胡春花沏好茶离开了，屋里一下子安静下来。柳天阳斜看了柳茂祥一眼，发现他又恢复了之前——或者一贯——严肃的表情，加之他嘴里吐出的烟雾的遮挡，使得严肃中又多了几分阴沉。说实话，打小柳天阳就有些惧怕柳茂祥这张脸，近些年随着年龄的增长阅历的增加（当然也不排除村庄整体没落的因素），惧怕感才逐渐消失了。眼下陷于这种沉闷的气氛里，惧怕感似乎又要卷土重来，为了避免可能因此而出现的不适，柳天阳忙开口打破了沉默：“大爷，如果明天的投票结果，我是说……赞成票多于反对票的话，我们村真的要拆掉吗？”

柳茂祥抬起脸问道：“这是你想问的，还是你爸让你问的？”

“都有吧。”柳天阳笑了笑说，“毕竟我也是咱们村里的人嘛。”

柳茂祥点点头：“这就对了，不要像一些年轻人那样，出了村就不认家了。”

柳天阳并不在乎柳茂祥的夸赞，他更想知道他问题的答案，就没做声，耐心等着。

柳茂祥咳嗽了两声，缓慢地说：“政策嘛，都得落地生根。”

这是个模棱两可的回答，但仔细想想似乎也无懈可击。相对于政策，柳天阳更关心的是柳茂祥的个人态度，他想都这个时候了，拐弯抹角不过是白白浪费时间，就直接问道：“那您是赞成还是反对？”

“我嘛，”柳茂祥顿了顿，依旧是那副波澜不惊的模样，然后说：“你明白，我是村支书，身不由己啊。”

柳茂祥话虽然没说明白，但态度明白了。柳天阳深吸了口气，点点头说：“是啊。”虽然没说几句话，但柳天阳突然觉得无话可说了，就像你特别期待一处美景，等到了跟前却发现它跟你想象中的基本无异，他心里萌生了告辞的念头，便站起身说：“时候不早了，您早点歇着吧，我回去了。”

“这就走了？”柳茂祥突然问了一句。

柳天阳愣了一下，他大概猜出了柳茂祥的意思，不过还是点了点头。

柳茂祥抽了口烟，不紧不忙地问：“你爸是啥意思呢？对于明天的投票。”

柳天阳暗自松了口气，说：“他那倔脾气，您也知道的。”

柳茂祥“嗯”了一声，站起身，从屋里喊出胡春花：“你把天顺喊过来。”

胡春花出去了，柳茂祥朝柳天阳摆摆手："你等等。"说完走进了里间。

柳天顺很快就来了，好像一直在门外等着似的。柳茂祥从里屋出来，手里提着两个礼盒。他不看柳天阳，直接对柳天顺说："去你茂盛叔家坐坐，别狗肉丸子上不了大席。"

柳天顺嘟哝了一句，接过东西。看此情景柳天阳也说不出推辞的话来，就告辞跟着柳天顺出了门。

04

一出家门，柳天顺立刻像变了一个人，精神十足起来，他点上一支烟，使劲地吸了一口，然后仰天吐出长长的烟柱，一副心满意足的神情。

柳天阳揶揄道："怎么一副压抑了很久的样子？"

柳天顺叹了口气说："可叫你说着了，那个家里就像一座监狱，要不是我爸催得紧，我才不回来呢。"

"咋催的？"

"说我要是不回来，就跟我断绝父子关系。你说这点破事至于吗？"

"哈哈。"

"你笑啥？"

"没啥，"柳天阳摇摇头，"看来你是习惯了四海为家的生活了。"

"四海为家？"柳天顺重复了一遍，点点头说："这话对，不过现在这人谁不是四海为家啊？哪像他们那些老人们，守着个破家死活不肯挪窝儿，对了天阳，你不是吗？”

柳天阳沉默不语。

“得得，我知道你是文化人，讲究什么故土情结，不过要是让你放下城里的生活回来混，你肯吗？”

柳天阳还是沉默不语。

柳天顺哈哈一笑说：“怎么样，没话说了吧？”

柳天阳沉默了一下，问道：“你投赞成票还是反对票？”

“那还用说？”柳天阳烦躁地摆摆手，“咱别说这个了，没意思，对了，我正要找你帮忙呢。”

“你是大老板，我能帮你什么忙？”

“你可别当了大官忘了兄弟啊，建设局的刘局长认识吧？”

柳天阳想了想，摇了摇头说：“不认识。”

柳天顺把嘴里的烟屁股吐在地上，说：“我就知道你会这么说，你们官场兴这一套，多一事不如少一事，明哲保身嘛，我理解。不过说实话吧，我都打听清楚了，你们在一座办公楼上，他310，你410。”

柳天阳恍然大悟。此前文联一直在市委楼上办公，后来随着人员增加，办公室不够用，就搬了出来，搬到了一直空闲着的建设局四楼上，属于借用。两个单位同走一个楼梯，抬头不见低头见，但最多点头示意打个招呼啥的，根本没啥交集和来往。再加上市里最近干部调整，楼里换了一批新面孔，刘局长是哪张脸他还真不知道。柳天顺竟然把人家以及自己的办公室门牌号搞得一清二楚，看来的确费了功夫。

“我真不认识。”柳天阳略带辩解地说。

柳天顺却哈哈一笑，说：“瞧你那认真劲儿？”然后压低声音说：“这不镇上批了块旧村改造的地皮吗，咱村拆迁了就往那里搬，就这个刘局长负责的，我已经拿下了，嘿嘿。不过这事你得先保密啊。”

“这种事你也想保密？”柳天阳白了他一眼。

柳天顺笑了笑说：“实话告诉你吧，我跟刘局长很熟了，知道你不认识他，不过人家认识你，说你是大作家，名号响得很，人家还想结识你呢。放心吧，我都安排好了，回头一起吃个饭。”

柳天阳急忙摆摆手：“还是不要了，等你去市里办事的时候说一声，我请你。”

“一码归一码嘛，便饭而已，我都安排好了，放心吧，不会给你大领导惹乱子的。”

听柳天顺如此说，柳天阳不好再拒绝，只是叹息着摇了摇头。

柳天顺又点上一支烟，一边吸着一边用神秘兮兮的口气问道：“老实交代，黎落英是谁啊？”

柳天阳一愣，说：“什么黎落英？”

柳天顺一脸诡异的表情：“放心吧，哥会替你保密的，男人嘛，有个红颜知己啥的正常得很呐。”

柳天阳明白过来，黎落英是他一个短篇小说里女主人公的名字，这个短篇小说是以第一人称写的，在某杂志发表之后被其微信公众号推荐了，他顺手转发到了朋友圈，柳天顺一定看过，不过想必他没看完，或者看完了也没领悟出来，因为那篇小说里的故事情节明显是虚构的，但凡有点悟性的人都不会产生这么无聊的误解。柳天阳知道跟他也说不清楚，就顺口问道：“我要说那个人根本不存在你信吗？”

柳天顺立刻把头点得像鸡啄米：“信信当然信，你说啥我都信，兄弟嘛。”

这时候两人已经走到柳天阳家门口。柳天顺朝前看了看，把手里的东西递给柳天阳：“你给茂盛叔问好，我就不进去了，那事定好了我给你电话啊。”说完扭身走了。

望着柳天顺渐渐融入夜色的背影，柳天阳笑着摇了摇头。

05

“你爸现在快犟成块石头了，非得要抹清凉油，说花露水里全是肥皂，那东西哪还有卖的啊？没有清凉油他宁肯让蚊子咬着，我看不过去，给他扇扇……”赵春香解释得有些语无伦次，也有些此地无银的意思，柳天阳笑了笑，把手里的礼盒举到父母面前，说：“茂祥大爷回你的。”

赵春香有些过意不去，说：“他这么客气干嘛？都是一家兄弟。”

柳茂盛却不以为然地说：“那是因为天阳拿东西去了呗？再说了，直接让人把东西提回来，成何体统？”

柳天阳忙说：“天顺哥本来要陪您坐坐的，快到家了又接了个电话，挺着急的，就回去了。”

“都这个点了能有啥急事？”柳茂盛哼了一声。

柳天阳朝母亲示意了一下，赵春香急忙接过东西，看了看，故意说："看包装一定挺贵重的，我说你就别没事找事了，人家毕竟是村支书，又是当哥的，这样做很不错了。"

柳茂盛身体舒展在躺椅上，闭上眼睛，不说话了。

赵春香屋里去了，柳天阳在旁边的躺椅上坐下来，然后脱掉鞋子，伸展开身体，将视线投进苍茫的夜空。刚才一进门看到赵春香给柳茂盛打扇子的一幕，他的眼前就出现了一幅童年时候的画面，也是这座院子，也是这样的初夏时节夜色将深时分，不同的是他躺在两人中间，赵春香的扇子主要是为自己打的，劳累了一天的柳茂盛通常是鼾声四起，他身上经常有股清凉油的薄荷香味。仿佛一眨眼的工夫，自己就跳到了一边，成了这个画面的局外人，而画面里的柳茂盛和赵春香也老了，夜色再浓也掩饰不住他们头上泛出的银光了。好在除了年岁增长，两人之间的关系比以前更贴近了，看来时间这东西其实是公正的，在带走某些东西的同时，也会留下另外一些东西。

柳天阳又想到了当年院子里树上的那对鸟，他们每年都会哺育小鸟，小鸟长大后飞走了，它俩就继续守着鸟巢熬秋过冬，年复一年。父亲当时还笑言指望孩子还是不如指望自己的老伴。那对鸟陪伴了柳天阳整个童年少年时期，在他意识里它们已经成了自己的家庭成员。后来他出去上大学，第一年暑假回来，父亲哀叹着告诉他，那对鸟中的一只死了，另一只可能身体也不好，很少露面。等寒假回来，父亲告诉他另一只鸟也死了，鸟巢空了。父亲打算好好地守护那只空鸟巢，结果在一个狂风暴雨的夜里，鸟巢也化为乌有了。现在柳天阳虽然想到了那对鸟，但却不敢把它们跟父母相比，他害怕那个结局。

突然，柳茂盛叹了口气，说："这天儿，一丝风都没有。"

柳天阳收回思绪，笑道："风都被我妈带屋里去了，我这就去拿扇子。"说着就要起身。

柳茂盛朝他摆摆手说："不用，不热。"

柳天阳重新躺下来，眼睛又朝天上望去。他这才意识到，四周果然没有一丝风，树梢一动不动，天幕上漆黑一团，也没有一颗星星，应该是是大雨来临的征兆。他眼前又出现了此前的一幕，又或是那一幕的延续：一家人正在安静地乘凉，聊天，雨便毫无征兆地来了，寂静的四周突然喧闹起来，雨珠落下的声音，还有街坊邻居嘻嘻哈哈脚步凌乱地朝屋里奔跑的声音。而现在，街坊邻居十之七八已远走他乡，整条街上只剩下三两户人家，即便雨水落下来怕也听不到什么声响了。

"城里就没风，是被高楼大厦挡住了，可我们这里也没高楼大厦啊，怎么也没风呢？"柳茂盛嘟哝着。

柳天阳说："其实城里风大得很呢，我住得楼层低，感觉不到，楼上可是风大得都不敢开窗户。"

"哦？你是说这农村住着不如城市？怪不得都往城里跑呢。"柳茂盛叹了口气。

"爸。"柳天阳叫了一声，抬起头来。

"嗯。"柳茂盛回了一声，还是纹丝不动。

"其实农村有农村的好，城里有城里的好，你的观念……"

“我的观念怎么了？”柳茂盛“呼”地抬起上半身，怒气冲冲地望着柳天阳，“你就是鼓动我拆了房子进城对吧？你这一趟就被你茂祥大爷收买了，要投赞成票对吧？”

柳天阳委屈地说：“这跟人家茂祥大爷有啥关系啊？再说了，人家也有人家的苦衷。”

这时候赵春香从屋里跑出来，没好气地说：“儿子好不容易回趟家，你吵吵个啥？为那个破投票搞得全家不宁至于吗你？”

柳茂盛吼道：“老子告诉你们，城市好不好跟我没关系，想要拆我的祖房赶我走，除非杀了我。”说完躺在椅子上呼呼地喘气。

柳天阳也躺下来，又一次把视线投向黑色的天幕，沉默了半晌说：“爸你放心吧，我一定会投反对票的，村子没了我心里也不好受。”这话说完，柳天阳感觉树梢上的叶子似乎动了一下，不知道是不是来风了。

06

今天要投票，大部分人都起得比往常早，所以大部分人都听到了那一声蝉鸣。它是今年夏天的第一声蝉鸣。它在今天鸣响，足以说明这是一个不寻常的日子，今天足以载入柳泉村的历史了。想到这一点，很多人就伤感了起来：或许从今天起，柳泉村也会成为历史了。当然这是悲观主义者的想法，乐观主义者不这么认为，他们觉得这是一个有趣的日子，这声蝉鸣是某种可爱的预兆，预兆着柳茂祥柳茂盛两兄弟的恩怨，就如那蝉一样，在地下沉寂了若干年后，今天终于要破壳而出，让人一览究竟了。而那一声蝉鸣，就好比今天这场投票，投出个结果来，也让兄弟两人的争斗分出个胜负来。所以他们并不悲情地忧心村子的前途命运，而是饶有兴致地等着好戏上演。

柳茂祥、柳茂盛两兄弟的恩怨：

其实柳茂盛跟柳茂祥是亲堂兄弟，柳茂祥年长，是堂哥。在柳泉村，柳姓是大姓，但柳茂盛柳茂祥一枝并不旺相，他们的爷爷单蹦个，下面是他们父亲兄弟俩，人口算是单薄。按说两兄弟的感情应该深之又深，但矛盾就是从他们这一辈儿开始的。柳茂祥他娘年轻时是远近闻名的美人，附近十里八乡的小伙子都想娶回家，后来被媒人说给了柳茂盛他爹，最后却被柳茂祥他爹抢了去，自此兄弟就反了目，到了老死不相往来的地步。后来有了柳茂祥、柳茂盛，一开始两兄弟谨遵父命躲对方远远的，后来随着父母相继离世，关系就逐渐缓和了——他们这一辈还是单蹦个，也确实没什么近人可攀附。不过两人关系缓和也只是表面上的，暗地里却较起了劲。

柳茂祥年轻时候当兵，回村后从民兵连长干起，顺风顺水地当上了村支书，胜了柳茂盛一局，但柳茂盛凭着搞蔬菜大棚成了村里的首富，俩人就成了平手；柳茂祥后来诞下了一儿一女，柳茂盛只有柳天阳一子，似乎败下一节，但柳茂祥的闺女成人后却远嫁山西，差不多成了断线的风筝，两人就又回到了平手；柳天阳自幼品学兼优，名声极好，后来考上了大学，成了国家公务员，柳天顺却一直学业不佳，偶尔还会打架犯事，高中没上完就辍学，成了无业游民，所以柳茂盛一直胜着柳茂祥，不成想柳天顺在城里胡混几年，竟成了包工头，腰包鼓了起来，又买房又买车的，赚足了面子，算起来两家就又打成了平手。

老天爷似乎就爱拿两家人逗乐，没让他们消停几天就又给他们摆起了擂台，两家儿媳妇一前一后生产，柳天顺媳妇生了个小子，柳天阳媳妇则添了个丫头，虽然难免失落，但柳茂盛并不气馁，鼓动着儿子媳妇再生二胎，没成想却被景丽敏以“优生优育”为理由严辞拒绝，而此时柳天顺媳妇却加班加点地生下了二胎，而且又是个男娃。这下柳茂盛坐不住了，“这下我输定了啊，输定了啊”。

当着柳天阳的面，柳茂盛气恼地双拳捶地，仿佛世界末日了。这不排除里面有表演的成分，当然这番表演也就是给柳天阳看看，是万不敢给儿媳妇景丽敏看的。不过柳天阳也没吃他这一套，安慰都没安慰一下，而是口气硬硬地说:“女孩又怎么了？都啥时代了。你看这柳泉村里不成器的，不都是男孩吗？”平日里每当爷儿俩有争执，赵春香极少向着柳茂盛，不过她心里也有遗憾，加之对景丽敏也有不满，便帮起了柳茂盛的腔儿:“儿子，话可不能这么说，娃成不成器还不全靠培养？再说咱柳泉村到底不比城里，生个男孩是要面儿的，我们知道这事不是你一个人说了算，也不逼你，你回头好好劝劝小景，合适的机会再要一个。”柳天阳叹了口气:“劝劝倒可以，可要是再是个女孩呢？”柳茂盛和赵春香面面相觑，末了柳茂盛又一捶地:“女孩也行！”

父母的话都到这份儿上了，柳天阳也无话可说了，但他知道景丽敏的态度是铁板一块，就吞吞吐吐地打太极。柳茂盛和赵春香不忍心让儿子受夹板气，就不再提了，但心里却种下了对景丽敏不满的种子。种子迟早会生根发芽，景丽敏也是敏感之人，于是矛盾便成了植入种子体内的病毒，随着种子的成长也不断扩散，好在双方一直努力克制，加上柳天阳从中斡旋，始终没出现失控态势。

总得来说，在过去的十几二十年间，柳茂祥、柳茂盛两兄弟的暗中较量虽各有输赢，但也一直没把矛盾闹到明面上，但这两年却不行了。一向并不关心“政治”的柳茂盛对于村里的事越来越上心了，并公然跟柳茂祥唱起了“对台戏”。尤其是最近这一年多，两人经过几次“交手”，几乎到了水火不容的地步，说起来似乎主要责任在柳茂盛，其实深入分析的话，也不尽然。

柳茂盛是远近闻名的“能人”，年轻时他就不走寻常路，别人在种田上下功夫的时候，他就捣鼓蔬菜大棚，经常反其道而行之。比如人家冬天种白菜，他就种西红柿，到夏天人家开始种西红柿了，他大棚里又换成了清一色的大白菜。几年下来他真发了财，一跃成为柳泉村的“首富”。许多人看出了他的诀窍，知道这叫“反季节种植”，纷纷效仿。很快，周围十里八乡的蔬菜大棚犹如大水漫灌一样铺展开来，此时他却做出重大决定，把蔬菜大棚改成了花卉大棚。

据说这个灵感的得来与他儿子柳天阳和儿媳景丽敏有关——他发现每逢年节他们都会买回几盆花卉绿植，都是几百上千的价格。种了几年花卉大棚，柳茂盛又发了财，周围的人自然又纷纷效仿，他也没藏着掖着，只要有人找上门，不论是求经验还是求秧苗他都是有求必应。他之所以这样做与他那场内心转变有关系。

在他看来，只要找上门来的都是农村发展的功臣，都跟他一样有着很深的乡土情结，都是值得呵护和支持的。而就在他准备带着大伙儿大干一场的时候，村支书柳茂祥带回的这纸文件却给了他当头一棒。当然这一棒并不只敲在柳茂盛头上，也敲在了所有柳泉村村民的头上，所以整个村子一下就炸开了锅。

很快，村民分成了两派，一派是主张拆迁的，就叫“主拆派”吧，为首的是村支书柳茂祥，他的态度很和缓，只说自己作为一村之长，必须拥护上级决定；一派是反对拆迁的，就叫“反拆派”吧，为首的是柳茂盛，他的态度则很激进，他说这是动祖坟的行为，是要他们做不肖子孙，必须坚决反对，并发誓要与村子共存亡。

从人数上说，主拆派略胜一筹。如今大部分村民要么举家外出打工，要么在城里安了家，早就对自己的老房子甚至村子没了兴趣，有的甚至还期盼着老房子能拆迁，多少拿点补偿费。这类人从数量上占大多数，但他们都在外地，不愿意回来投票，差不多等于弃权了；反拆派主要是留守村里的老弱病残，虽然数量上不占优势，但投票热情都很高，而且态度同样激进，坚决拥护柳茂盛。这样说起来，在投票结果没正式出来之前，胜负谁心里都没谱。

投票通知下在 9 点，但人们都很兴奋，早早地吃过早饭，提前一个多小时坐到了村委会的场院里，叽叽喳喳地等着“好戏”上演。

村支书柳茂祥料到了这一点，天不亮就来到了村委会，反锁上办公室里的门和会计柳三、妇女主任田凤英准备投票事宜，没工夫理会乱哄哄的村民。柳茂盛在人差不多到齐的时候（这个时间是他计算好的）才出现，他虽然没当过村干部，但也见过世面经过风雨，摆出点派头来不在话下。他一出现，就得到了“反拆派”村民的热烈迎接，大家纷纷上前把他围拢起来，颇有点儿众星捧月的架势。柳天阳和母亲赵春香过了一会儿才到，很低调地坐到了人群后面（这也是柳茂盛提前安排好的）。柳茂盛清点了一下两派的人数，自己这一派有小五十人，热热闹闹，对方才十几人，稀稀落落地站在远处，像是一群吃了败仗的散兵游勇，心里不禁暗生出几分胜券在握的得意。这时候柳天顺拖家带口地走了进来，他老婆于苗苗牵着大儿子，母亲胡春花用小推车推着还不会走路的二儿子，队伍显得很庞大。看到这阵势柳茂盛的脸立刻耷拉了下来。柳天顺却屁颠屁颠儿地走到他跟前，先递上烟，然后堆着笑脸儿说："茂盛叔，本来我想跟您老这一伙儿的，结果我爸这脾气您也知道，我也是迫不得已……"

"我们不差你这一票。"柳茂盛冷冷地打断柳天顺的话，一屁股坐了下去。

柳天顺讨了个没趣，讪讪地走开了。有了柳天顺一家的加入，对方的阵营明显壮大了一些，柳茂盛的脸色又阴了一分。

开会时间到了，柳茂祥从屋里出来，人群立刻安静了下来，只有傻子柳代咿咿呀呀地在人群里跳来跳去，这是他在村集体活动时通常的表现，但这次柳茂盛决定不能视而不见了。他朝柳代呵斥了一声，柳代妈石玉琴急忙把他拉到跟前一把把他的头按进自己怀里。

主席台上的柳茂祥阴着脸，并未理会这个小插曲，清了清嗓子宣布开会，议程很简单，他宣读了一下投票方式、注意事项等就宣布开始投票。桌子上摆了一只白瓷碗，盛着一碗黑豆，两个玻璃瓶，上面分别贴着赞成和反对的标签。投票者根据个人意愿将黑豆分别投进两个玻璃瓶里。这是一种很古旧的投票方式，这些年只在一些很重要的投票中用过，今天柳茂祥又将其搬了出来，足见本次投票之重要。

投票开始，会计柳三负责维持秩序。他选了两个监票人分别站在两个玻璃瓶前，然后让人排成一队依次过去投票，场面有些喧闹，但大家的表情都很严肃，投票的动作如同经过培训一般缓慢而庄重。结果很快一目了然，反对票的瓶子已过半了，赞成票才一个瓶子底。柳茂盛脸上浮现出笑意，柳茂祥的脸色却更阴郁了。傻子柳代和母亲石玉琴是最后投票的。傻子柳代始终保持着手舞足蹈的状态，显得极为滑稽。投票即将结束，气氛也活跃起来，有村民故意逗他，引得众人开怀大笑。石玉琴投了反对票，轮到傻子柳代了，他拿起一枚黑豆舞了两下，然后投进了赞成票里。石玉琴急了，给了儿子一巴掌，柳代哇哇哭起来。石玉琴也顾不上他，找柳茂祥理论，柳茂盛上前制止说：“别争了，咱不差这一票。”这时候柳三却嘿嘿一笑说：“茂盛哥您先别着急，这结果还没出来呢。”

柳茂盛一愣，问他：“这话啥意思？”

柳三没有回答，而是转身朝众人挥挥手：“都坐下都坐下，这投票还没结束呢，我这里有个重要情况向大家说明。”

人群立刻安静下来，都回到自己座位上坐下，目不转睛地盯着柳三手里的一叠纸。柳茂盛也回到座位上，他感觉头有点儿晕，脸色也很难看。柳天阳和赵春香急忙搬着凳子坐在了他左右。

柳三清了清嗓子，在半空里抖了抖手里的纸，清了清嗓子说：“这里是咱们村在外务工人员的花名册，前段时间呢，我受我们村支书柳茂祥同志的委托，或打电话或发短信，总之吧，通过各种方式与他们取得了联系，就全村整体搬迁一事征求了他们的意见，之后进行的统计，这总共是423人，结果呢，我就简而言之吧，反对票27票，其余的都是赞成票，所以今天的投票结果得把这个数字加上，才算是最终结果……”

“等一下！”

众人一起循声望去，看到柳茂盛“噌”地站起身，阴着脸背着手走到投票桌前，捏起碗里的两粒黑豆，回头朝众人说：“这是我儿媳妇跟孙女的。”

柳三讪笑着说：“天阳三口的户口都不在家，按规定是不能投票的，让天阳投一票就已经破规矩了……”

“难道天阳老婆孩子就不是我柳茂盛的娃了？”柳茂盛眼珠通红地瞪着柳三，是要出手把他掀翻在地的架势。

柳三吓得缩了缩脖子，转头求助似地望着柳茂祥。

柳茂祥没抬头，一边抽烟一边抛出一句：“这话没错，应该投。”

柳茂盛把手里的两粒黑豆使劲投进玻璃瓶里，转身朝门口走去。柳三回过神来，继续宣布投票结果，可众人的注意力都被柳茂盛吸引过去了，谁也没去听。

07

考虑再三，柳天阳最终决定还是去赴柳天顺的“局”。结果让他十分意外，柳天顺没有食言，只是让他跟刘局长认识一下，并没有其他功利性的目的。想想也是，柳天顺的旧村改造安居工程进展非常顺利，只需要在柳泉村象征性地拆除几处旧宅就可以开工了（据说这叫“土地置换”），根本不需要柳天阳“做什么了”。

隔天，柳天阳正在开会，接到了父亲柳茂盛打来的电话。他按了拒接，结果电话又打了进来。他心里一惊，按说只要他拒接了，柳茂盛就能知道他在开会，通常会等他再回过去，今天看来是有要紧事。柳天阳忙悄悄地退出会场，找了个僻静的角落回了过去。

柳茂盛的口气让柳天阳有些捉摸不透，他焦急之外还有些明显的兴奋：“你快带着小景和妮妮回来看看你茂祥大爷。”

“茂祥大爷怎么了？”柳天阳担心地问。

“腰伤了下，倒不严重，不过你们必须回来！”柳茂盛又恢复了命令的口气。

“回是回，可到底是怎么回事？”

柳茂盛叹了口气：“这不头先，天顺带着挖掘机回来拆房子，你茂祥大爷不愿意，上前挡来着，结果不小心跌了一跤。”

柳天阳有些发蒙：“他不是同意拆迁吗？”

“这谁知道啊，哈哈。”柳茂盛突然笑起来，“你说天顺这小子，咋一点儿都不像你茂祥大爷的种呢？”

四、道别记

我得到的都是侥幸，我失去的都是人生。

——摘自《等风来》

01

这初冬午后的阳光亮是亮，热度却是大打折扣。要不那些走在光里的人怎么会把身上的衣服裹得紧紧的？这亮光打在窗前光秃的树枝上，大部分落到地上的草丛里。草尖发黄了，顶着一层黄色的落叶，显出几分破败。黎落英不懂那些惜春伤秋的词句，但见这幅景象心里不免悲凉，忍不住叹息了一声。

徐雅子的声音就是在黎落英这一声叹息之后传过来的：“如果从这里跳下去，头着地的话还行，分分钟的事；如果脚着地的话，死不了还得弄个终身残疾，可就得不偿失了。”

黎落英打了个寒噤，扭过头错愕地问徐雅子：“你说啥？”

徐雅子将一只耳机从耳朵上扯下来，眼睛离开膝盖上的平板电脑，望着黎落英说：“其实这个想法我早就有了，只是还没付诸实施罢了。”

“你？”黎落英蹙了下眉头，正要开口，徐雅子朝她伸出手做了个“打住”的手势说：“别劝我。你别忘了，你不是我妈，我们不过是病友而已。”

黎落英被噎住了，许久才回过神来，叹了口气说：“好吧，我不劝你，我劝我自己。”

“这就对了嘛。”徐雅子拍了拍手里的平板电脑，一副很满意的样子，继续说：“你不能死，你得好好活着。”

黎落英心情突然好了许多。要知道来到这里这十几天，徐雅子可从来没对她说过这样的话，甚至都没露出过这种欢快的表情。她的脸一直阴着，面上荡漾着一层白气，给人一种很不好的感觉。而现在，这层白气被窗口射进来的亮光覆盖了，变得金灿灿的。

“那你呢？”黎落英笑了笑。

“我吗？”徐雅子沉思了一下说：“我跟你不一样，我了无牵挂。”

这话说的。黎落英摇摇头说：“谁在这个世界上都不是单蹦个，怎么可能无牵挂……”

“怎么又扯回我身上来了？”徐雅子不高兴地打断黎落英的话，脸上那层金光也瞬间消失了。

黎落英自知无趣，便不再说话了。徐雅子说得没错，不过是病友而已，自己有什么资格管人家？

这时候徐雅子又说：“其实你的病比我轻多了，也好治，你现在主要是心病，就是放不下的东西太多，放下了你的病就好了，这是我从书上看的，你可以试试。”

“怎么试？”黎落英一脸的疑惑。她总是不能第一时间听懂徐雅子的话，这让她很苦恼。

“比如跟那些你牵挂着的人道个别啊啥的，具体我就说不上来了。”徐雅子摇摇头，将那只摘下的耳机重新塞进耳朵里。

“道个别？”黎落英一边重复着徐雅子的话一边默默地折身回到自己床上。待她躺下的时候，徐雅子已经哼起了歌。黎落英现在知道了，那首歌的名字叫《等风来》，是最近刚上映的一个电影的插曲。她以前从没听过这首歌，可现在也能跟着哼哼了。

02

也不知道这个徐雅子有什么魔力，只要她说出什么话来，黎落英就觉得特别有道理，心服口服，她甚至因此而觉得自己活得太失败了，很多事情，尤其是当今社会一些最时尚前沿的东西，自己简直一窍不通，那些从她嘴里说出来的电影明星啦、流行歌曲啦、新上映的电影啦，她更是闻所未闻。还有就是关于这个乳腺癌，按她的说法竟然分好几个等级，有的等级能治好，有的等级会死人，还有哪些明星得上了治好了，而哪些人却死在了上面。她以前只知道这是女人常得的一种癌，得了就会要命——迟一天早一天的吧。

当然对于徐雅子话她也并非完全赞成，还是比如这个乳腺癌吧，按她的说法，自己得的这个就属于最低的等级，只要动手术切一下，根本没有生命危险。她徐雅子得的却是最高级的，根本没有手术的价值了，除了等死基本无事可做了。她就不这么认为，她有她们小区的韩姐为证。

韩姐是小区里的“高级人物”——这是黎落英下的定义，要模样有模样，要出身有出身，要家世有家世，老公是市政府某个要害部门的一把手，她是市文化局的退休干部，能歌善舞，经常出现在各类演出的舞台上，是小城里响当当的人物，可几年前的某一天突然就被查出了乳腺癌。不过她很乐观——黎落英觉得这是表面上的，见面还是嘻嘻哈哈的，跟人解释说医生说了病能治好，只要挨一刀就跟正常人没什么两样了，她甚至还跟大伙儿普及起了乳腺癌的相关知识。其实一开始黎落英跟小区里的绝大多数人一样是相信韩姐的话的，可转年后不久她的病就复发了，还转移了，结果新的年没过人就没了。

所以当徐雅子说她的病能治好的时候，黎落英是无论如何不相信了，她甚至还想拿韩姐的例子驳斥她，但最终还是放弃了，她觉得那样做太残酷了。

在跟徐雅子同处一室的这一个多月里，虽然谈不上对她有多了解，但有一点是肯定的，就是打心里越来越喜欢她了。不过她一直努力地控制着喜欢的程度，不让它发展壮大，因为她已经逐渐摸清了徐雅子性格的两大特点：敏感、喜怒无常，她必须谨慎对之，否则恐怕连病友都做不成了。而现在好像突然出现了一个一百八十度的大转弯，徐雅子不仅主动跟自己聊天，还向自己提建议，她突然有种雨过天晴要见彩虹的感觉……

“呀呵，心情不错啊，竟然哼起歌来了？”随着一声粗重的关门声，丈夫梁金生的声音传来。

要不是梁金生说，黎落英还真没注意自己啥时候跟着徐雅子哼起了歌。被打断后，她依旧闭着眼睛，身体没动，没做出任何回应，这在以前是绝无可能的。确切地说，在这近 30 年的婚姻生活里，丈夫是她的天，是她的全部，对他她只有言听计从，甚至顶礼膜拜。她从来都认为，这场婚姻，丈夫赔了，自己赚了。赚了就得知足，就得拿东西去偿还，比如尊严。可是这个想法在不久前，确切地说是在认识徐雅子之后发生了变化。那是她跟徐雅子认识后的第一次长谈，其实也就十几二十分钟的吧，徐雅子对她说了一番关于女人要如何生活的话，归根到底就是一个意思，要为自己活。徐雅子还一针见血地指出她得病就与这个有关系。听着徐雅子的话，黎落英感觉面前有个什么无形的东西突然坍塌了，她看到了一个跟过去完全不同的世界。

“我知道你也不想生病，可也不要这样气鼓鼓的嘛，我心里也是不好受的，我知道这些年我对你态度不好……”

丈夫又开始絮叨这番话。这番话现在好像变成了一份讲话材料，一直挂在他嘴边，需要了就拉出来重复一遍。黎落英实在听不下去了，就打断他说：“我没生气。”黎落英本想口气硬一点儿，但声音出来后还是软绵绵的，就好像不受她控制一样。

丈夫愣了一下，噗嗤一笑说：“没生气就好嘛。”然后就打开保温桶，用勺子舀起一勺汤，吹了吹，朝黎落英嘴边递过来。

黎落英迟疑了一下，还是张开嘴把汤接住吞了下去，然后起身抓住勺子说：“我自己来。”

丈夫没有坚持，双手解放后一屁股坐在床边拍打着腰说：“这一天到晚把我忙的，浑身都疼。”

心头掠过一丝心疼，但转瞬即逝。黎落英继续喝汤，并发出比较大的声响，以此来掩盖心里的局促。

“食不发声”是早些年丈夫给她立下的规矩。其实她从没想过吃饭会有什么规矩，直到嫁给丈夫之后她才发现自己吃饭的方式（使劲咀嚼，粗声喝汤等等，其实她生活的那个小山村里的人大多都是这样的，而且有过之而无不及）简直是肆无忌惮。丈夫吃饭时姿势正，小口嘬，这让她无地自容。自觉性加上丈夫的白眼，慢慢地她也学会了“食不发声”。当然丈夫的规矩还有很多，比如笑不露齿、轻拿轻放、物归原地等等，她都慢慢学会了，倒是后来丈夫随着年龄的增长把这些规矩逐渐抛诸脑后，变得越来越粗鲁了。有时候她就恍惚，觉得丈夫跟自己发生了乾坤大挪移。

看到黎落英没任何回应，丈夫脸上掠过一丝失望，摇了摇头，又叹了口气说：“亲家说了，医院环境太差了，还是先不让孙子来了。”

黎落英顿了一下，说：“不来就不来吧，儿子都不是自己的了，别说孙子了。”

其实她也想叹一口气的，但被她使劲咽了回去。她觉得此时此刻那一声叹息就像一把钝刀，没什么杀伤力也没什么存在的意义了。

丈夫抬起脸，讪笑着说：“没事，你还有我呢。”

丈夫的笑容明显有些讨好的意思，当然也夹杂着一些尴尬和凄凉，里面有让黎落英感觉到同病相怜的东西，也有让她失望甚至愤怒的东西。

她又喝了几口汤，将保温桶放到了床头柜上。丈夫抬着头看了看里面，大声说：“你还没吃肉呢？”

黎落英摇摇头说：“没胃口。”

丈夫正要开口，那个男人推门进来了。男人脸上带着微笑，很有礼貌地跟丈夫点了点头，丈夫也跟他点点头，脸上的肌肉却僵住了。

丈夫站起身，局促地看了看四周，突然发现救命稻草似地提起脚边的暖水瓶说：“我去打热水。”丈夫出去了，黎落英知道暖水瓶是满着的，她知道丈夫也是清楚的，只是都不愿意说出来。

03

黎落英闭上眼睛。丈夫把尴尬丢给了自己，她得把自己变成一团空气。

男人小声地跟徐雅子说话，然后是打开保温桶的声音，再接下来就是男人吹汤和徐雅子喝汤的声音。两人都不多言,配合默契，像一对寻常父女那样。

男人的真实身份是丈夫先看穿的。那应该是黎落英住院的第九天，男人第二次来。那时候黎落英跟徐雅子已经成了可以随意交流的熟人，黎落英已经从心里开始喜欢这个安静漂亮的姑娘。男人要走，徐雅子出去送他。两人走后，丈夫突然给她使了个眼色，问道：“知道她俩什么关系吗？”

黎落英不明所以地朝门口看了看说：“能是什么关系？父女呗。”

等她回过头来时，却看到了丈夫猥琐的表情，她立刻恍然。但她并不想接受这个答案，有些愤怒地说，别在这里胡说八道。

你看他看那姑娘时候的眼神，色眯眯的，哪像个父亲？丈夫胸有成竹地说。

她本想用“这种事情也就你能看得出来”来抢白丈夫，但想一想还是算了，这会让她回想起当年丈夫那段让她不堪回首的出轨往事，倒不是她害怕去回忆，而是觉得没必要了。

戳破了徐雅子的秘密，黎落英倒生出几分愧疚感，就好像自己做错了什么，以至于接下来一段时间跟徐雅子说话都有些不自然。徐雅子到底还是感觉出来了。于是在几天之后，也就是在另一个男人来过之后，徐雅子告诉了她一切。

原来这第二个醉醺醺脏兮兮的中年男人才是徐雅子的父亲，他游手好闲身无分文，来医院不是关心徐雅子的病情，而是来跟她要钱的。临走时他翻走了徐雅子外套里所有的钱，还抢走了她的手机。

徐雅子的住院费、衣服、手机等几乎所有的东西都是第一个男人提供的。他是个有钱的有妇之夫，他跟徐雅子是通过某个网上交友软件认识的，他们的关系已经维持了快两年了。他们每周见一次面，徐雅子住院以后依然是这个频率。每次她都要跟他出去。他来之前都会在医院附近的宾馆开好房。男人离开前都会给徐雅子留下钱或者她需要的其他东西。说起来，这个男人对徐雅子真是好，既有父亲那样的好，也有男人那样的好。黎落英因此从心里对这男人有了好感，以至于丈夫想说他坏话的时候她都会横加制止。

那次长谈之后，黎落英跟徐雅子的关系有了突飞猛进的发展。她甚至将徐雅子揽进怀里哽咽着说：“你要不嫌弃的话，就做我的干女儿吧。”

徐雅子却冷静地推开她说：“不必了，我们还是做病友吧，感情对我来说都是负担。”

尽管极为失落，黎落英还是尽量微笑着点了点头。

后来，徐雅子跟她谈起了新上映的一部叫做《等风来》的电影。她说电影她不喜欢看，但喜欢里面的歌，并把其中的两句歌词一个字一个字的念给她听。小学文化的黎落英向来对文字迟钝，但却神奇地将那两句只听了一遍的歌词牢牢地记在了心里。

我得到的都是侥幸，我失去的都是人生。

黎落英的思绪被男人突如其来的手机铃声打断了。男人看了看手机屏幕，很警觉地走进洗手间里。男人的声音忽高忽低十分错乱，但黎落英大体听明白了是怎么回事。而徐雅子则保持着刚才的姿势默默地喝汤，好像对男人的声音充耳不闻。不出所料，男人出来后表情变得极为慌乱，也或者是焦虑甚至是恐惧。他有些上气不接下气地低声对徐雅子说：“家里有事，我得走了。”

“对了，近期我可能不来了，你照顾好自己。”转身的时候男人又补充了一句。

徐雅子“嗯”了一声，继续喝汤。但男人出门后，黎落英看到徐雅子的身体一下塌陷了下去，手里的汤都洒在了被子上。

男人刚一出门，黎落英就急忙爬下床穿好鞋子，像是要追赶他似的，快速地出了病房。

你干嘛跟着我？在下楼梯的拐角处，男人突然停住脚步转过身。

黎落英快速地刹住脚，但惯性使然，她的身体还是做出了朝前冲的样子，几乎要撞到男人的后背了。

“你不能就这么走了……”黎落英忍着心里的慌乱说。

“那又怎么样？”男人很不友好地反问道。还好只是不友好，并没有其他什么。

“我是说，你得再来，像以前那样，要不你会……害了她的。”黎落英慌不择言，好在把意思都表达了出来。

男人深吸了口气，旋即抖出一个笑脸，说：“我知道你，你对她很好，她还说要认你做干妈呢。我不在的日子就请你照顾一下她吧。”

“可是……”黎落英才说出两个字，男人已经消失了。

黎落英突然觉得恍惚得厉害，她的身体晃了一下，被旁边一个人扶住了，那人关切地问：“大姐，你没事吧？”

黎落英对对方报之以感激一笑，说：“我没事。”她回转身体，朝病房走去。

再走回来，腿却变得格外地沉，“灌了铅”大概就是这个意思吧？不光是腿沉，头也昏沉，连带着眼神也昏昏的。楼道迎面墙上是几个女明星裸着上身倡议保护乳房的公益海报，原本上面的人都笑翩翩的，但现在黎落英觉得她们笑得有些诡异，或者说根本不是在笑，而是在哭。

迎面走来一个护士，带着职业的警觉性问她：“黎姐你不舒服吗？”

黎落英知道一个肯定回答会带来多大的麻烦，急忙笑着朝她摇摇头说：“没事没事，很正常。”护士松了口气说：“你手术安排在后天，得注意休息。”黎落英急忙应了一声。护士走了，黎落英的脑子清醒了许多，心情也松快了不少——应该与那一笑也有关系吧。

走到病房门口，黎落英的心又提了起来。她从门玻璃上朝里看了看，徐雅子正闭着眼躺在病床上，耳朵上塞着耳机，一根手指有节奏地敲打着肚子上的平板电脑。她的状态要比自己想象得好，黎落英把提着的心放下来，推开了门。

黎落英没有去病床，而是走到衣柜跟前，快速地换下病号服，穿好外套。尽管她把动作做得极快极轻，但在转身的时候还是听到了徐雅子的话。

“祝你好运！”徐雅子歪过头，微笑望着她。

黎落英心头一热，但她没让想哭的情绪酝酿成功，而是同样微笑着望着徐雅子说：“想吃啥，我给你买回来。”

“麻辣烫吧。”徐雅子做了个鬼脸。

黎落英本想说“换一个吧，医生不让吃”，但想了想还是比了个“OK”的手势说：“没问题。”

04

站在医院外面的街边上，黎落英的大脑跟眼前熙攘的人流车流一样，飞速地运行着，她在寻找可以道别的人。很快她就发现了，自己的人生实在过于简单了，真正值得去道别，或者说说心里话的人并不多，不过这样也好，简单、不累，人生至此，不就求它俩吗？于是她裹紧外套，一头钻进了人流中。

黎落英打了一辈子工，跳了一辈子槽，要数干得最长的就是这金都宾馆了，她城市人生也是从这金都宾馆开始的。当年金都宾馆是政府招待所，来这里吃饭的都是机关干部。黎落英经本家亲戚介绍来这里当服务员，因为长相出众被来这里吃饭的梁金生看上的。谁（包括她自己）也没想到在政府当秘书的大学毕业生会跟一个酒店服务员开花结果，可是人生有时候就是这么奇妙，最后她还真成了梁太太。当然结婚后梁金生就让她辞了这份工作。还不是因为面子问题？

人生不仅奇妙，有时候还很无情。谁都没想到一直顺风顺水、正值旺年的梁金生会突然走下坡路，几次工作变迁之后，他竟然从市政府办公室调进了一个闲职部门，前进的仕途戛然而止。加上孩子越来越大各种开销越来越大，日子一下拮据起来。黎落英也只好终止了在家相夫教子的安稳日子，出来找工作。

因为啥也不会，她只好再次进入宾馆服务行业。而此时金都宾馆已经改制成了私人企业，生意红火，但是她不想回去，梁金生也不让。还是因为面子问题！好在街上宾馆酒店多了起来，她就去应聘。为了日子好起来，她是抱着“另敲锣鼓重开戏”的决心去的，结果几年下来，因为各种各样的原因，她竟然跳槽成了惯性（其实这也是这个行业的通病），把整个小城的宾馆餐厅几乎都干了个遍。

儿子上大学那年，她（包括梁金生）终于意识到了问题的严重性，决定去一直敬而远之的金都酒店应聘。梁金生拉下脸皮找过去的老关系疏通了一下，她成功地进入了酒店后厨当了一名面食工。

不得不说，金都酒店才是她应该待的地方，这不，她一待就是七年。这七年来，在其他地方遇到的困难和烦恼在这里一样也不少，但是黎落英成熟了（其实就是圆滑了），再加上骨子里对金都酒店的感情，忍一忍就都过来了。七年下来，她把酒店当成了第二个家，而酒店对她也是有感情的，这不，住院期间，酒店领导还特意送去了花篮和慰问金，这表明她是一个有组织的人，让她着实感到了温暖，所以她才把金都酒店当成了告别仪式的第一站。

没错，当黎落英站在金都酒店高耸入云的大楼前，心头真的升起了一种带着温度的庄重感，当然其中还夹杂着无限的悲凉意，她知道这一别就永远不会回来了。

尽管带着口罩，门口的保安小罗一眼就认出了她，上前给了她一个大大的拥抱。黎落英摸着小罗被寒风吹裂的手，差点掉下泪来。小罗反倒安慰起了她，说以她开朗的性格不可能得病，肯定是医院误诊，还劝她赶快出院回来工作。

看来自己得病的事全宾馆都知道了，这样一来她反而轻松了，原本打算走后门的，她改变了决定，打算就从前门大厅里光明正大地走进去。于是她摘掉口罩，昂首挺胸，遇见熟人就打招呼，想跟她寒暄的就停下来多说两句。这一路下来她蓦然发现，自己在宾馆里还是蛮受欢迎的，而且还颇有些地位，尤其是那些入职不久的年轻人，甚至对她点头哈腰，这让她身体里凝固了很久的血逐渐有了流动的感觉，等她走到后出门口的时候，她甚至都觉得后背开始冒热气了。

门开着，马丽红正背对着她揉面，双肩一耸一耸的，不知道的还以为她在哭。黎落英这辈子遇到的对手不多，马丽红算一个；她打心眼儿里讨厌，甚至说痛恨的人也不多，马丽红是唯一一个。马丽红比她稍早一点来这里工作，跟她同一个工种——面食工，手艺跟她也不相上下，都比其他面食工强好几倍，于是两人的竞争就此拉开帷幕，这一争就是七年多。七年以来一直是马丽红占上风，她受领导表扬最多，出差错最少，也在领班的竞争中将黎落英彻底打败，所以虽然黎落英表面对她和气，其实心底里恨透了她。马丽红自然深知此事，所以背后没少给她下绊子，去领导那里告黑状，拉拢同事孤立她。当然她黎落英也不是吃素的，散布马丽红（马丽红是离异单身）跟厨师长的绯闻、将一截纱布塞进马丽红负责的蒸包里等等都是她干的，看到马丽红为此被厨师长的老婆揪住头发打得满地找牙、因为顾客投诉而被扣掉了半个月的工资，她简直睡觉都能笑出声。但是马丽红是何等精明，她知道这都是黎落英在背后搞鬼，却对黎落英更加亲热，黎落英知道她是在酝酿更大的阴谋。只是她还没来得及施展，黎落英就住院了。

黎落英本是下定决心带着善意走这一圈的，但是当看到马丽红的背影时，她才发现这善意对谁都行，除了她马丽红。自己得病跟她马丽红也有关系，是她让自己在工作中遭遇了那么多的不快乐，现在她管理整个面食部，睡觉一定会笑出声来的。想到这里，她感觉身上的热气倏然消失了，恨不得扑上去对着她后背一顿猛捶。

马丽红突然转过身，呆了有那么几秒钟的时间，然后猛地朝黎落英扑过来，将她一把搂进怀里，头趴在她肩上抽抽搭搭地哭了起来。黎落英有些发蒙，她为什么这么热情？为什么哭？之前她一直在哭还是刚哭的？在接下来近一个小时的时间里，黎落英找到了答案。这几十分钟的时间里，马丽红抽抽搭搭地说的都是以前从未对她说过的话，都是只有女人，确切地说是体己人，之间才会说的话。最终她明白了马丽红的意思，她是说她身边不能没有她黎落英，她跟她争是因为心里比她黎落英还苦，黎落英有老公孩子，生活比她幸福，她最受不了这些，所以才处处难为黎落英的。她甚至还说得病的应该是她马丽红。

从金都宾馆出来的时候，黎落英心里感到几分庆幸，庆幸得病的不是马丽红，否则她可能早从那扇窗户里跳下去了。她望着宾馆直入云霄的尖顶，突然有了一种想再回来的奇妙的冲动感——

可是，我还能再回来吗？

05

市化肥厂家属区，这是黎落英要告别的第二站。这里已经破败得不成样子，泥泞的巷道，歪斜的院墙，裂纹缠身的房屋，要知道当年这里的繁华程度可是连市中心都无法相比的。那时候化肥厂是市里的纳税大户，养活着几千号人，一天到晚机器轰鸣，大卡车络绎不绝，这里有自己的商场、酒店、宾馆甚至电影院和舞厅。不光这里的人，就是梁金生和他那些头头脑脑们也没少来这里寻欢作乐。当年就是在黎落英的撺掇下，梁金生利用关系把她弟弟安排进了化肥厂工作，原本以为端上了铁饭碗——不，是金饭碗——就一辈子无忧了，可仿佛就在一夜之间，化肥厂倒闭，弟弟下岗，一切都没有了，连带着整个家庭都变成了大风中的蜘蛛网。前两天弟弟刚给她打过电话，说他老婆已经向法院提交了离婚申请书。现在黎落英都不敢来了，来一次一个样，一次比一次不堪，她害怕有一天来了会发现这个家已经不存在了，想要在心里留个念想都不成。

但是今天不同，她是来道别的，与它在不在没有多大关系，哪怕它人去楼空或者变成一片废墟，她只需要站在废墟上来一个简单的告别仪式就可以了。当然情况并不能恶化得那么快，衰败归衰败，废弃的厂房还在（好像还有个别车间在坚持生产），破败的家属区还在（即便是拆除也得需要漫长的时间吧），路上还能看到有人从某个胡同口钻出来，甚至还有商贩的叫卖声从某个角落里传出来。这让黎落英乱跳的心逐渐稳了下来。

走到弟弟家门口，她没有立刻推门进去，而是先听了听里面的动静。有说话声，她暗自松了口气，再听，是弟媳的声音，听不清说什么，也没有人回应她，像是在自言自语，但这声音却给了她一些底气。推开门，看到的也是她全然没料到的景象——

年近八旬的患了失语症的老妈正半躺在门前被阳光覆盖的竹椅上，双目紧闭，一动不动，俨然一尊雕塑，当然这尊雕塑不是全然不动，或者说是毫无生气的，它在动，它有生气，动的是它后面的一双手，那生气也与它也有关系，那是弟媳正在有节奏地为老母亲捶打着双肩，那自言自语声也是从她的唇边发出来的，那絮絮之声应该是在诉说某些往事，但不细听的话倒像是在低吟浅唱……

黎落英眼窝一热，转身便离开了。从破败的家属区出来后，黎落英特地回头看了一眼，她脑子里突然蹦出一句话：破败或许是一种永恒之美。她不知道这话合不合逻辑，也不知道跟徐雅子那句是不是有异曲同工之妙。

06

这是一座在整个小城里数一数二的高档小区，这是黎落英要告别的第三站，也是最后一站。在这里有山有水有亭台楼阁，还有什么书画一条街、旅游纪念品一条街、小吃一条街等等，建筑都是仿古四合院式独栋别墅。明明是个住宅区，却被挂上了“3A 景区”的牌子，而且还有一个很古怪的说法叫“旅游地产”。这里开始大兴土木的时候，黎落英是嗤之以鼻的，她觉得小城就这么点人，而且大都居有定所了，这里哗啦一下盖了这么多房子，卖价还死贵，不赔本才怪呢。可是后来她就傻眼了，据说这里的房子还没等开盘就被疯抢一空。当时梁金生还怼她：“你觉得都像你一样没钱？”

黎落英没把这话往心里去，有钱没钱的这些年不都一样过来了？更何况自己家又不是没房子住，那些别墅再好跟自己也没关系，可她万万没想到，自己有一天还真跟这里扯上了关系，而且还成了她一块天大的心病。确切地说，她生病的根儿就在这里呢，因为这里住着她的亲家一家。

她的男亲家是小城里响当当的人物，当年也曾跟梁金生一样在政府机关上班，后来辞职下海。接下来他的履历跟那个年代所有辞职下海的人差不多，搏击风浪勇立潮头，赚了个盆满钵满，据说这个旅游地产项目就有他的股份。虽然同住一城，但是对黎落英（包括梁金生）来说亲家是遥不可及的人物，他们从没想过有朝一日会跟他攀上亲戚，直到有一天上大学的儿子领着亲家的女儿进了门，他们才知道，原来两个人从高中时候就谈起了恋爱，而且两人都已经下定了决心非对方不娶不嫁。

黎落英（包括梁金生）自然没意见，他们是怕人家姑娘家有意见。好在儿子与姑娘郎才女貌蛮般配，亲家满意。儿子与姑娘大学毕业后双双进了亲家的公司上班，然后是结婚生子，一切顺风顺水。等到一切尘埃落定后，黎落英才发现自己犯了一个足以懊悔终生的错误。

儿子结婚对方没要房子，反而送了一套，她暗暗松了口气，并不禁有些沾沾自喜，觉得自己终究没成劳碌命，结果发现便宜了一套房子却把儿子搭进去了。儿子一家跟亲家楼前楼后住着，结婚之后就很少回家来了，来一趟就像串门，放下东西就走，而自己去一趟儿子家更像是走亲戚，站不是坐也不是。尤其是有了孙子之后，姥姥姥爷围着转，自己成了局外人，横竖插不上手了。孙子着实可爱，可就是不跟自己亲，来家一趟不是嫌脏就是嫌冷嫌热吵着要走，黎落英的病就是在这个时候坐下的。突然感觉整个世界啥都不是自己的，未来还看不到希望，整天郁郁寡欢，能不得病吗？

等站在儿子家门前的时候，黎落英想好了，啥也不说，就是看看孙子，看完了就走，不回来了——永远不回来了。可没想到的是，儿子家没人。她只好硬着头皮去亲家家，结果也大门紧锁。立在那里，抬头看着远处即将沉落的太阳，她竟一时没了主意。没有人，那这个别怎么道呢？她有些计划被打乱的无措感，但也没有办法，那就只好先把那件事往后拖一拖了。她临时决定回家一趟。有了这个想法后她倒有些自责起来：再怎么说，那里可是自己生活了二十几年的地方，道别的话也得有它一份吧？

07

黎落英万万没想到，家里竟然四敞大开地热热闹闹地搞装修。一开始黎落英以为自己走错了，可怎么会错呢？这扇门她合着眼都能摸进来。更让她感觉不可思议的是，装修工人不是别人，而是儿子媳妇和亲家两口子。他们全副武装忙得不亦乐乎。

“你们……这是在干嘛？”黎落英有些恍惚，她不确定这是不是跟自己的病情有关系。

儿子从凳子上跳下来，撕下口罩，先给了黎落英一个大拥抱，接着问道：“妈您怎么回来了？我爸呢？”

“快说，你们在干嘛。”黎落英有些怒不可遏。他们四个人都在笑，她感觉自己是他们的一块笑料。

儿子止住笑，深吸了口气说：“既然您看到了，我们就不瞒您了，我们想把家里好好收拾一下，让它来个大变样，等您出院后给您个大惊喜，这可是医生帮我们出的主意呢。而且医生还说了，装修工不能请别人，要我们亲自动手……”

“你爸知道吗？”黎落英打断儿子的话，不等儿子回答，她自言自语地说：“他怎么可能不知道呢？保密工作竟做得这么好，可真够狡猾的……”

从家里出来，走下那段雨雪天经常让她摔跤的下坡道，黎落英突然捂住肚子，扯开嗓子大笑起来。

08

医院里一副如常的模样，匆忙的医护人员，沉默的病人，内心焦灼但尽力克制的病人家属，以及淡粉色的主色调和空气里弥漫的淡淡的消毒水的味道，总之没有什么反常，但一路走着的时候，黎落英却产生了一种陌生甚至奇特的感觉——感觉自己不是这里的病人，而是一个来探望病人的家属，只需稍待片刻就会离开的——她手里提着的麻辣烫饭盒似乎更加证明了这一点。要知道，以前她可从来没这种感觉，她甚至一度因为遥遥无期的出院时间而没了离开的打算。

黎落英推开病房门，眼前的情景着实把她吓了一跳：徐雅子正站在窗户跟前，半个身体探出了窗外。黎落英把手里的麻辣烫丢在地上，尖叫一声冲了上去，一把抱住徐雅子，跟她一起滚到了地上。黎落英大口喘着粗气，徐雅子的身体在她怀里微微地抖动着，但徐雅子嘴里却发出一串尖细而琐碎的笑声……

这时候梁金生端着饭盒走进来，看到地上的两人大吃一惊：“你们咋了这是？”

徐雅子止住笑，捂着肚子说：“她以为我要从那里跳下去呢！”

一听这话梁金生咧嘴笑了，说：“那怎么可能？刚才我们聊了半天，开心得很，雅子说了，从今天开始就认你当干妈，认我当干爸，我们有了个女儿，高兴吗？”

这还用说？黎落英一把把徐雅子楼进了怀里，又叹了口气说：“只是那麻辣烫吃不了了，妈再去给你买啊。”

五、梨花又开放

【题记】

忘不了故乡　年年梨花放

染白了山冈　我的小村庄

妈妈坐在梨树下　纺车嗡嗡响

我爬上梨树枝　闻那梨花香

摇摇啊洁白的树枝　花雨漫天飞扬

落在妈妈头上　飘在纺车上

给我幸福的故乡　永生难忘

永生永世我不能忘……

——节选自歌曲《梨花又开放》

01

辛瑶她爸辛建军出事那天，我把二公子何平的胳膊咬伤了。虽然那段时间每到夜里那两道渗着血的牙印就会变成一只张着血盆大口的怪物钻进我梦里把我吓醒，但我一点儿也不后悔，相反，我还有种复仇般的快感。

说实话，我咬伤何平这事看似偶然，其实也有必然性，因为我早就看他不顺眼了，只是我没想到这事会发生在辛瑶他爸辛建军出事这天。唉，怎么说呢，其实我也万万没想到辛建军会出事。

我不知道这世界上是不是真有预感这种东西，反正那天早上一起床我就感觉右眼皮跳个不停，然后就跑到厨房问我妈右眼跳财还是跳灾，我老是记混。结果我妈抬腿就踢了我一脚，骂道："小兔崽子，大清早的就问这个，是不是诚心的？"我妈在市场街经营着一家裁缝铺，是正儿八经的生意人，对这个很在乎。我没敢反驳，当然心里也有了答案。

说出来不怕您笑话，我是一个藏不住事的人，尤其是对辛瑶，所以上学路上我就把我眼皮老跳的事告诉了她。结果她嗤之以鼻，还伸手弹了我个脑瓜崩："丁小木你还学习委员呢，迷信疙瘩一个。"没错，我学习是挺好的，成绩一直稳定在我们朝阳煤矿子弟学校五年级一班的前三甲。

这时候我的死党木瓜（本名吴一鸣，因为头长得像市场街上待售的木瓜而得了"木瓜"的绰号）急忙把他的木瓜头伸到辛瑶跟前说："辛瑶我是迷信疙瘩，你也弹我一下吧？"

我气急败坏地一把把他推开，吼道："吴一鸣我都说过多少次了，辛瑶只能弹我的脑瓜崩，别人谁的都不能弹，你再这样我不跟你做兄弟了！"

木瓜急忙缩着他的木瓜头躲一边儿去了。

下午最后一节课上到一半的时候班主任于翠华把辛瑶叫走了，一直没回来。看着辛瑶空荡荡的座位，我如坐针毡，一下课就飞跑到于老师的办公室，结果辛瑶并不在，于翠华老师则趴在办公桌上，脸色很难看，像是害了肚子疼。我感觉很不妙，也顾不上关心于老师是不是真肚子疼了，直接问她辛瑶去哪里了。于老师有气无力地摆着手说："她爸出事了……"

一听这话，我急忙转身朝教室飞奔而去，等跑进教室的时候，辛瑶他爸辛建军被砸死在矿井底下的消息已经满天飞了。木瓜像欢迎凯旋的将士一样一把握住我的手，啧啧赞道："木哥你的预言太准了！"我一把甩开他，抓起书夺门而出。

辛瑶家里并没有我想象中的混乱场面，相反还有些安静甚至井然有序。院子里，从凤凰村请来的负责红白喜事的许二爷，正指挥一干人搭设灵堂，参与的人严格按照分工默默地忙活着。许二爷也是手势多于言语，只是在猛吸一口旱烟之后会发出一长串的不规则的咳嗽声。屋里也静悄悄的，只能依稀听到一些压低了嗓门的细碎的说话声。

我先上前给许二爷鞠了个躬，这是朝阳矿区的人业已形成的规矩，然后直奔屋里。屋里的大炕上，几个矿区女人把辛瑶和她妈童淑娴围在中间，正有一搭没一搭地说着话。辛瑶跟童淑娴抱在一起，眼睛看着地上，脸上挂着泪痕，显然是刚哭过。

看到这一幕我的心像被刀子剜了一下，急忙走上前去对辛瑶说："辛瑶你别怕，有我呢。"

这时候木瓜火急火燎地冲进来，结巴着说："还有我还有我……"

其中一个女人忍不住“噗嗤”一笑说：“就你俩小不点儿，能干啥？”

一听这话我来气了，但也不好反驳，就说：“你还笑，要是你爸死了你也笑吗？”

那女人立刻变了脸，朝我举着巴掌，童淑娴一把按住了，对我说：“小木，你的好意我们领了，天不早了，你快回家吧。”

我扬了扬脖子说：“不，童阿姨，我不走，我还要留下保护你们呢。”

那女人又“咯咯”一笑说：“你这张小嘴，一点儿也不像你爸……”

“我当然不像他。”我立刻打断她的话。

一个人喊了一声走进门来。我打了个冷战，同时看到辛瑶的脸上掠过一阵惊慌。我知道她也听出了声音的主人是谁，急忙举起一只手朝她摆了摆，另一只拍在了胸脯上说：“辛瑶别怕……”

我话还没说完，一只大手就扣在了我头顶上，我本能地使出浑身力气挣脱那只手，跳到一边，指着来人大声说：“何平你来捣什么乱？”

来者的确是“二公子”何平，他身后跟着两个小弟，都是跟他一样整天游手好闲的小年轻儿。何平显然没料到我会是这种腔调，先是愣了一下，旋即没好气地瞪了我一眼。摆摆手说：“滚一边儿去。”然后换成一副讨好的表情冲童淑娴说：“嫂子你看有啥需要帮忙的尽管说，有兄弟们在，一定会让建军哥走得体体面面的。”

童淑娴则摇摇头说：“何平兄弟的好意我心领了，有许二爷在，没啥可帮的，您请回吧。”

旁边有个女人似乎没听到童淑娴的话，脸带娇羞地说：“二公子可以在葬礼上吹口琴嘛，这建军哥一死，整个矿区可就您会吹口琴了。”

一听这话我可来气了，指着那女人喊道：“你真是老糊涂了！葬礼上有吹口琴的吗？”

被我这一喊，那女人才意识到自己失言了，忙缩起脖子不说话了。

何平却拍了一掌说：“这主意不错嘛。建军哥活着的时候喜欢吹口琴，他这死了一定也想听吧，要不嫂子……”

“你也老糊涂了吗？”我再次喊断何平的话：“建军叔死了你还要吹口琴，你是巴不得他死吧？”

你小子！何平脸上的肉瞬间扭曲了，他再次朝我举起了胳膊，我没有丝毫发怵，反而感觉身体里突然生出一股力量，在它的驱使下，我噌地跳起来，张开嘴朝何平的胳膊咬了上去……

02

对于我咬伤何平这事，我爸和我妈表现出了两种完全相反的态度。在我爸看来，我这一口简直是英雄之举，咬得太解恨了，“不仅严重挫伤了何平的傲气，还大大振奋了矿区男人的信心”。我爸在矿办宣传科工作，有名的“一支笔”，说出话来总是一套一套的。而在我妈眼里就完全是另一回事了，在她看来我这一口“简直是要挨天刀的”——她说这话的时候大概是激动得忘了我是她亲生儿子了吧？

其实我爸和我妈的观点正好分别代表了朝阳矿区男人和女人的观点。在女人们眼里，何平是老矿长何继业的幺子，是新矿长何宏的亲弟弟，要家世有家世，要模样有模样，简直比《上海滩》里的许文强还有吸引力，做梦都想嫁给他，所以我咬何平就跟咬她们差不多。而女人们长久以来对何平的热捧，或者说是喜爱，又催发了男人们的“酸葡萄心理”，所以他们一直对何平极为排斥，当然如果往深层次追究的话，还有另一个原因，那就是他与童淑娴的关系。

何平与童淑娴是啥关系呢？还真有点儿说不清楚！关于他们两个人的关系有很多传言，而事实上，这么多年过去了，传言也一直是传言而已，比如童淑娴是何平高考那年嫁进矿区的，何平本来成绩不错，考上大学是没问题的，结果他却在高考前卷着铺盖回来当起了矿工，传言说是因为他对童淑娴一见钟情不想离开。再比如童淑娴结婚之后不久，就像绝大多数矿工家属一样，进入充电室工作，就是为矿工下井时佩戴的探照灯充电。其中一个叫刘铁柱的矿工老是借取矿灯或者送矿灯的时候骚扰童淑娴。这个刘铁柱人如其名，长得虎背熊腰，是个没人敢惹的主儿，辛建军也奈何不了他。且说有一天这个刘铁柱下夜班的路上却被人抡了闷棍，差点命都没了。传言说这个使闷棍的人就是何平，只是谁都没亲眼见到，不过这个刘铁柱伤好之后却像变了个人，不再骚扰童淑娴，对人也客客气气的，尤其是对何平，点头哈腰的，简直有些奴相。当然还有许多多如牛毛的传言，比如说为了童淑娴，何平曾不止一次地跟辛建军大打出手，两人甚至还约到凤凰岭上决斗；何平经常趁辛建军上夜班的时候翻墙去他家里跟童淑娴幽会，等等，但说者也就说说罢了，谁也拿不出确凿的证据来。

何平跟童淑娴说不清道不明的关系，无疑又加深了矿区男人们对他的排斥程度。童淑娴可是所有矿区男人的梦中情人，凭什么被他何平一个人占了先？而男人们这一想法又激发了女人们的“酸葡萄心理”，更加玄妙的是，因为有同样的“酸葡萄心理”，原本水火不容的男人和女人却又有了某种默契，那就是绝不容许何平和童淑娴走到一起。所以一直以来，只要有两人的流言蜚语冒出来，男人女人们就会不约而同地一起予以否认，就好像自己才是流言蜚语中的真正男女主角一样。

当然，在这种事上最有发言权的应该是辛建军。在矿区男女的心目中，他就像一堵墙，他沉默寡言的个性也的确符合人们关于墙的想象，横亘在何平跟童淑娴之间。而现在这堵墙却突然坍塌了，消失了，何平和童淑娴之间没有任何阻挡了，他们可以直面对方了，这可是谁都不愿意看到的啊，于是人们一下乱了阵脚。这时候，有头脑稍微清楚的人提出来，何平跟童淑娴的关系到底走向何方关键在于童淑娴的态度。于是人们急忙问怎么知道童淑娴的态度，那人的脑子似乎更加清楚了，他不慌不忙地说，就看她是不是允许何平在辛建军葬礼上吹口琴了。于是几乎就在一瞬间，人们的关注点就从我咬伤何平这件事，一下转移到何平是否会在辛建军的葬礼上吹口琴上了。

朝阳矿区的公墓在朝阳煤矿北面的凤凰山上。凤凰山上长满了梨树，它们属于山下的凤凰村，在困难时期可是村民们的命根子。所以当年老矿长想要买下向阳的一面当做朝阳煤矿的公墓时，遭到了凤凰村民的强烈反对。后来是时任村支部书记的许二爷出面调停，并拿自己的一片梨树林置换，事情才得以解决。不过就在准备砍梨树修公墓的时候，老矿长又改变了主意。他说在矿区这些年，已经对这些老树有了感情，于是便想了个折中的办法，对梨树林进行了选择性砍伐，最终保留下三分之一。梨树稀疏了，中间的空地用来修造坟墓。这样一来，这片林地虽然做了坟地，但有这些梨树在，倒使之显得不那么凄凉了。

公墓建成后没几年老矿长就去世了，家人按照他的遗愿将他葬在了墓地里。为此他的故友、懂风水的许二爷特地为他选了块宝地——整座公墓的正中间之处，说他在这里可以俯瞰朝阳矿区，保佑矿区人平安。只是许二爷的话并没有灵验。在那个生产条件、安全技术落后的年代，煤矿事故并不是什么稀罕事，梨树林里的坟墓无规律地增加着。

新矿长也就是老矿长的大儿子何宏上任后，投入大量资金更新生产设备，同时加强工人的安全技术培训，总之为保障工人生产安全花费了大气力，安全事故呈现出了直线下降的趋势，现在每年的事故量都是保持在个位数，出人命的事故更是少之又少了，所以说这次辛建军出事完全出乎人们的意料。

在大家眼里，辛建军处事谨慎，工作经验丰富，他还曾因为提前预知危险而避免过事故发生呢。据目睹这次事故发生的矿工说，那块巨大的碳石滚下来的时候，所有人都迅速地避开了，只有辛建军仿佛蒙住了一般，躲都没躲一下就被砸在了下面。他这反应实在太反常了，还有人指出更加反常的一点，那就是落石的位置，基本是在辛建军的正上方，就好像那块石头就是奔着他来的。尽管这人说得很含蓄，但还是有一些流言像那矿井里的煤灰一样逐渐升腾了起来，说辛建军的死跟何平有关，是他指使人干的（何平在矿办工作，不下井）。不过也有人对此提出质疑，说何平跟辛建军的关系虽然不怎么样，但也到不了非要谋害对方性命的地步，而且从技术层面来分析，在密闭的矿井里想要制造一起谋杀案可不是闹着玩的，弄不好会引起整个矿井坍塌，后果不堪设想。双方的观点似乎都有道理，也争不出个所以然来，再轻的煤灰总有落下的时候，流言很快就烟消云散了。

辛建军葬礼这天，整个朝阳矿区可以说是倾巢出动——除了下井的，甚至还惊动了山那面的凤凰村村民。送葬的人群从凤凰山脚下一直延伸到山上的公墓，场面十分壮观，有人说这规模都赶上当年老矿长的葬礼了，大概是因为人们除了为辛建军送行，还想亲眼看看童淑娴，以及解开何平是否会为辛建军吹口琴这一悬念吧。

凤凰岭一带的葬礼讲究隆重，越隆重越能让逝者走得踏实。辛建军的老家和童淑娴娘家来了些亲人，但声势太弱，许二爷便又安排了几位陪哭的女人和我们一群孩子。我们一大群人走在队伍前面，有哭的有闹的，再加上响器班子的合奏声，声势就出来了。

人群中，辛瑶双手抱着辛建军放大的遗照，哭得泪水横流，身体也抖个不停，要不是被两个年轻女人搀着，怕是早就跌到在人们脚下了。辛瑶的样子很让我揪心，于是在哭了一阵之后我就悄悄挤到她身旁，不停地提醒搀扶她的女人加把劲，看到那女人老走神，我真恨不得把她撵开亲自上前去扶辛瑶。

按照规矩，童淑娴要给辛建军“送面饼”，这是葬礼的最后一步，也就是说童淑娴只有在葬礼的最后一刻才出现，于是人们的关注点就先放在了辛瑶身上，对着她指指点点，说她是可怜的孩子。我听得心里很不舒服，因为我不想辛瑶可怜，我想让她做个幸福的孩子。可我又不能去争辩，就只好努力把那些议论声挡在耳朵外面。有些人不停地左顾右盼，显然是在期待何平的出现，不过直到葬礼接近尾声，童淑娴要送面饼了，何平也没有出现。

“送面饼”是凤凰岭一带的风俗，是说男人死后，都要由他的妻子亲手做六张面饼，随同逝者的骨灰盒一起下葬，有“吃饱了好上路”的寓意。朝阳煤矿位于凤凰岭的腹地，红白喜事都由凤凰村的许二爷操持，久而久之也就依了这一风俗。还有一首关于送面饼的歌谣，通常由我们这群小孩子来唱：

心上人，送面饼，黄泉路上不要等；
心上人，送面饼，往后有个好光景……

随着许二爷一声“起……落”的呼喊，响器班子停止了演奏，人群随之静了下来。辛建军的骨灰盒被四个人用白色的布带提着缓缓地放进提前挖好的墓穴里。骨灰盒一落地，尖利的唢呐声随之冲天而起，女人们大呼小叫地乱作一团。这时候许二爷又一声高喊：

“送面饼喽！”拥挤的人群听到命令，呼啦一下分成两队，列在了路两边，并齐刷刷地回转头。只见在队伍的尽头，一身白衣的童淑娴在两个女人的护佑下缓缓走过来，她手里端着一个白瓷盘，上面放着一摞面饼。她脸色苍白如纸，几乎与她的一身白衣融为一体，这使得她通体发着白光，仿佛从天而降的仙人……

我忍不住朝身边的辛瑶嘀咕了声：“童阿姨好美！”

辛瑶低垂着脸，似乎没听到我的话。这时候我又看到不远处的许二爷朝我使了个眼色，随即反应过来，我清了清嗓子，伸长了脖子，正要开唱，却突然听到远处传来一阵口琴声……

03

人们到底在辛建军的葬礼上等来了何平的口琴声，但这却并没有解开人们心头的疑惑，因为何平吹奏的地点在山的那一面的梨树林里，声音听起来稀稀落落的也不响。有几个好事的年轻矿工按捺不住好奇心，循着声音翻过山去寻找，我也想跟着一起去的，结果被我妈死死拖住没去成。后来听那些翻过山去的人说，他们看到了何平，不过因为距离远，只看到了个身影，而且他一看到有人来就停止了吹奏，隐匿进了梨树林里。据此人们一致认定，童淑娴并没有同意何平为辛建军吹口琴送葬，这也间接证明童淑娴拒绝了何平的殷勤之意，于是人们都暗暗松了口气。

矿区人有句常挂在嘴边的话：不能因为死了人，就不下井挖煤了。所以虽说辛建军的死给矿区人的内心造成了不小的冲击，但生活还得继续，于是在沉闷了一段时间之后，悲伤的气息逐渐消散，矿区又恢复了往常的样子。不过人们对于童淑娴的关注度却并没有消减，除了她跟何平会不会发展下去之外，还有为她们母女今后生活的担心。辛建军一死，家里没有了收入，童淑娴会作何打算呢？而这段时间里，何平跟童淑娴仿佛约好了似的，都极少在街面上出现。跟童淑娴要好的女人虽然常在她家进出，但也并不能提供过多的消息。我妈裁缝铺门前那群女人实在是耐不住好奇心，就撺掇我妈从我嘴里打探信息。

没错，作为辛瑶的好朋友，我有经常在她家出入的便利，但我每次去辛瑶家的时候，童淑娴不是在院子里洗衣服就是在厨房里做饭，她极少说话，脸上也是那种不喜不悲的平静神色，所以要想进入她的心里搞清楚她的真实想法简直比登天还难。所以我也只能摇摇头，送给我妈一声叹息。其实我也很好奇，曾偷偷地问辛瑶她妈的想法，结果被辛瑶好一顿呛：“丁小木，是不是不打算跟我做朋友了？”吓得我只好使劲地赔笑脸。

不过并没有过多久，就传出了何平要跟矿区医院里的美女护士肖美丽订婚的消息。这个消息不亚于一颗炸弹，一下把矿区人都炸蒙了。

在头脑恢复冷静之后，人们仔细一分析，发现这个结果倒也不那么意外，甚至在情理之中。在绝大多数矿区人眼里，肖美丽可是未来“矿区第一美”当之无愧的接班人，她的容貌甚至还要胜童淑娴一筹，毕竟有年龄优势嘛。而且这个肖美丽是医校出身，家在城里，据说还能歌善舞的，各方面都与何平极为般配，简直是上天特意安排来跟何平成亲的。所以虽然这个消息尚且停留在“据说”的阶段，但人们很快就将其当成了一条确切消息并加以传播、议论，甚至一度把何平跟童淑娴的关系都抛诸脑后了。

在家里我爸妈对于童淑娴的议论也少多了。不过从他们少有的议论中可以听出来，他们都从何平跟肖美丽订婚的消息里找到了一种平衡。在我爸看来，何平只要不跟童淑娴好了，爱跟谁订婚就跟谁订婚去，而在我妈看来，何平只要不落到童淑娴手里——她的原话，其他任何一个女人她都能接受，她甚至毫不掩饰地称赞何平跟肖美丽是天作之合。作为小孩子的我懒得理会他们的这些争论，眼下我更关心的是辛瑶她们母女的处境，甚至还有她们的未来。

虽然我不愿接受众人说的“辛瑶母女已经沦为了可怜虫”的观点，但又不得不无奈地承认这个观点的正确性。比如以前我在辛瑶家里做作业的时候，童淑娴经常会拿出鸡腿、点心啥的让我们吃，那都是辛建军买回来的。而自从辛建军死后，童淑娴就再也没拿出过什么东西来让我们吃了。还有就是，以前每逢周末，童淑娴总会在厨房里做各种好吃的，然后让我们大快朵颐，而在整个过程里，童淑娴嘴里总是不停的哼着歌，脸上也带着开心的笑容。而现在，她再也不哼歌了，脸上的笑容也消失了，周末的时候她不仅不在厨房忙活了，还常常坐在椅子上愣神，嘴里不时发出叹息之声。

从辛瑶的衣服上也能看出来她家里出现了“经济危机”——这个词是我刚从政治老师那里学的。现在快到冬天了，可辛瑶还穿着那件绿色的毛呢褂子，那是他爸辛建军给她买的生日礼物，十分好看，也很洋气，辛瑶穿上把班里那些俗气的女生一下都比了下去，真有种“清水出芙蓉”的感觉。可是那是两年前的事了，现在那件衣服穿在她身上又小又瘦，袖口和领口的毛都磨光了，这段时间北风呼呼的，一看就不起什么作用了。不过辛瑶跟她妈一样，是个要强的人，她根本不想在别人面前表现出冷的样子来，所以总是昂首挺胸精气神十足的样子，可越是这样我看了越是心疼。

那天放学后，木瓜因为要打扫卫生没有跟出来，我便对辛瑶提议：“我们去凤凰河玩吧。”

辛瑶点点头。趁别人不注意，我俩拐上了通往凤凰河大桥的小路。

凤凰河大桥自然是由凤凰河而得名。据说凤凰河是黄河的支流，发端于泰山之巅，从凤凰岭的山脉之间穿越而过，最后奔向遥远的黄河。凤凰河四季长流，但各个季节又不尽相同。夏秋季节水量很大，浩浩荡荡，到了冬春时节，水量就会急剧减少，河面朝中间收缩，会露出部分河床，河床上会有各种各样的贝壳，各种形状的鹅卵石，还有细软的沙滩，都是我们这些无聊的孩子所喜欢的。每逢周末我们都会到河滩上打发时间。而今天不是周末，就没人到那里去玩，这对我跟辛瑶来说可是难得的独处机会，所以我俩都有些难掩的兴奋。

我们穿过只覆盖着一层暗青色麦苗的田地，飞快地爬上凤凰河高耸的河堤，然后张开双臂，像飞翔的燕子那样朝河滩上冲过去。河滩上的沙地特别松软，我们的脚一踩上去就陷了下去，身体也随之跌在地上，我俩开心地大笑起来。

遥远的天边，即将坠落的太阳被凤凰岭遮住了半张脸，橘红色的余晖洒落下来，给远处的山峦、树木，近处的水面、河滩都洒上了一层淡黄色，当然也洒在了辛瑶那微红的面颊上，看得我的心一跳一跳的。

我不小心碰到了辛瑶的手，立刻有一股寒凉顺着我的手掌心钻进我的身体里，让我忍不住打了个冷战。我不禁心疼地搓着她的手说："辛瑶你穿得太薄了，该穿羽绒服了，你看咱班里的女生都穿上了。"

辛瑶叹了口气，爬了起来。

我急忙爬了起来，问道："你家里是不是没钱了？"

辛瑶默默地点了点头。

我也叹了口气，说："要不我给你买件吧。"

辛瑶急忙摆摆手说："你又没钱，怎么买啊？"

我想了一会儿，说："我手里有点攒的压岁钱，应该还差不少，要不我就跟我妈要，她要是不给我我就去她裁缝铺里偷，她收的钱都放在那个铁盒里，白天那个铁盒都不锁……"

"不行不行。"辛瑶脸上的表情有些着急，"你绝对不能那样做，那样做岂不成小偷了？"

一听这话我有些得意，拍了拍胸脯说："小偷怕什么，只要你能穿上羽绒服，我……"

"哈哈哈……"突然一阵阴阳怪气的笑声打断了我的话，我扭头一看，石三正从一边走过来。他手里甩着一根干树枝，摇头晃脑的，一副吊儿郎当的样子。石三本名石青，家里排行老三。他父母在市场街上炸油条，把钱看得比命都重要，对他只管生不管养，他小学没上完就不上了，整天在大街上胡逛，净干些偷鸡摸狗摸女人屁股的勾当，我们平日里都躲着他走。

看到石三我有点发怵，但看到他一边阴阳怪气地笑一边拿眼盯着辛瑶，嘴角仿佛要流下一串涎水，一股怒火夹杂着恶心感冲上我的脑门。我朝石三怒吼道："你想干什么？"

石三朝我甩了一下手里的树枝，一脸不屑的表情："你小子给我滚一边去，别耽误老子好事。"边走近辛瑶边嘿嘿笑着说："小美女，陪哥哥玩玩吧，哥哥早就想你想得不行了……"

辛瑶吓得紧忙往后缩身子，我急忙冲到她前面，张开双臂护住她，继续朝石三咆哮："石三你要敢胡来老子跟你拼了！"

石三眼一瞪："你小子还想英雄救美啊？就怕你不是老子的对手！"说着他举起手里的树枝朝我打过来，我跳起来一把抓住树枝，闷着头朝石三的肚子撞了上去。

石三被我一下撞出去很远，跌在地上，他很快爬起来，嘴里骂骂咧咧地朝我扑过来，这时候我还没站稳脚，再加上我本来就比他瘦小，他一下把我推倒在地上，然后骑在我身上，拳头雨点般地朝我的脸砸下来。我连招架的份儿都没有了，只好拼命用手护住头任他打。其实我并没有感到身上疼，只是耳边传来了辛瑶撕心裂肺的哭叫声，听得我的心一阵阵的疼。

也不知打了多久，石三突然惨叫一声从我身上滚落下去，我拿开手一看，何平出现在眼前。他叫骂着接连朝石三踹了好几脚，石三在地上打了几个滚，爬起来骂骂咧咧地跑走了。

我没有理会何平，急忙爬起来跑到辛瑶身边，一边给她擦脸上的眼泪一边安慰她。何平过来拍了拍我的肩膀说："你小子不错啊，以后就得这样保护瑶瑶。"接着他又问辛瑶："瑶瑶你妈最近挺好吧？"

不等辛瑶回答，我没好气地说："好啥好啊，她家里穷得都揭不开锅了。"

何平沉默了一下，叹了口气，转身走了。

这时候辛瑶用手摸了摸我的脸问："疼吗？"

我嘿嘿一笑说："不疼，没打脸上，都打手上了。"

于是辛瑶又拉起我的手，边看边说："可不呗，都红了。"

我反手攥住她的手，摇了摇说："不疼，真的，一点儿也不疼。"

辛瑶抿嘴一笑，说："你刚才那样，就像一头发怒的狮子。"

一听这话我来精神了，提高了嗓门儿说："没错，只要有人欺负你，我就会立马变成发怒的狮子咬他个稀巴烂。"

辛瑶点了点头说："天要黑了，我们回家吧。"

我俩翻上河堤的时候，听到了一阵口琴声。循声望去，看到何平正坐在不远处的一棵大树下吹口琴，他吹的曲子很熟悉，是辛瑶她爸辛建军经常吹的那首，不过我从来没问过辛瑶那是什么歌。于是就问她："这是什么歌啊？"

辛瑶似乎没听到，缓缓地说："我们该去给他说声谢谢。"

我说："说什么谢谢啊，他把你妈害成这个样子。"

辛瑶想要说什么，但没有说出来。沉默了一下说："我们走吧。"说完就转身走了。

我急忙追上去问："你还没说他吹的是啥曲子呢？"

"梨花又开放。"辛瑶头也不回地说。

04

我万万没想到的是，周一一大早上学的时候，辛瑶身上竟穿着件崭新的羽绒服。羽绒服是浅绿色的，带着一圈儿白色的毛领，特别好看，我想如果让我去买的话也一定会买这种样式的。辛瑶本来就长得好看，穿上这件羽绒服就更加光彩照人了，看得我心里直痒痒。不过还没等我开口，木瓜率先夸了起来："辛瑶你真好看，比你妈还好看呢。"

我急忙说："那当然了，童阿姨是大人那种好看，辛瑶是小孩……不对，是女孩那种好看。"

木瓜朝我竖起大拇指："木哥你总结得真好。"

辛瑶不耐烦地朝我们挥挥手："你们就别贫了，要迟到了。说完急急地朝前走去。"

这时候木瓜拉住我，低声说："木哥你真好福气，长大了能娶辛瑶。"

一听这话我立刻得意起来，昂首挺胸地哼着小曲儿朝辛瑶追去。不过我仅仅得意了一上午，下午一放学，木瓜就把我拖到一个僻静角落，一脸神秘地说："木哥跟你说个事。"

我没好气地说："说啥啊辛瑶还没出来呢。"

"就是不能守着她说啊。"木瓜还有些着急。

我立刻提高了警惕，问他："啥事，快说？"

木瓜的声音又低了些:“知道辛瑶的新羽绒服是谁给他买的吗？”

我摇摇头:“还能是谁，她妈买的呗？”

“你又不是不知道，她家里没钱了。”

我急忙问:“那是谁买的啊？”

“是何平买的。”

我瞪了他一眼:“胡说！”

“怎么是胡说？我听李小林说的，他妈不是在市场街开服装店吗，何平就是从那里买的。”

这时候辛瑶远远地走了过来，我急忙嘱咐木瓜:“不能告诉别人。”

木瓜点点头。

回家的路上，木瓜跟辛瑶有说有笑，像往常一样，我却有点提不起精神来，跟在两人身后，极少插话。进了家属区后，木瓜先走了，我跟辛瑶家离得近，要一起再走一段。

辛瑶是何等聪明，木瓜一走，她的脸就沉了下来，问我:“丁小木你一路闷闷不乐的，是不是有什么事？”

辛瑶的眼睛在光线暗淡的巷子里闪着亮光，我却有些不敢看，低着头支吾了半天，说:“你身上的羽绒服好看是好看，不过……我听说……”

“是何平买的。”辛瑶干脆利落地截断我的话。

我张大嘴巴瞪大了眼睛:“真是他买的啊？”

辛瑶点点头。

“那你还穿？”我有些不高兴了。

“唉。”辛瑶叹了口气，但并没说什么。

“那童阿姨也同意了吧？”

辛瑶默默地点了点头。

我想了想，这确实是个没办法的事，天这么冷了，我又买不起，总不能让辛瑶天天挨冻吧？就说：“他就应该给你买，他做了那么多对不起你们家的事。不过你先穿着，等我有了钱就给你买件更好看的，到时候你把这件扔了就是了。”

辛瑶低头看了看身上的羽绒服，显然是有些不舍，不过最后她还是使劲点了点头。

辛瑶羽绒服的事情解决了，我的心情就格外好，一路哼着歌回家，一进门我妈就笑容满面地迎了上来。我知道通常这种情况下她是有“很重要的事情跟我打听一下”，便不由地提高了警惕。

果不其然，我妈一把拉住我，笑容里透着一股神秘：“妈有个很重要的事情跟你打听一下。”

我急忙说：“我还要做作业呢。”

我妈并不气馁，继续笑着问：“辛瑶身上穿的新羽绒服，是不是何平买的？”

我一把甩开她的手，冷冷地说：“我不喜欢嚼舌根。”

“哈哈，那就是承认了啊。”

这时候我爸的声音从屋里传出来：“他买就对了，我还想给瑶瑶买一件呢。”

我说：“就是，要是有钱我也买。”

我妈一跺脚，吼道:“你们爷儿俩，诚心气死我不是！”

很快，辛瑶的新羽绒服上生出的谣言就像这年冬天的第一场雪一样，洒在了矿区的角角落落，给矿区人单调的生活增添了些谈资，但它也同那单薄的雪花一样，并没有停留多久就消失得无影无踪了。毕竟除了那件羽绒服，并没有任何童淑娴跟何平有过交集的迹象，而且何平要跟肖美丽订婚的消息基本坐实，据说订婚的日子都定下来了，转年的正月十六，这样的话再关注何平跟童淑娴的关系似乎就没多大的意义了。

凤凰岭的冬天特别冷，今年也不例外。一场初雪之后，北风如约而至，它从凤凰岭的缝隙里灌进来，然后稳稳地驻扎下来，整日整夜地发挥着威力，很快便将这里的一切变成了它的臣民，草木迅速地凋敝，凤凰河的水流快速地降低速度，直至完全冻结在一起。位于凤凰岭腹地的朝阳矿区也进入了一年当中最冷清的时段，街上少有行人，市场街上的店铺都门户紧闭，处于半歇业状态，那群整日聚拢于我妈裁缝铺门前的女人们也都不见了踪迹。但谁都清楚，这时候人们躲进家里并不完全是为了躲避寒冷，很多人——主要是女人——正在酝酿一件大事，而据说今年童淑娴也要加入进来，这个消息无疑又让大家兴奋了不少。

先说这件大事吧。谁都知道，朝阳煤矿产煤，在那个煤炭是主要能源的年代，煤炭简直就是香饽饽，供不应求，于是便有人打起了它的歪主意，暗中倒卖煤炭。由于煤矿管控比较严，明着弄不到煤炭，有人便去偷。而要想偷到煤，只有一条路，就是去凤凰河对岸的火车上去扒。

那时候的运煤车，为了装卸方便，也有技术落后等原因，都是敞口的，煤炭装满后会露出车厢一个小山头，要想扒下里面的煤炭并非难事，只是要冒一定的风险。当年建造运煤铁路线的时候，老矿长也意识到了这个问题，所以就让运煤车从煤场出来后经过一座桥绕到了凤凰河对岸。这样一来，一年中的大部分季节，受凤凰河的阻隔，矿区人很难去到对岸，即便是偷着过河扒下煤来，这到处把守严密的，也很难运回来。而到了冬天凤凰河结冰后，自然得是冰面厚到足以承载巨大重量以后，就给人们提供了便利，一是过河方便，二是可以把扒下的煤通过冰面运回来，所以这时候人们才会付诸行动。谁都知道扒煤要冒一定的风险，但扒下的煤一经转手就能得到一笔不菲的收入。

而新一届矿长何守信上任后，成立了治安巡逻队，不分昼夜在铁路沿线巡逻，同时加大了对扒煤行为的惩戒力度，推出了一系列惩罚措施，比如罚款、开除甚至报警判刑等，久而久之，很多人——主要是矿工——就收手不干了，但有些人却经受不住利益的诱惑坚持了下来，这些人主要就是矿工家属，说白了，她们就是无业游民，不怕被开除丢饭碗，至于罚款判刑啥的，她们一般都会采取一哭二闹三上吊的策略，再加上本就抬头不见低头见的，联防队员们也不好动真格的，也就不了了之了。当然她们一般也不会落到联防队员手里，多年下来她们积累了丰富的“斗争经验”，敌进我退敌退我进、声东击西等各种战术一起上阵，最后都会小有所获。

不过扒火车毕竟是有安全风险的，而且还是力气活，最后能够坚持下来的不外乎两种人，一种是胆量力气不输男人的女人，再就是家境不好为生活所迫的。

这两种人，以前童淑娴都不属于。一来辛建军挣钱她持家，她的家境是不错的，再就是辛建军出了名的疼她，从不让她干粗活重活，更别说是跳火车扒煤了，为此可把其他的矿区女人羡慕嫉妒坏了。而现在辛建军一死，她家的境况一落千丈，看来她也是逼不得已了。这个消息让那些心里不平衡的女人心里好受了一些，但也让关心她的人——主要是男人——心疼不已，同时也忧虑不已：童淑娴能干得了这活儿吗？

我也属于关心童淑娴之列，听到这个消息后自然也担心得不得了，便对辛瑶说："童阿姨不能去扒煤，太危险了。"

辛瑶叹了口气，一脸愁容："可是有什么办法呢？"

我知道童淑娴的脾气，只要她决定了的事就不可能更改了，就陪着辛瑶叹了会儿气。不过我很快有了主意："我去给童阿姨帮忙吧。"

辛瑶吃了一惊："你会扒火车？"

我立刻拍了拍胸脯说："会啊，《飞虎队》上有，我都看过好多遍了，不信我给你表演一下。"说着我做了个飞身上火车的动作，接着又做了个飞身跳火车的动作。

辛瑶看了直鼓掌叫好，但脸旋即又沉了下来："你还这么小，我妈肯定会不同意的。"

我想了想说："那我就偷着去。"

辛瑶点点头说："我也去。"

看到辛瑶坚定的表情，我心头一热，拉起她的手动情地说："我就喜欢跟你并肩作战！”

05

凤凰河封冻了，扒煤行动也就开始了，不时有零星的消息传来，好在没有坏消息。而童淑娴并没有行动。我想她是谨慎之人，又没有扒煤的经验，她一定是在观察形势，积累经验。过了几天后的一个晚上，我正在吃晚饭，外面传来辛瑶喊我的声音。我知道童淑娴要行动了，顾不得我妈阻拦，扔下饭碗就跑出了门。

辛瑶说童淑娴已经出发了，临走前她嘱咐辛瑶好好在家待着，所以我们必须偷偷跟着她，不能被她发现。不过从家属区里出来后，我才发现这个担心是多余的。外面漆黑一团，只能看到脚下很短一段距离的路。路上还有其他行人，但只能影影绰绰地看到点儿影子。北风呼呼地吹着，说它是刀子一点都不过分，割得手上脸上生疼。我知道辛瑶也疼，就把她的手攥在自己手里，一起朝河堤跑去。

我们翻下河堤，连滚带爬地下到冰面上。对面铁路上有路灯，照得冰面亮晃晃的。此时这亮晃晃的冰面上晃动着许多人影，他们都手里提着钉耙和编织袋，正目标一致地朝对面河堤上跑。这个过程中不时有人滑到，但除了身体接触冰面的撞击声之外并没有其他声音。在这些摇摇晃晃的身影里我认出了童淑娴，她的样子十分引人注目，因为她的身体摇晃得最为剧烈，滑倒的频率也比别人都高，有的时候她刚爬起来就又摔倒下去。不过我是无论如何也笑不出来的，还有种想哭的感觉。从辛瑶那撇着嘴的表情看，她也认出了童淑娴，而且她的心情跟我一样。认出了童淑娴之后，我们的奔跑就不再漫无目的了，而是借着身体小、灵活的优势，很快就跑到了她身后，隔开一段距离跟着她，她此时的注意力全在前方的河堤上，也没注意到我们。

约摸十多分钟后，我们一前一后地越过冰面，上了对岸的河堤。这边河堤要比对面陡峭，爬的难度也大，得手脚并用才行。周围的人大都经验丰富，三下五除二就爬了上去，可童淑娴爬了两下就滑了下来，蹲在地上一边用袖子抹额头的汗一边呼呼大喘气。我实在看不下去了，想上去帮忙，却被辛瑶使劲拉住了。好在休息了片刻之后，童淑娴爬起来比刚才顺畅多了，虽然不停地打滑，费了老大的劲，最终也成功地爬了上去。

上面有路灯，容易被巡逻的人发现，所以人们爬上去之后并没有翻上河堤，而是躲在下方，远远看去就像是一只只静默的壁虎，滑稽而又壮观。童淑娴也加入壁虎的行列，不过与旁边的人不同的是，她趴下后一直不停地喘着粗气，身体起伏尤为明显，显然是累坏了。我和辛瑶则在一边找了个空隙趴着。

没过多长时间，就几分钟吧，伴随着刺耳的汽笛声，一道刺眼的光柱如利剑一般刺过来，运煤车开过来了！

人群立刻骚动起来。有经验的人都直起身子，一副蓄势待发的样子。童淑娴也急忙直起身子，目光紧盯着运煤车来的方向。从她紧绷的身体看，她十分紧张，当然我跟辛瑶也紧张。运煤车刚起步，速度并不快，这也是人们选择在这个路段下手的原因。从这段路过去，前方就是凤凰河大桥，过了凤凰河大桥就意味着出了朝阳矿区的地盘，那时候火车就会加速，朝外面的广阔世界飞奔而去。也就是说，必须在这段路上完成上火车、扒煤、下火车这一流程，如果被火车带过了凤凰河大桥再跳桥的话就会极度危险，之前出事的大多是这种情况。

且说随着运煤车越来越近，人纷纷跳上河堤，队伍最前面的人开始翻上火车，然后挥动钉耙扒煤。火车很快来到童淑娴跟前，她也要上火车了，她的一根手臂伸出去想要抓住火车外面的铁栏杆，可并没有成功，她又伸出了一只脚，但又缩了回来，然后她的身体一下僵住了。我急忙冲了出去，一把抓住火车上伸出来的铁栏杆，手脚并用地爬上车厢顶部，跳进了煤堆里，然后朝童淑娴喊道："童阿姨，快给我钉耙。"

童淑娴愣了一下，旋即反应过来，把手里的钉耙朝车厢顶抛过来。我急忙起身抓住钉耙，挥起来想往下扒煤。这时候我才发现这并非易事，一来随着火车的震动，我的身体失控般地不停晃动，手里根本使不上劲；二来扒煤绝对是个力气活，必须有足够大的劲才行。情急之下，我只好退而求其次，只尽力地扒下去很小的煤块。几个煤块滚落下去，我一看还不够童淑娴用手抓的呢，所以再一下的时候我便咬牙使出浑身的力气朝一个煤堆尖耙去，可不成想钉耙下去后却被死死地卡住了。我用了好几回力都没拔出来，急出了一身冷汗。这时候火车已经开出好一段距离了，童淑娴和辛瑶在下面追赶着。童淑娴看出了问题，朝我大喊："小木快跳车……"

这时候又响起一声汽笛，我一个激灵，朝前一看，凤凰河大桥已经赫然在目，而我身边的人仿佛蒸发了一样都消失不见了，我彻底慌了神，想要跳车，双腿却像定住了一样根本挪不动了，我“哇”的一声哭了起来。就在这时，突然有个黑影跃上车厢，一把抱住我，裹着我朝车下滚去。从车上滚下去之后，在惯性的作用下，我俩又滚下河堤，朝河里滚去。整个过程里，我感觉自己的身体犹如被裹进一个棉花包里，软软的，热乎乎的。直到滚动停止，耳边响起了一阵撕心裂肺的嚎叫声，我才完全回过神来。

我定睛一看，竟然是何平，忍不住啧啧赞叹：“何平你可真有两下子，你是飞虎队吗？”

何平龇牙咧嘴地说：“拉倒吧你，老子的腿折了！”

我急忙看何平的腿，发现他的一条腿不那么直了，裤子上还洇出了血迹，就又咧开嘴哭起来。

童淑娴和辛瑶也连滚带爬地跑了过来，童淑娴惊慌地问我：“小木你怎么了，伤着了吗？”

我抹了把泪说：“是何平，何平的腿断了，怕是要死了……”

何平一巴掌拍在我后脑勺上，气急败坏地说：“少咒老子，妈呀疼死了……”

童淑娴看了看何平的腿说：“伤得不轻，来，我背你去医院……”

何平叹了口气说：“还去啥医院啊？”

这时候几束手电筒光同时打过来，并伴随着一声呵斥：“都别动！”

因为何平的关系，联防队并没有为难我们，还主动把何平送去了医院。第二天，何平因为救童淑娴而受伤的消息就传遍了朝阳矿区的角角落落。早晨上学路上，很多同学就把我跟辛瑶围起来询问当时的经过。我先对他们的说法予以纠正，说何平不是要救童淑娴，而是要救我，也就是说他是因为救我而受的伤。这一说法引来众人的一阵唏嘘，我知道他们大都跟他们爱嚼舌根的父母差不多一个德行，也就懒得争辩，拉着辛瑶走开了。

辛瑶提议去医院看望一下何平，我想都没想就答应了，毕竟他现在已经成了我的救命恩人了。我提议叫上木瓜一起，因为我们总不能空着手去，而木瓜手里的零花钱一向比我的多。辛瑶也想都没想就答应了。

木瓜这小子别看有钱，也跟他妈一样抠门儿得很，所以我告诉他看何平的时候没说买东西的事，骗他说看完何平去市场街玩，让他多带点钱。他兴奋得不得了，把他存的面值最大的十块钱揣上了，可到了医院门口一听说要给何平买东西就不乐意了。我劝了他半天，答应把我姑给我买的变形金刚组合——他觊觎已久了——分给他一个之后，他才不情愿地把那十块钱贡献了出来。我又凑上五块钱，给何平买了一个花篮和一兜苹果。

何平是个名人，我们一进医院就打听到了他的病房号。病房里面有四个床位，但只有何平一个病人。他四仰八叉地躺在靠近门口的一张病床上，一只脚被绷带吊在半空里，怀里抱着个小录音机，正闭着眼睛听歌，边听还边小声地哼哼，一点也没有病号的样子。

之前辛瑶嘱咐我到时候叫何平一声“何叔”，可我试了好几试也叫不出口，就“喂”了一声。何平听到动静睁开眼，愣了一下，看到辛瑶后他脸上立刻绽开了一朵花：“是瑶瑶啊，快进来。”

木瓜没好气地说：“别光叫瑶瑶啊，还有我们呢。”

何平笑着挥挥手："都进来。"

我和木瓜把手里的东西放在何平床头上，按照之前排练的样子，一起说："这是我们的一点儿心意，祝你早日康复。"

"你们还挺有心的嘛，谢谢啦。"

我说："不用谢，我们应该来看你，你是为救我受伤的嘛。"

何平说："有你这句话就够了，不过你小子也是好样儿的，竟然敢去扒火车。"

木瓜急忙说："他们是没告诉我，要告诉我了我也敢去。"

何平说："我知道，你小子也不赖，有你俩保护瑶瑶我就放心了。"

木瓜看了看四周说："这里怎么就你一个人啊？"

何平说："别提了，我哥安排的，也没个说话的，烦死我了。"

木瓜说："原来是你哥利用他的矿长特权啊！唉，结果好心办了坏事。"

何平没再理他，转过头问辛瑶："你妈说来了吗？"

辛瑶摇摇头。

何平叹了口气，说："回去告诉你妈，缺钱了就找人跟我说一声，可别去干这种危险的事了，这种事可不是她能干的。"

辛瑶点了点头。

我也叹了口气，说："你的钱也不能都给辛瑶家啊，那样肖美丽能愿意吗？"

何平的脸一下耷拉下来："提她干嘛？"

木瓜没听出何平话里的意思，兴致盎然地问："你啥时候跟肖美丽订婚啊？"

何平瞪了他一眼，没好气地说："谁说老子要跟她订婚了？"

木瓜吓得急忙躲我身后去了。

辛瑶看出了形势不对，说："你好好养伤吧，我们先走了。"

何平朝我们摆摆手，躺下去重新打开了录音机。

从何平病房出来后，我说："何平竟然不承认要跟肖美丽订婚，不知道他是怎么想的。"

木瓜显然对我的话题没兴趣，他提议说："我们去看看肖美丽吧，我爸说她是童淑娴第二，我还没见过她呢。"

反正也没事可做，我和辛瑶就没提反对意见。

肖美丽也是个名人，我们很容易就找到她了。她正在另一层楼的护士站忙活着，穿着一身白色的护士服，头上戴着白色的护士帽，脸红扑扑的，大眼睛一闪一闪的，的确很美丽。

听说我们找她，肖美丽很意外，问我们有什么事。我说我们去看何平了，顺便来看看她。木瓜则补充说听说她长得很美，来开开眼。听了这话肖美丽不好意思地低下了头，旁边的护士则捂着嘴笑起来。

这时候有病号朝这边喊，肖美丽表情严肃起来，说："你们看都看了，是不是该回家了？"

木瓜急忙说："刚才何平不承认要跟你订婚的事，你们到底还订不订婚啊？"

一听这话肖美丽扭头便走了。

因为木瓜这话，我和辛瑶把他批了一路。临出医院大门的时候，木瓜突然说："辛瑶，你妈。"

我们顺着木瓜指的方向看去，果然看到了童淑娴。她提着兜东西，低着头，脚步匆匆地走进了住院楼。

06

尽管何平不承认，但他跟肖美丽订婚的消息还是像那愈来愈猛烈的寒风一样愈传愈盛，其中还不乏一些细节性的东西，比如何家已经为肖美丽家送去了聘礼——一个金额大到吓人的大红包；矿长何宏提前包下了市场街上档次最高的金美达大酒店——预订了至少 40 桌酒席；何平为肖美丽买了个价值堪称天文数字的金戒指——据说上面镶嵌的蓝宝石是世界限量款的。其中也有一些消息牵扯到了童淑娴，说那天童淑娴去医院里看何平的时候被何平他妈堵到屋里骂了个狗血淋头，说她是“老母牛吃嫩草”，这句话甚至还演变成了很多人的口头禅。还有传言说何平出院的当天晚上就翻墙进了童淑娴家里，两人抱着头哭了大半个晚上。针对这条传言我妈甚至还撺掇着我去找辛瑶验证，我才不听她的呢，更何况我本身就怀疑这个传言的真实性。

总之在沉寂了一段时间之后，童淑娴跟何平的传言再度风行了起来，而且这次又加入了美女护士肖美丽，精彩度就又增添了几成。快要过年了，路边的树上挂起了彩灯和红灯笼，不时还传出鞭炮的炸响，各家各户开始置办年货，我们这些放了假的孩子整日在街上疯玩，矿区进入了一年当中最热闹的时候。

对于矿区人来说，大年三十晚上有一个必不可少的节目——

看烟花会。烟花会是现任矿长何宏上任后创立的，就是在年三十晚上，矿上出资购买烟花在矿区中心的广场上燃放。腾空的烟花耀眼夺目，象征着朝阳矿区蒸蒸日上。最近几年，随着矿上经济效益越来越好，烟花会的规模一年比一年大，燃放的烟花样式越来越花哨，而且每年烟花会上何宏都要发表新年致辞，所以除了下井的和值班的，矿区人都会倾巢出动，等于是一起过个年。而今年的烟花会更有看头了，据说，何宏邀请了他的准弟媳妇肖美丽为大家献舞，有人提议说让何平给肖美丽口琴伴奏，何宏立刻拍板定了下来。这样一来，今年的烟花会就达到了空前的关注度，男人们等着一睹未来的“矿区第一美”的动人舞姿（美貌），女人们则盼着一睹二公子何平的风采。当然两人的珠联璧合不免让有些人心里酸溜溜的，于是他们又搬出了童淑娴，说想看看她当天晚上会是什么表现，人们的兴致自然就又添了几分。

烟花会更是我们这群矿区孩子的狂欢节。年三十这天我们通常早早地吃过晚饭（经常会不吃）就跑到广场上去，放鞭炮、摔响炮、分零食，做各种游戏，玩得不亦乐乎。今年也不例外，我随便扒了几口饭就跑了出去，木瓜早就在那里等着了。一看到我他就迫不及待地要跟我交换零食，我跟他交换了一些瓜子糖果之类的，把巧克力单独留了下来，我要留给辛瑶吃，她最喜欢吃巧克力了。木瓜一听我这么说，也要把他的巧克力留下来给辛瑶，我可不愿意，夺过来就分着吃了。我们又放了会儿鞭炮，可天都快要黑了辛瑶还没来，这就有些反常了，于是我决定去她家叫她。

我们冲进辛瑶家的时候，她正坐在椅子上看电视，一点也没有要去看烟花会的意思。

木瓜吃惊地问她："辛瑶你把烟花会忘了吗？"

辛瑶摇摇头说："没忘啊，我不想去看了。"

我和木瓜一起惊问道："为什么呀？"

辛瑶说："没有为什么。"

这时候童淑娴从里屋走出来问道："瑶瑶干嘛不去呢？"

辛瑶说："你不去我也不去。"

童淑娴笑道："谁说我不去了？"

辛瑶问道："你真的去吗？"

童淑娴点点头说："那当然了，我啥时候说过不去的？"

辛瑶站起身，高兴地说："那我就去。"

我高兴地说："我就知道你不会不去的。"

木瓜说："我也知道。"

从辛瑶家出来，我急忙把口袋里的巧克力掏出来，揭掉外皮递给辛瑶说："快吃吧，我特意给你留的。"

木瓜说："我也给你留了，可惜刚才吃光了。"

辛瑶把巧克力塞进嘴里，说："真甜。"

我们一起高兴地朝广场走去。

时间过得真快，我们还没觉到啥呢，天就完全黑了。等到广场上的灯亮起来的时候，四周已经围了好几圈人。我们急忙找地方坐。通常是一家人坐在一起的，但我妈招呼我的时候我没答应她，我要跟辛瑶坐在一起，当然还有童淑娴。往年也是这样的，那些多嘴的女人为此还打趣说我是辛瑶家的上门女婿，惹得众人哈哈笑。

可今年有人看到我也不再开玩笑了，应该是因为辛建军死了，喜剧便成了悲剧，谁还能笑得出来？更何况今晚童淑娴会不会出现还说不准呢。这不，燃放的烟花已经在广场中心准备好了，矿长何宏都来了，童淑娴还没有出现。我不禁担心地问辛瑶："你妈还来吗？"

辛瑶点点头说："当然来啦，我妈一定会说到做到的，你看，我妈来了。"

我顺着辛瑶的手指回头一看，果然看到童淑娴朝这边走过来，我和辛瑶急忙朝她招手。有人跟童淑娴打招呼，她就微笑着跟人家点点头，看起来完全是以前的样子。我松了口气。

这时候人群里突然传来一阵欢叫声，原来是何平正在几个年轻人的簇拥下走过来。何平穿着一身新衣服，头发抹得锃亮，脸上也恢复了往日神采飞扬的样子，完全没有了住院期间的病态，怪不得那些女人都激动不已呢。不过跟以前不一样的是，以前他出场的时候俨然一副老大的做派，几个小年轻屁颠儿屁颠儿地跟着他，而现在他却是被别人簇拥着，好像还有些不好意思的样子，就像是变了个人，难不成他住院住傻了？

这时候有个女人喊道："二公子今天打扮得好洋气啊，是为了给新娘子看吧？"

何平白了她一眼："老子爱给谁看给谁看！"

另一个女人喊道："那就是给我们大家伙看啊，二公子真大方！"

女人们一起哈哈大笑起来。我偷偷看了童淑娴一眼，她俨然是这场笑闹的局外人，眼睛盯着别处，脸上还是那种平静的表情。

这时候矿长何宏走到了广场中间，手里拿着个扩音喇叭朝人群喊道:“大家静一静，人都到齐了吧？”

一个女人喊道:“矿长您就别磨叽了，快冻死了。”

何宏瞪了她一眼:“你家被窝里暖和，干嘛出来？”

另一个女人回道:“她男人今晚下井了，被窝里也不暖和。”

人群中又爆发出一阵笑声。

何宏皱着眉头喊了声“安静”，然后对着扩音器喊道:“下面我宣布，朝阳矿区一九九二年度庆新年烟花会正式开始……”

后面的话我没听进去，因为在我看来他年年的讲话都差不多，我甚至怀疑他这些年都是用的同一份演讲稿。木瓜又贡献出来一堆零食，我们三个大吃特吃。

燃放烟花开始了。今年的烟花果然又多又漂亮，持续了至少有半个小时，把整个矿区的天空都要点着了，烟花产生的烟雾呛得人们一边咳嗽一边流眼泪，但却抬着头张着嘴喊个不停，气氛空前热烈。

烟花熄灭后，在一阵欢叫声中，何平被几个年轻人推到了舞台中间，他好像更害羞了，竟然一直低着头。一身白裙打扮的肖美丽，仿佛仙女一般飘到他身边，并款款地朝何平伸出了一只手。那情景不像是两人要演出，而是要举办婚礼。人们都看呆了，忘了欢叫，四周突然变得异常安静。

何平并没有接肖美丽伸过来的手，而是从口袋里掏出口琴，自顾自地吹了起来。肖美丽则收回手，随着何平的口琴声缓缓地舞了起来。神奇的是，肖美丽跳着跳着，天上竟然飘起了零星的雪花……

那幅景象简直是美极了！时隔 20 多年后的今天，再回忆起那个场景，我还会有一种美妙而激动不已的感觉。我想当年每个在场的朝阳矿区人应该都和我一样，把那幅场景藏在记忆深处，变成了自己身体的一部分。这期间我扭头看了童淑娴一眼，发现她的眼睛里闪着水一样的波光。何平跟肖美丽的表演结束的时候，人们尚沉浸其中，我扭头一看，童淑娴已经不见了踪影。

06

何平跟肖美丽珠联璧合的表演，让朝阳矿区人过了个好年。过完年了人们还津津乐道了很长时间，有的人甚至还意犹未尽，弄清楚了何平吹奏的那首曲子是《梨花又开放》之后，买了磁带听，不久很多人都会哼唱了，市场街上的店铺也开始轮番播放这首曲子。我爸五音不全，学了老长时间还老唱跑调，不过他充分发挥他的笔杆子专长，颇有文采地评论道：飘落的雪花不就是开放的梨花吗？再配上那悦耳的口琴和美妙的舞姿，简直是神来之作啊！

我妈最爱跟我爸唱对台戏，加上她又新听到了一些负面消息，悻悻地说："这个曲子原本是辛建军最擅长的，何平却吹得来劲，看来他还是没放下童淑娴！"而我妈这句话说出后没几天就得到了印证：何平逃婚了！

这个消息简直就是晴空一个炸雷，把矿区人都炸蒙了。不过见多识广、头脑灵活的矿区人很快反应过来，并得出结论：何平根本不喜欢肖美丽，他爱的人只有一个——那就是童淑娴！

“啧啧啧！真是个有情有义感情专一的男人！”女人们赞叹起来，当然口气里还透着一股酸味儿。

可惜了,可惜了！男人们叹着气,口气里则充满了疼惜和不甘。

很快，关于何平出逃的细节就被人抖落了出来，说何平临走前跟他的家人大闹了一场，说他这辈子非童淑娴不娶，家里既然不同意，他就跟他们一刀两断永远不回来了。这话从何平她妈被气得住院那里得到了印证。

还有传言说，下夜班的矿工路过童淑娴家门时看到有个人影翻墙进了她家院子，那个人影很像是何平。当然这是传言一开始的样子，后来就直接演变成了有人亲眼看见何平天天晚上翻墙去童淑娴家里，也就是说何平没有离开矿区，而是躲在童淑娴家里。只是这条传言一直没有得到验证。

我实在忍不住好奇，有一天在辛瑶家做作业的时候趁童淑娴有事出门，我就各个屋里找了起来。辛瑶问我在找什么，我说找何平，气得辛瑶直跺脚:“我不说了大人的事我们不掺和吗？你再这样我永远不理你了。”我急忙向她认错，当然心里已经有了答案:传言是假的，何平根本不在辛瑶家！

对于矿区人来说，过了正月十五才算过完年。正月十五是灯节，每年这天矿长何宏都会安排人在矿区的大街小巷悬挂上闪光的彩灯，还要制作一些花哨的灯车摆放在各个路口，可今年他没有任何行动，他家里已经乱成了一窝粥，还要照顾生病住院的母亲，当然主要原因是没那个心情。矿区人都表示理解，不仅如此，受到这件事的影响，人们的心情都普遍低落，正月十五都没怎么过。天本来就冷，街上就更显得冷清了。我们这些孩子玩了一会儿，也觉得索然寡味，就解散回家了。

正月十五一过，又传出一个令人失落的消息，肖美丽辞职了。她永远离开了朝阳矿区，永远也做不成“矿区第一美”了。人们又不免一阵嗟叹，说本来以为今年是最热闹的一年，结果却正好相反，变成了最悲情的一年。但生活总得继续，所以一阵子之后，也就逐渐恢复了往日的面貌。该下井挖煤的下井挖煤，该做生意的继续开张做生意，我们这些过完寒假的孩子们也都欢欢喜喜地回到学校。因为凤凰河的冰面还冻得死死的，那些过河扒煤的人还都坚持着跟联防队员打着游击，虽然不时传出有人受伤、有人被抓的消息，但都如同丢在凤凰河冰面上的石子一样，在发出一些碎响之后就归于了平静。

又过了些日子，有人看到童淑娴走出家门，朝市场街上走去，一问才知道，她在市场街上的一家快餐店里找到了份洗碗工的工作。这个消息让人在吃惊之余，又对童淑娴竖起了大拇指，说这个选择意味着她彻底放下了身段，要像那些寻常矿区女人一样去生活了。当然后面这话我是从我爸嘴里听到的，他对此还做了补充解释，说虽然那次过河扒煤已经说明童淑娴放下了身段，但那次毕竟是在夜里，少有人见，算不上“彻底”。我觉得我爸说得挺有道理，于是从内心里对童淑娴的喜爱和敬重就又多了一层。

童淑娴去市场街打工，我和辛瑶倒有了新的去处。每天放学的时候，童淑娴还没有下班，我们就一起去市场街上找她。那里有个员工宿舍，上班时间里面没有人，童淑娴就给我们清理出一张桌子，让我们在上面做作业，等她干完活儿我们再一起回家。有时候我们做完作业早，还会帮她干活儿。快餐店离我妈的裁缝铺不远，有时候我们也会去我妈店里玩一会儿——那是她热情邀请的结果。不过我妈跟童淑娴不同，她话多，老是问这问那的，有时候她的问题让辛瑶很尴尬，比如她会冷不丁地问何平是不是回来过，以及辛瑶长大了会不会给我当媳妇之类的，所以时间久了我们就不去了。

随着天气渐渐转暖，我们也不光去市场街找童淑娴，有时候做完作业了我们还会去凤凰河桥上看运煤车轰鸣着远去，或者去下面河滩上砸开变薄的冰面捉鱼虾。河堤上冒出的小草越来越多，凤凰山上的梨树林也到了开花的时节。有一天放学路上，辛瑶突然指着远处的凤凰山说:“看，梨花。”我放眼眺望，发现凤凰山上浮起了一层淡白的雾气，便有了一个主意。平日里我跟辛瑶在一起时木瓜也都在，所以我跟辛瑶单独在一起的时候并不多，于是我偷偷地告诉辛瑶，周末我们一起去凤凰山上看梨花。辛瑶自然是爽快地答应了。本来那会是一个万分美好的周末，可我做梦也没有想到，那天我因为迟到了一会儿就出了事，而且是大事。

那个周末我姑姑一家毫无征兆地来了，表弟缠着我带他出去玩，我费了好大劲才摆脱他，然后飞跑去辛瑶家找她。辛瑶家里大门紧锁，我想已经过了约定的时间，她可能去家属区外面的路上等我了，就跑了过去，结果也没有，我就急忙朝凤凰河堤上跑去。凤凰山在凤凰河的对岸，要去的话得从凤凰河大桥上过。快要上河堤的时候，我遇到几个比我小的孩子正从河堤上下来，我就问他们有没有见过辛瑶，结果他们都一副慌慌张张躲躲闪闪的样子。我急忙抓住其中一个大声质问他是怎么回事，他支支吾吾地说，之前石三威胁他们，让他们骗辛瑶说我在凤凰河滩上等她，现在辛瑶和石三正在河滩上呢。

一听这话我急忙甩下他们，飞快地朝河堤上跑去。我爬上河堤一看，河滩上真有两个人影，一看就是石三跟辛瑶。

我大喊辛瑶的名字，朝下面飞奔而去。我连滚带爬地快要跑到他们跟前时，被石三一声喝住。我站住脚，却被眼前的情景吓出了一身冷汗。辛瑶跟石三一远一近地呈现对峙之势，石三站在河沿上，而辛瑶则进到了河里的冰面上。辛瑶一脸愤怒，石三则还是他那种一贯的嬉皮笑脸的猥琐模样。

“石三你狗日的想干什么？”我怒不可遏地吼道。

“去你妈的，又来坏老子的好事！”石三回骂了一句，脸上的笑容消失了，取而代之的是一种让我惧怕的表情。不过这种惧怕转瞬即逝，我继续怒吼道：“石三你要是乱来，老子跟你拼命！”

“就凭你？”石三冷笑一声，“你给老子滚远点，等老子过完了瘾就把你相好的还给你，否则出了事别怪老子没提醒你！”

听石三这么一说，我还真就不敢动了，我不是怕他，而是担心冰面上的辛瑶。

“算你识相！”石三哼了一声转过身，一边朝辛瑶走一边阴阳怪气地说：“小美女，听话，快过来让哥哥亲亲，来啊。”说着他朝辛瑶举起了胳膊做出拥抱的动作。

辛瑶则开始往后退，她边退边大声说：“你别过来，别过来！”

我急忙大喊起来：“辛瑶别后退，有危险！”

但我的话对两人不起任何作用，他们继续一前一后地朝河里走去……

砰一声响，我感觉整个天地都抖动了一下，是辛瑶跺了一下脚下的冰面。我的心揪得更紧了，石三显然也被吓住了。他停下脚步，变成了威胁的口气:“你不怕死吗？告诉你，上次有何平救你，这次可没人救你了，识相的话快过来……”

“我不怕死，我要跟你同归于尽！”辛瑶一边怒喊着一边继续咚咚地跺脚，冰面发出咚咚的闷响，听着特别恐怖。

“辛瑶，别跺了别跺了！”我一边惊慌地喊着一边朝辛瑶跑过去。就在我跑到河沿的时候，前面突然传来“咔嚓”一声，接着一条裂缝如游蛇一般扭动着身子自辛瑶脚下飞快地朝河边冲过来。石三喊了一声“妈”就转身跑上河岸，转眼没了影。

辛瑶停止了跺脚，我急忙朝她招招手:“辛瑶快过来……”

我话音未落，又听得一连串的碎响，脚下那条游蛇瞬间变成了千条万条，随着一阵咔嚓声，辛瑶掉进了水里，她一边呼喊一边挥舞着手臂。这时候我顾不得想了，拔腿朝辛瑶的方向跑去。奔跑中，我脚下的冰面也开始碎裂，我觉得我不是踩在了冰面上，而是踩在了一堆棉花上，我的腿越来越使不上劲，身体越来越往下沉，直到身体整个地陷进了水里。

针扎一般的寒冷和窒息感瞬间裹卷住我，我无法自控地猛吞了一阵凉水，然后身体开始往下沉，辛瑶的呼喊声变得越来越遥远。我这才意识到我快要被淹死了，我想挣扎，可是浑身使不上一点儿劲，只好任凭身体不停地往下沉……

昏暗中一只手臂突然伸过来，一把抱住了我的身体，接着我听到一个熟悉的声音：“别动！”

是何平！我心里升起一股温热，就听话地停止了身体使劲，接着我的身体便在这只手臂的力量下朝上浮去。很快我的头浮出了水面，接着我听到何平喊着：“大口喘气，别停……”

我急忙使劲喘了几口气，立刻感觉舒服多了。这时我看到辛瑶竟然在我的旁边，她也跟我一样正在使劲喘息，原来是何平正分别用两只手臂托着我俩。我一下笑了起来说：“辛瑶我俩都死不了了，何平又来救我们了……”

“你小子快闭嘴！”何平喊了一声。

我急忙闭上嘴，听到何平呼哧呼哧地喘着气说：“你俩使劲喘气，身体别动……”

我就按他说的，不再说话，任由他拖着朝河边游去。

过了一会儿前面出现了一块冰面，何平喘着粗气说：“你俩上去，朝河边爬，瑶瑶先来。”

他先把辛瑶托上冰面，辛瑶很听话地朝河边爬去，样子极为敏捷，看得我只想乐。等辛瑶爬远了，他又把我托上去，说：“快爬。”

我也飞快地朝河边爬去，我边爬边笑着说：“辛瑶你爬起来的样子真好看。”

辛瑶坐在河边上喘着粗气说：“你快点吧，还有何叔呢。”

我爬到辛瑶跟前，坐下来，然后回过头对何平喊：“何叔，你快点爬过来！”

辛瑶说：“你也叫他叔了？”

我说:“那当然了,他救了咱俩的命……”

不过何平还没有过来,辛瑶着急地朝他摆起了手:“何叔你快点啊……”

我看到何平在那个冰窟窿里朝天上挥舞着手臂,身体一浮一沉的,头一下露出来一下沉下去,没有要上来的意思,就喊道:“何叔你别玩了,水里这么冷……”

这时候何平的身体蹿出水面,他用手臂扒着那个冰窟窿的边缘,喘着粗气说:“你俩快回家,太冷了……”

我和辛瑶都打着冷战,差不多一起说:“何叔你快点过来,我们一起走……”

何平举起一只手摆了摆,喘着粗气说:“不行了,我没劲了,瑶瑶回去……告诉……你妈,下辈子……我娶她……”

我笑着说:“何叔你说啥呢,又不是不会游泳……”

我话还没说完,只听“咔嚓”一声,何平的身体随着断裂的冰块陷落下去,瞬间不见了踪影……

07

何平的尸首是第二天傍晚在凤凰河大桥下面找到的。据打捞尸体的人说,幸亏有桥墩的阻挡,否则何平的尸体可能就被冲进黄河里喂鱼了。

何平的尸体捞上来的时候,差不多整个矿区的人都来了,在凤凰河堤上站了好几里地远。男人都耷拉着脸,女人们则干脆咧开嘴哭，悲伤的气氛笼罩着绵长的人群。而上午还晴得好好的天，下午却变了模样，太阳不见了踪影，乌云占满了天，就连那已经消失了的北风也杀了回马枪，在河堤上呜呜地叫着，仿佛是特意来增加悲伤气氛的。

何平的尸首被抬上岸的时候，双腿蜷曲着，胳膊双举着呈现一种拥抱的姿势。看到这个姿势时我说："何叔落水的时候就是这个姿势。"

这话惊动了许二爷，他朝我招招手说："小子过来。"

我吓得急忙往我爸身后躲，他却一把把我拖了出来，说："二公子就是为救你小子淹死的，快去。"说着把我推到许二爷跟前。许二爷朝众人摆摆手说："都起开了，给二公子更衣。"众人都听话地哗啦啦退出去很远。许二爷让助手用一块竹屏风把何平的尸首围了起来，把我一个人拉了进去，按着我的头说："跪下磕三个头。"

我急忙跪下朝何平的尸首磕了三个头。离着何平近了，我才看到他的脸上手臂上腿上有一道一道的血口子，皮肤青一块紫一块的，看得心里特别难受，就呜呜地哭了起来。

许二爷一巴掌拍在我头上说："别哭，泪珠子滴在他身上他的魂就走不了了。"

我急忙止住哭。

许二爷从随身的蛇皮包里取出一打草纸，念叨了几句，抽出一张抹了点蜂蜜一样的东西，盖在了何平脸上，之后把其他的草纸点燃了。金色的草纸很快变成纸灰飞走了。

许二爷用烟袋杆轮番敲了下何平的胳膊肘和膝盖，他的四肢便逐渐平展了下去,整个身体平整地铺展开,脸上的表情也变得安详了。随后许二爷端来一盆清水，递给我一块干净的毛巾说:“来，给你何叔净净身子。”我接过毛巾，在许二爷的指挥下把何平的身子从头到脚擦了一遍。擦完后许二爷给何平换上一件崭新的镶着金边的黑色锦缎寿衣和黑色的寿鞋。何平在这一身衣服的衬托下显得特别英俊，苍白的脸上甚至有了红晕。

我不由地赞叹道:“何叔真英俊，他要是能活过来，我绝对不会反对他娶童阿姨了。”

这时候许二爷扑通跪在地上，大喊一声“英雄啊”，然后朝何平的尸首磕了个响头。再起来时，他脸上已是老泪纵横。我急忙过去扶他，听到他颤抖着声音说:“可惜啊，临了连个送面饼的人都没有。”

不知道是不是有人听到了许二爷这句话，当天晚上全矿区就展开了关于给何平送面饼话题的讨论——当然主要是在自己家进行的。以我家为例。我妈一直抽抽搭搭的，都没有做晚饭。我爸也很反常地抽起了烟。那烟抽得特别狠，吐出的烟雾特别大，呛得我妈哭着哭着又咳嗽起来。过了好大一会儿我妈用一种很少见的商量的口气说:“要不我去给二公子送面饼吧。”

我爸也咳嗽起来，说:“送面饼可是很严肃的事啊，可不是说送就能送的，许二爷也不会许啊。”

我妈没了主意，哭得更厉害了。

我看他俩讨论一晚上也不会有个结果了，就自告奋勇地说:“要不我去送吧。”

我爸又摇了摇头说："送面饼的必须是女子，这也是规矩。"

一听这话我也无计可施了，自然我妈哭得更响了。

第二天，很多女人跑到许二爷跟前自告奋勇要给何平送面饼，但都被许二爷给否了。许二爷的态度很明确，送面饼是讲规矩的，破了规矩不光对死者不敬，还可能给矿区招来灾祸，这一年到头朝阳矿区的灾祸还少吗？

最后一句话把众人都问住了，是啊，这一年到头朝阳矿区的灾祸还少吗？就连这人见人爱的何二公子都撒手而去了，唉！

这时候有人提到了童淑娴，不过立刻被众人否了。经过这一事，大家终于看清楚了何平对童淑娴的感情有多么深挚，也意识到以前对两人的态度是多么过分，而两个人的结局是多么让人心疼，所以现在对童淑娴的态度也更加柔软了。大家都知道，童淑娴还要活下去，要再嫁，如果她给何平送了面饼，就意味着她这辈子就是何平的人了，她就不能再嫁了，这是多么残忍的事啊！所以最后只得依了许二爷的说法："没有就没有吧，只要大家都有这份心，何平也会瞑目的。"

何平葬礼这天，全矿区的人都出动了。我跟辛瑶披麻戴孝走在队伍最前面，哭得十分伤心。进到墓地里后，许二爷示意大家都别哭了，他要安排祭奠仪式。我跟辛瑶就找了个地方坐下来，木瓜也趁机挤了过来。

这时候我们才得以看看身边这片梨树林。梨花还没有开放，不过花骨朵都已经撑得很大了，有种随时要怒放的感觉。

我叹了口气说："以后何叔就能天天在这里看梨花了。"

辛瑶咬着嘴唇说："何叔很喜欢梨花。"

木瓜问:“你怎么知道啊？”

辛瑶说:“他最喜欢吹的曲子就是《梨花又开放》。”

木瓜竖起大拇指说:“辛瑶你真聪明。”

我点点头说:“那曲子是真好听，以后我也买把口琴练习吹，吹给你听好吗？”

辛瑶默默地点了点头。

这时候祭奠仪式结束了，许二爷喊了声“起”，唢呐声随之冲天而起，人们又放开嗓子哭了起来。这时候四个年轻人抬着放着何平骨灰盒的八仙桌走到墓穴前面。何平要下葬了。桌子刚放稳，远处突然传来一声喊:“送面饼喽！”

众人一起回头。只见在公墓的入口，童淑娴着一身白衣，双手端着一摞面饼，缓缓朝这边走过来。看到这幅情景，我鼻子一酸，正想咧开嘴哭，却看到许二爷朝我使了个眼色，我立刻反应过来，扯开嗓子唱了起来。辛瑶他们也跟着我唱起来。唱着唱着，我看到梨树枝头的花苞都缓缓地绽放开了，很快整个凤凰岭变成了白茫茫的一片……

六、复出记

01

柳芳芳复出了！

当然她复出后不是像明星大腕儿一样站在聚光灯下接受众人的膜拜与赞美，而是在小县城那家规模最大的餐厅的后厨里择菜。尽管如此，她复出却还称得上是一个爆炸性的消息，包括我在内的所有认识她的人都是这么认为的。而大家感觉她复出的消息非常劲爆的原因不外乎两个——

一是她的年龄。她可不像她的名字那样听起来那么年轻，如果我没记错的话，她今年应该差一岁就60岁了。第二个原因就是，算起来，这是她第三次复出了。而这次复出，还是在她丧夫、女儿远走他乡的节骨眼上，这些因素自然又让她复出的关注度增加了不少。

“二婶又复出了？这不是真的吧？”我老婆李凰在电话那头神经质般的尖叫不止。

没错，柳芳芳就是我二叔的老婆，也就是我的二婶。

“是真的。”我冷静地回复她。

“为什么？这是为什么呀？”

电话听筒“噗噗”响，我知道那是因为李凰正在激动地大喘气。

“我也不知道。要不下班后我去问问她吧。”

“可别光问啊，一定要好好劝劝她啊，都这么大年纪了，不老老实实在家待着，还搞什么复出啊？”李凰叹息着挂断电话。如今李凰那快言快语的样子像极了我那快嘴姑姑年轻时的样子。莫非快嘴也会传染？

李凰的意思很明确：对于我二婶柳芳芳的复出，既有担忧也有嗔怪，这应该是我们家族成员对此事最普遍的态度。

但以我对我二婶柳芳芳的了解，她做出这个选择，一定有充分的理由，而且以她的个性，她一旦做出了决定，任何人都不可能改变了。所以我去找她，至多也就是问问而已，想让她改变决定是断不可能的。在我眼里，我的二婶柳芳芳可绝非众人所说的性格倔强不合群，而是一个洞明世事的哲人，她的话总是在不经意间给我意外惊喜，如醍醐灌顶。出发之前，我在心里暗暗祈祷此行能有所斩获。

02

跟她的名字完全不搭调，我的二婶柳芳芳外表看起来并不是个优雅的女人，而且因为年龄的缘故，她已经明显有些老态，甚至打眼一看还有几分粗俗，走在街上跟那些到处可见的跳广场舞的老太太没啥区别。但是如果你要真这样评价她，那我只能告诉你，那是因为你没仔细看她，如果你仔细看她的话，就会发现她有一双与众不同的眼睛。倒不是说她的眼睛又大又圆又美丽——因为她的眼睛不算大不算圆也不算很美丽，而是因为她的眼睛里有内容，让你觉得看不到底——就像你站在湖边，只能看到镜子似的水面，却看不到水底有什么，因而你对这湖水也有了几分敬畏。

据说，我二叔当年就是看上了二婶柳芳芳的眼睛才对她爱得死去活来的。

我二叔跟柳芳芳同村，年龄也一般大，打小在一起玩。有人见过俩人在一起玩，但却没有人认为那会跟爱情有关。我二叔跟柳芳芳的爱情，当年在我的老家可是一段人尽皆知的传奇呢。而一段故事之所以成为传奇，往往是因为它有着不可思议的，至少常人难以理解的地方，我二叔跟柳芳芳的爱情，不可思议之处就在于两人之间的差距。

首先是外形。年少时候的二叔，怎么说呢，就是一个标准的美男子；而柳芳芳呢，人不如其名，身材矮墩墩的，容貌一般，总之就是普通女孩一个。那个时候的二叔，可是周围女孩梦寐以求的对象，而柳芳芳恐怕是这群女孩儿里永远站在外围且最沉默的一个。

其次就是家境。当年我的爷爷在县城的机关招待所里做厨师，用我们当地话说就是“吃国库粮”的，这在当时的农村可是了不得的。这不仅意味着家境优越，而且作为幺子的二叔日后必定是前途无量的。所以在二叔成人之后，别说农村了，就是县城里给他提亲的都排着队。而我的二婶柳芳芳呢，打小死了娘，跟爸爸、姐姐相依为命，就算在农村家庭里也是条件差的。周围那些务实的小青年也没有谁是肯趟她这个浑水的。

所以在当年，没有人看好两个人的感情，而且几乎所有的家庭成员都对两个人的交往持反对态度，其中表现最为激烈的是我个性刚烈的奶奶。她曾为此扬言要跟我二叔断绝关系，让他啥好都捞不着，直到在一年麦收时，她看到了在麦草堆里滚成一团的我的二叔和我的二婶柳芳芳。

我奶奶当时就背过气去了。醒来后她的第一句话就是："给小二子成亲。"

就这样，柳芳芳成了我的二婶。

03

结婚第二年，二叔享受国家政策被安排进县城招待所工作，身怀六甲的柳芳芳也随之搬进县城生活，成了名副其实的城里人。自此她便成了村民眼中"麻雀变凤凰"的典范，只是她麻雀能变凤凰的原因，村里人却没有谁能说出个所以然来。

又一年，我的大堂妹出生。而在这一年，我二叔大刀阔斧的人生也拉开了序幕。

县机关招待所搞改革，对外承包，我二叔勇敢地"接招"，成了小县城第一个"总经理"。跟大多数老板不同，二叔的生意是一开始红红火火顺风顺水，但在几年后却跌入了低谷。生意红火的时候，有人说是因为二叔聪明能干有胆识，有人说是爷爷的鼎力相助，二叔却在一次醉酒后告诉我："多亏了你的二婶。"

我有些愕然，我不明白几年来一直在家相夫教女做全职太太的二婶对二叔的生意能有什么帮助，直到后来发生了那件事。

二叔承包的机关招待所虽然成了私营酒店，却依旧是县政府机关的御用招待所。因为费用被常年拖欠，酒店不仅垮了，还欠了一屁股债。二叔可谓是一夜沉沦，从一条斗志昂扬的龙变成一只软塌塌的虫，脾气却是越来越坏。有一次二叔在醉酒之后终于爆发了，提着菜刀冲进了县机关大院，叫嚣着要杀人。就连我年迈的爷爷奶奶出面都劝不下来，那场面之混乱您可以大胆去想象。

直至我的二婶柳芳芳出现。

只见她面色凝重，一手拖着我走路还不稳当的大堂妹，一手举着空手掌，上去朝我二叔的脸就是一个大嘴刮子。疯狂的二叔一下安静下来，丢下菜刀就走出了县机关大院。就这样，原本不可预知后果的事情在走到最危险的边缘时来了个大逆转，化险为夷了。

这件事情发生的时候我还不到四岁，自然无从记忆，这都是后来我那快嘴的姑姑告诉我的。当年正在播放一部电影叫《侠女十三妹》，我姑姑唾沫四溅、眉飞色舞地对我说，你二婶就是现实版的"侠女十三妹"。后来我专门找了这部电影来看，的确看到了一个叫"十三妹"的美丽侠女，但却实在找不到她跟我二婶柳芳芳有啥相似之处。

接近疯狂的二叔悬崖勒马，我的二婶柳芳芳自然功不可没，但她的贡献可不仅这一巴掌,而是才刚刚开始。随后她向家人宣布,她要开餐馆。

这就是我的二婶柳芳芳的第一次“复出”。

04

第一次复出后的柳芳芳做了两件事:一是把二叔经营的酒店盘出去,钱用来还债;二是在酒店边上开了家快餐店。

酒店办理交接那天,我二叔坐在酒店大门口哭得一塌糊涂。我的二婶柳芳芳却是异常平静,脸上丁点儿表情都没有(我的快嘴姑姑语)。我的快嘴姑姑还说,当时还纳闷呢,柳芳芳怎么那么麻木啊?原来她心里是咬着劲呢。

再后面的事情就不用我的快嘴姑姑告诉我了,我就都记得了。

记得每次我去二叔快餐店里,都会看到一身油污的二婶柳芳芳弓着腰忙碌着,在我的有关那个时期的记忆里,压根就没有我的二婶柳芳芳停下来时的样子。让我印象最深的是,有一次我看到大堂妹自己在门前的泥土地上玩,搞得满脸满嘴都是泥。

这个柳芳芳,真是挣钱不要命了。这是我那快嘴姑姑的话,恐怕也是全家人的共识。

可在几年后,挣钱不要命的我的二婶柳芳芳,突然对外宣布了一个让所有人都瞠目结舌的决定:赎回酒店!

水到渠成,抑或是顺理成章般的,酒店回到了二叔手中。

酒店交接仪式完成的时候,我的快嘴的姑姑刚要张口,却被我嘴更快的奶奶骂了回去。

重新坐在酒店经理的椅子上，我的二叔又由虫变回了龙。而我的二婶柳芳芳，却换上了一身干净衣服（此时她肚子里正怀着我的二堂妹），开始了她相夫教女的第二次隐退生活。

这一次，我的二婶柳芳芳的隐退生活持续了十年之久（我的快嘴姑姑核实的是十一年）。这期间，我的二婶柳芳芳又有了我的二堂妹。而我二叔的生意却是由顺风顺水变成了如日中天，他所经营的酒店发展成为县城唯一一家四星级酒店，他的生意逐步延伸到房地产、商场、医药等领域并全面开花。他成了县政府领导的座上宾，成了各大媒体追逐的焦点。他每天都忙于谈生意、签合同，甚至捐款做慈善。总之他成了小县城最忙碌、最富有、也最受关注的人。在我们家里，他的地位也是直线上升，甚至一度超过了我的爷爷奶奶。

而与各方面蒸蒸日上的二叔不同，我的二婶柳芳芳的人生却走入了一条与之完全不同的轨迹。她的身体开始无节制地发福，穿衣打扮越发不修边幅，思想也不再活跃，甚至有些迟钝，原本安静说话的样子也不见了，嗓门变得越来越大，有时候甚至口无遮拦。她似乎对一切都失了兴趣，甚至很少走出家门，对外面的世界也几乎不管不问了。她这一切变化导致的最终结果是，二叔很少回家了，即便回家脸上也鲜有笑容，而两人之间的交流也越来越少，少到可以忽略不计。这种愈来愈不正常的现象也逐渐引起了家人的担忧。

一开始，二叔与二婶柳芳芳的“不和谐”只是表现在他们的家庭内部，倒没给任何人带来不适，我的快嘴姑姑如此评价说：“夫妻嘛，都会有个情感厌倦期，过去了就没事了。”

我的快嘴姑姑可是很少说如此有深度的话！不知道是不是这个原因，在听了她的话后所有人都保持了沉默，直到一件事情的发生，使得这个隐秘的夫妻关系问题突然变成了整个家族不得不共同对面的尴尬的秘密。

那是在我刚刚参加工作不久，赶上我爷爷的生日聚会，所有的家族成员都聚在二叔家的大房子里为爷爷做寿。作为东家，最忙碌的自然是我的二婶柳芳芳了。她满头大汗，一脸油光，如同一只笨拙的企鹅摆动着肥硕的屁股往返于客厅、厨房之间，穿梭于众人之间。除她之外的所有人都端坐着，或高谈阔论，或喝茶嗑瓜子，无一例外地视她为无物。这是我们这个家族成员近几年来已经形成的一种的状态，或者说是一种共识：我的二婶柳芳芳是东家，是全职家庭主妇，她在做分内的事，没什么大惊小怪的。

席间，我的新工作自然成了家庭成员关注的话题。

先补充一下，我的新工作是为某个单位的一把手做秘书，要知道对于一个新毕业的大学生来说，找到这样的工作实属踩了狗屎运——这自然得益于二叔的“安排”。

酒过三巡之后，二叔叮嘱我一些“做人处事之道”，当说到“今后你跟着领导的工作，可不仅限于写写画画……”的时候，却被我的二婶柳芳芳的大嗓门大打断了。

“咋？阳阳（我的小名）的工作是画画？”

她的话音一落，所有人都像被施了“点穴术”般定住了，说话的嘴忘了闭合、吃东西的牙齿忘了咀嚼，就连正在吵闹的孩子也瞬间安静了下来，总之，之前那个原本喧闹的世界似乎被突然抽走了灵魂，凝固了。

啪！

这是二叔放下，确切地说是拍下，筷子的声音，如同炸雷，粉碎了那团凝固。

放下筷子的二叔霍然起身，在众目睽睽之下走进卧房，摔上了门——

啪！

又是一声，众人惊醒过来，唏嘘一片。我的二婶柳芳芳似乎倒没受到任何影响，继续招呼众人："来来，吃吃，继续吃……"

事后，我那快嘴的姑姑一脸不屑地向我奶奶抱怨："我二嫂真是没文化，写写画画就是画画吗？阳阳又不是学那个的……"

"就你有文化。"奶奶狠狠地白了她一眼。

05

"生日宴会事件"一出，让二叔与二婶之间那种只可意会不可言传的夫妻关系大白于天下，尽管我的二婶柳芳芳表现得若无其事像个局外人，但这并未让家人因此而感觉到一丝轻松，直到那个女人出现。我的意思是说，那个女人的出现就像最后一根稻草，彻底压垮了我的家人一直努力保持着的最后一点信心——对于我二叔与我的二婶柳芳芳夫妻关系的信心。

那是一个外表妖艳的女人，她的人生走的自然也是一条"妖艳"

路线。她原本是二叔酒店一名服务员，得到我二叔的青睐后职级便一路飙升，直至最后成长为二叔的“身边人”。

妖艳女人跟二叔的“绯闻”风起时，心有灵犀般的，我的家人都选择了沉默——准确地说应该是逃避。就像面对一个无法痊愈的伤疤，既然无能为力了，也就不要去招惹它了。对于我的二婶柳芳芳这个受害者，久而久之，大家内心深处对她的怜悯乃至愧疚，竟逐渐演变成了敬畏之心。在她面前时，大家都会谨小慎微，就好像她是一个已经被拔掉了保险栓的炸弹，随时都有爆炸的可能，但没有谁想充当这个“无辜的爆破手”。

不过时间久了，这个“爆破手”到底还是有人干了。不是别人，就是我那快嘴的姑姑，只是剧情出现了反转，她的“爆破”没有成功，而是成了一记“哑炮”。

那一天是在我二叔家，我的快嘴姑姑打开电视，电视里恰好在播放当地新闻，而电视画面恰好定格在我二叔身上——他正同县领导出席某个活动，当然这还不是最重要的，最重要的是她的身边就站着那个妖艳女人。

一切再明白不过了。

我的快嘴姑姑一下慌了神，想去关电视，却被我的二婶柳芳芳阻止住了——

“不用关，接着看吧。”

事后我的快嘴姑姑叹着气对我说：“当时那情景，又让我想起了侠女十三妹。只是，侠女十三妹是很多年前的事了，你二婶……也老了。”

这是我头一次发现，我的快嘴姑姑如果放慢语速说话的话，说出来的话也是蛮有深度的。

也就是说，我二叔跟那个妖艳女人的事，我二婶柳芳芳其实自始至终都是门儿清的。不仅如此，她还创造性地把自己由一个当事人变成了局外人，冷静处之。虽然她的真实想法没人知道，但她绝对不是众人想象的那样愚蠢、那样可怜。

此后不久，我那已经开始显现老年痴呆症状的奶奶含糊不清地说："老二家的这个女人，就是少见。"

接下来，二叔与那个妖艳女人的事愈演愈烈。他后来干脆不回家了，公然与那个女人同居。再后来，故事的情节就演变成了一个俗套的狗血剧：

妖艳女人的丈夫兴师动众地捉奸、将我二叔砍伤、妖艳女人背弃了我二叔、我二叔的公司开始走下坡路、我二叔生了病而且是绝症。也就是说，我的二叔在故事结束后收获的将是近乎身败名裂人生定论和一个无力回天的坏身体。

而随着我的二叔这个家族灵魂人物的渐次垮塌，我的大家庭也开始走下坡路。我的爷爷奶奶相继去世，家庭成员也逐渐分崩离析，不再有向心力和凝聚力。这个时期我的快嘴姑姑的口头禅便成了：完了完了，垮了垮了。

而就在这个时候，我的二婶柳芳芳，宣布了她要再次复出。

06

我的二婶柳芳芳第二次复出的时候，我的二叔已经病入膏肓。无情的癌细胞已经把曾经英俊潇洒、身材魁梧的二叔折磨成了一堆干柴，任何先进的医疗手段对他来说都无能为力了。

复出后的我的二婶柳芳芳，每天做两件事：照顾病床上的二叔，帮他打理那个岌岌可危的公司。

其时，那个妖艳女人卷着一大笔钱不见了踪影，公司上下人心涣散，二叔那个曾经忠心耿耿的司机也不知所踪。每天，我的二婶柳芳芳都会在医院安顿好我二叔之后再扭动着肥胖的身体赶赴二叔的公司。公司与医院隔着两条街，只有千多米的距离，但对于我的二婶柳芳芳来说却无异于一场长途跋涉。那段时间，我的二婶柳芳芳的街头奔波便成为小城一道固定的风景，自然也成了小城居民热议的话题，话题的情感倾向自然以嘲讽为主。

这个愚蠢的女人永远在做着愚蠢的事——这是小城舆论给我的二婶柳芳芳的一致定论。

而此时我的二婶柳芳芳在家族中的地位已经是一落千丈，没有人同情她、认可她、帮助她——这当然主要缘起于我那不争气的二叔。虽然大家都心知肚明我的二婶柳芳芳是无辜的，但大家还是都如同躲避瘟疫一样地躲着她，以至于她那条日以贯之急行军似的路线也成了众人回避的重点。有一个亲戚甚至在某个公开场合说："就算多走点路也不要碰上那个晦气的女人。"尽管这个人曾经在我二叔的公司工作过，曾经被我二叔委以重任并且也因此而发了家。但我也没资格指责人家，因为那个时候的我跟众人的想法是一样的，我也认为我的二叔给我的家族丢了脸，让我也抬不起头来。那个时候的我正跟我的老婆（那时候还是我的女朋友）李凰热恋，每当我们约会时，我都会很揪心，生怕她会提起我二叔的话题，我甚至曾暗下决心，如果李凰因为我的二叔而与我分手的话，我这辈子都不会原谅他，当然也包括我的二婶柳芳芳。直到有一天，我跟我的二婶柳芳芳在大街上撞在了一起。

那天，当我看到满头大汗的二婶时，我的第一反应就是以最快的速度逃之夭夭，可惜还是被她叫住了。

“阳阳，有日子不见了。”我的二婶柳芳芳站在我的面前不停地用手擦着脸上的汗。

“嗯。”我低着头用脚不停地踢自行车，假装它出了故障。

“公司的问题都处理得差不多了。”我的二婶柳芳芳喘着粗气说，我想她不完全是因为赶路疲惫。

“找时间去看看你二叔吧，他毕竟是将死的人了。”她继续喘着粗气说，“而且，他是真心疼你的。”

我的二婶柳芳芳走远了。我抬起头，转过头，却啥也看不清了。

我没有“找时间”，而是当即就决定去看看我那有日子没见的二叔。我比二婶晚到二叔的病房 20 分钟，是因为我在等我的女朋友李凰，我要带着她去见我的二叔和我的二婶柳芳芳，我已经不再担心她会因此跟我闹分手了，我相信自己能把一切都处理好。

看到我后，二叔那比干核桃还要干瘪还要阴暗（指肤色）的脸上流下了两行泪，他用呓语般的声音告诉我的女朋友李凰：“阳阳是个好孩子……”

我的二婶柳芳芳告诉我：“你二叔已经好几天没进食了，而且一直没有意识，不知怎么就认出了你们，还能说话了……”

从医院出来，我的女朋友李凰沉默了一路，临别时她对我说：“你二叔是个好人，你二婶是个伟大的女人。”

我有些震撼。我的二叔就说了一句话而已，我的二婶柳芳芳好像也没做过什么，但李凰却能说出这样的两句话，那一瞬间我觉得我简直就是人生大赢家。

但是，我赢了李凰，却失去了我的二叔。当天夜里，我的二叔做出了他人生的最后一个选择——与这个世界告别。

当我再次返回医院，看见我的二婶柳芳芳正坐在地上一边拍打地板一边哭号。我擦了擦眼泪，一把拉起她，说：“您也该解脱了。”

07

但是二叔的离开，并没有立刻让我的二婶柳芳芳彻底解脱。小城里关于她的流言蜚语还在风行，有人说她把公司变卖了，有了一笔不菲的存款；有人说二叔的钱全部被那个妖艳的女人卷走了，我的二婶柳芳芳这个不幸的女人接手的其实是一个负债累累的空壳公司，加上二叔生病期间那一笔高昂的医疗费用，她的下半辈子恐怕会在还债中度过了。也就是说，有人认为我的二婶柳芳芳是幸运的，有人则认为她是不幸的，但不论怎么说，没有人再把二叔生前的所作所为强加在她身上。在这一点上来说，她还是幸运的。

对于我——包括所有真心关心我的二婶柳芳芳的人——来说，最担心的还是她的生计问题。在纠结了好一阵之后，我终于找机会对她说出了这个担忧。

“外界的传言肯定不对。”我的二婶柳芳芳微笑着摇了摇头。

二叔已经去世有些日子了，她的生活也已经恢复了安静，或者说她已经开始显现出再次隐退的端倪，她的生活重心要完全回归家庭，照顾我的两个堂妹。我的大堂妹在外省上大学，二堂妹在县城读高中。

“你二叔既没有给我留下巨额遗产，我也没有落魄到负债累累的地步，也就是刚好过生活而已，不过，这就足够了。”

说这番话的时候，我的二婶柳芳芳脸上是一副淡然抑或是知足的表情。我清楚，她这话没有说错，这些年来，不论我二叔如何起落，她都过着一种异常寡淡的生活，对物质乃至金钱几乎都没有要求。我那快嘴的姑姑就常在背后揶揄她守着我二叔这棵摇钱树，却一点儿都不会享福。现在看起来，除了我的二婶柳芳芳自己，所有人都错了。

那天我跟我的二婶柳芳芳进行一次长谈，当然主要谈的还是她跟我的二叔。只是出乎我意料的是，我的二婶柳芳芳竟然用一种极为自豪的语气告诉我，这辈子她最爱的人是我的二叔，从来就没有动摇过，而且二叔在病床上曾告诉她，他这辈子做得最成功的事情就是娶到了她当老婆。她还说，在二叔临终前两人约好了，下辈子还要做夫妻。而对于我二叔的所作所为，确切地说是所犯的错误，她只是轻叹了一口气，说了三个字：男人嘛。

那席谈话让我的内心酸到了疼，我深切感受到了我的二婶柳芳芳在这简单的三个字后所承受的一切。任何女人面对这一切时都会绝望、崩溃，而我的二婶柳芳芳却是淡然，淡然，再淡然。

这是一个怎样的女人？伟大、坚强、聪明……都不对，这些词汇实在是太俗不可耐了，哪能用来形容我的二婶柳芳芳？而我的二婶柳芳芳到底该用怎样的词来形容呢？反正我是晕头转向了。

随着流言的尘嚣散尽，我的二婶柳芳芳也开始了她的第二次隐退生活。至此，我们都以为她的人生就会沿着这条轨迹延展下去了，没想到她却又要第三次复出。

如今，我那快嘴姑姑的嘴已经不再快了，大脑的反应也有些跟不上了，经常会正说着一件事却渐渐没了下文，可她听说我的二婶柳芳芳要复出的消息后，还是差点蹦了起来，嘴也瞬间利索多了——

“复出个球！我真是搞不懂了，她到底是要闹哪样？”

是啊，这个节骨眼儿上复出，我的二婶柳芳芳要闹哪样呢？

08

说起来，我的二婶柳芳芳每次复出都是在某一个节骨眼儿上。比如我二叔的酒店濒临倒闭，比如我的二叔病入膏肓。而这一次，也确确实实又到了一个节骨眼儿上。

我二叔去世后一直处于隐退状态的我的二婶柳芳芳，并非在躲清闲，而是在做一件很重要的事情，就是培养我的两个堂妹成材——这也是我二叔的遗愿。我的两位堂妹也真是争气，相继考上了重点大学。大堂妹毕业后，留在了外省一所城市工作，这一年我的二堂妹刚刚考上大学。这时候家人们，当然是以我的快嘴姑姑为首，就开始劝我的二婶柳芳芳，一定要把二妹（我的二堂妹的小名）留在身边，好防老。众人皆是好意，我的二婶柳芳芳自然欣然应允。对此我的快嘴姑姑还叹着气对我说："这次你二婶总算做了个明白人。"

有个成语不是叫"事与愿违"吗？是说，一件事情的发展方向很难会完全循着你的意愿，而是总喜欢给你"意外的惊喜"。就像这次，我的二堂妹大学毕业后却选择了在上海工作，还交了个上海的男朋友，这是要在那里安家立身的节奏啊。这可急坏了我的一众家人，大家兵分两路，一路去帮我的二婶柳芳芳想办法，一路去上海要把我的二堂妹劝回来。

就在众人乱作一团的时候，我的二婶柳芳芳摆了摆手说："上海，还是我去吧。"

第二天，我的二婶柳芳芳便踏上了去上海的路。第三天，她便在众人的殷切期盼下返回了家。所有人都热切地等待她的"处理结果"，却见她微微一笑说："二妹应该留在上海。"

我的快嘴姑姑一个箭步冲到我的二婶柳芳芳跟前，大声质问道："你是不是昏了头了？二妹留在上海，你咋办？"

我的二婶柳芳芳依旧面带微笑。她拍了拍我的快嘴姑姑的肩膀说："二妹学的是艺术设计专业，我们这个小地方没有这样的工作，现在的工作很适合她，上海的环境也利于她的发展。我有什么难办的？不就是吃饭穿衣吗？我自己还解决不了？”

我的快嘴姑姑依旧嘴硬：“那你老了咋办？吃不动了也穿不动了咋办？”

“那不还早着呢吗，总会有办法的。再说了，啥事能比孩子的前途重要？”

唉——，我的快嘴姑姑一声长叹。

唉——，众人一声长叹，然后便转身离去了。大家都深知这件事的不可逆转。

让众人跌破眼镜的事情还在后面，那就是不久之后我的二婶柳芳芳的第三次“复出”。

……

当我带着家族众人的嘱托到我的二婶柳芳芳工作的地方充当说客的时候，看到她正在餐厅的后厨间里弓着身子择菜。房间里就她一个人，如果我没猜错的话，整个后厨的打理工作都是她一个人的。汗水浸透了她那并不合身的白色工作服，胖胖的后背伴着她粗重的喘息声一起一伏。这时一名大厨走过，只说了声“让一下”便见她迅疾地摆着身子躲避开，露出一副谦恭的样子。要知道，这家餐厅的主人曾经就是我的二叔，换言之，我的二婶柳芳芳曾经是这家餐厅的女主人啊。可眼下……

看到我，我的二婶柳芳芳晃着沾满泥和菜叶的手跟我打招呼，然后不好意思地说：“抱歉啊阳阳，二婶只是个打工的，没法儿给你安排饭菜了。”

——从前，我来到餐厅，这里的饭菜都是随便点的。

那种心酸到疼的感觉又来了，但我强忍住了——也包括眼里即将流出的泪水，转而笑着说："没事，我又不是不懂事的小孩。"

我的二婶柳芳芳也笑了笑说："是来当说客的吧？"

我摇了摇头说："不是啊，我向来是支持二婶的决定的。"这是我的心里话，我已经改变决定了。

七、在海边

在看到“海螺姑娘”全貌的同时，林凡也看到了那个老人。

老人独坐在临海的一块岩石上，勾着背，抱着腿，双眼盯着远方的海边，也或者是即将被海水吞没的夕阳，像一尊雕塑，如果光线再暗一些的话，看起来像是跟岩石一体的了。

当然，对于林凡来说，老人只能算是“偶遇”罢了，他最大的兴趣还在“海螺姑娘”上,他可是费了很大的劲儿才找到这个“最佳观测点”的，再加上天色越来越暗，他可不能再浪费时间了。于是他小心地转过身，把目光完全对准了“海螺姑娘”。

没错，它的确是一只海螺，一只硕大无比的海螺。它的设计非常精巧，尖尖的尾部朝上，做成了房顶，下面的开口处被做成了门，门上面“海螺姑娘”四个大字做成的霓虹招牌闪着荧荧的光。它通体被四面镭射灯的黄光覆盖着，看起来就像一只伏在海岸线的金色海螺。

林凡看呆了。虽然在网上订房的时候，他见过它的外形图片，但跟现在的感觉完全不同。图片的感觉坚硬生冷，顶多有点好玩儿罢了。而现在的感觉则是震撼，还有油然生出的对设计者、建造者的敬佩之情，能根据周围的环境地形乃至氛围生出如此灵感来的设计师应该非等闲之辈吧？而在这样险峻的地形中将其建造完成就更非易事了。他不禁暗自庆幸这趟来对了，也相信这趟海边之行的收获绝不会只有“海螺姑娘”。于是当他再次回转身体的时候，心情已经好了许多，确切地说，他脸上已经有了笑容，而且还笑出了声，只是声音很快便被海浪翻滚的声音湮没了。

老人还在那里。此时夕阳的光芒已经彻底消失了，暮色更加深了，使得他的雕塑感更强了。林凡有些不放心起来，自己已经明显感觉到了阵阵凉意，更何况一个耄耋老人？

林凡缓步朝老人走过去，不经意间看到了脚下的字，不由得呆住了。字不只在脚下，还布满了整块岩石，密密麻麻的，像是一幅规整的图案。图案由一个“正”字组成，每个字的大小、样态几乎完全一样，笔画极为工整，像是某种印刷工具统一印上去的。

林凡疑惑起来：这难道是某种古老的秘符？但他很快否定了这个猜测，因为能看得出来，这些字刻上去并没有太久，至少不能与所谓的“历史”扯上关系，尤其是最下面一行，甚至能看到石头上的新茬。他又仔细地朝四周的岩石上看了看，全都光秃秃的。这时候他眼前跃出一幅画面，那是他去某个监狱采访的时候，看到一面墙上密密麻麻地写满了正字……

身后传来细微的声响，林凡回过神来，看到“雕塑老人”已经来到这块岩石上，瑟缩着身体，手里握着一块石头，在地上缓慢地划着。林凡走过去，在老人身边蹲下来，屏住呼吸，看着老人手里的动作。石头来回划着，是最新一个“正”字的第四笔。每一划只能留下很浅的痕迹，即便如此老人还是要付出粗重的喘息声。他老了，或许还有某种疾病。

老人手里的动作完成的时候，海天相接处的最后一丝亮光也消失殆尽了。

风声浪声还在，但林凡觉得自己被一种凝固的寂静包围了起来，这种寂静里弥漫着衰老的气息，但却让他完全沉静下来，仿佛身体的新陈代谢都放缓了速度。他有些不忍心打破这份寂静。

老人把手里的石块放在旁边的一个小窠臼里，拿手掌按了按，仿佛这样就能把它定在里面，然后缓缓地站起身，眼睛始终盯着地上的字，嘴角微微扬了扬，像是一个书法家对自己刚完成的作品表示出了赞许之意。

13859 天了！老人叹息一声，但声音不高，显然并不是对林凡说的，但林凡大体明白了老人的意图——他在用这些“正”字统计天数，就像那位监狱的犯人一样，同时诸多疑惑也像浪花一样一股脑地拍了过来：老人统计的是什么天数？是纪念什么还是等待什么？还有他为什么来这里坐着？他是哪里人？哎呀，问题简直太多了，林凡感觉想继续沉默下去都做不到了，可没等他开口，老人就缓缓地从他身边绕过去，蹒跚着朝海岸线的方向走去了。

林凡只好缄口，不完全是怕遭到老人拒绝，而是怕一开口就会打破老人身体的平衡，让他从岩石上跌落进海里。

问题就是从那次流产出现的，这一点沈妍很清楚。6 月 30 日下午，具体几点她说不清楚了，疼痛感排山倒海般地袭来，她跌坐在地上，就从那一刻起，生活像九曲黄河一样突然拐了个弯，之后就完全变了样。

这是第三次流产，此前医生曾明确地告诉她，如果这次再流产的话，就属于医学概念当中的“习惯性流产”了，以她现在的年龄和身体条件来看，能否再次怀孕是个未知数。医生的语气和表情已经完全说明了问题，但她依然想当然地把这当成了危言耸听：上次医生不也说过同样的话嘛，不还是怀上了？再说自己又不是没百度过,前两次根本不属于“习惯性流产”的范畴,第一次是意外怀孕，因为此前吃了一个冬天的草药，担心胎儿畸形就主动拿掉了；第二次是自己不小心磕到楼梯上，流掉了。所以当医生紧锁着眉头叮嘱的时候，她心里却满不在乎地嘀咕:“这次一百个留意就是了”。

“你总是这样自以为是！”在意识陷入停顿的瞬间，沈妍的耳边响过林凡一声吼。在以前，他们是极少争吵的。争吵从什么时候开始频繁光顾他们的生活的？应该是第二次流产之后吧，确切地说是他奶奶发了那一通抱怨之后。

说起林凡的奶奶——唉！沈妍都会叹一口气。怎么说呢？林凡从小父母离异，是奶奶养大的，感情深在情理之中，但要是因此而影响到他们的婚姻生活似乎有些说不过去。更可气的是他并不承认这一点，总说什么人年龄大了喜欢唠叨而已，谁家的老人不这样？再就是老一辈的人不都这样处过来的吗？最后这句话她表示赞成，还在其中找到了反驳的理由:“老一辈这样我理解，可我是新时代的女性啊？我有自己的人格和主见，生不生孩子是我自己的事，为啥要在别人的指挥下进行？”一听这话林凡倒不再辩驳，而是嘿嘿一笑说：“生孩子当然你说了算，你想生就生不想生就不生，全听你的行了吧？”讨好之意显而易见。沈妍知道他也为难，就不再难为他了。不过有件事她还是一直耿耿于怀，那就是第一次见面的时候，奶奶竟然握着她的手动情地说：“从今天起，你就是我孙子的海螺姑娘了，答应我，以后你就替我好好照顾他好吗？”“为什么？”她脱口而出。因为我孙子是“渔夫”啊。她简直哭笑不得，不过看着奶奶期盼的眼神，她还是无奈地点了点头。

“海螺姑娘”的故事沈妍听说过，不就是一个渔夫救了一只海螺，海螺为了报恩化身一位姑娘嫁给渔夫，两人过起了甜蜜的日子吗？中国古代传说里类似的桥段多了去了，至于把它演化进现实生活中吗？事后她向林凡提出了抗议：“我不做什么‘海螺姑娘’。”“为什么呀？”林凡笑容里充满了惊讶，他没想到她会为这事耿耿于怀。沈妍撅着嘴：“那名字太土。”林凡笑说：“不就一名字吗？”沈妍有些怒了：“关键是这其中包含着不平等，为什么我照顾你？结婚前你可是答应照顾我的。”林凡点点头：“不叫就不叫吧，反正你叫啥我都会照顾你一辈子的。”看到林凡脉脉含情的眼神，她没忍心再纠缠下去。

沈妍心里清楚，林凡自始至终都是对自己好的。从结婚第一天起，他就开始践行自己的诺言。他几乎包揽了所有的家务，几乎推掉了所有的酒场聚会，她加班的时候他不让她点外卖坚持给她送饭，风雨无阻，同科室的一众小姐妹羡慕得直跺脚。她都有些于心不忍了，甚至主动帮他接受了朋友的邀约并命令他去参加，而且还不许他提前回来。可他去了没几次就不去了，说闹腾得头疼，心里还老挂着她，就不了了之了。

第二次流产发生之后，奶奶明显失去了克制的耐心，抱怨不期而至。好在频率还不是太高，又有林凡在中间挡着，刺耳的话等到了沈妍这里已经被他过滤得所剩无几了。但所剩无几并不等于完全没有，而且林凡有时候也会在不经意间夹带出只言片语来，比如：那大小是条命啊，奶奶的咳嗽又加重了，等等。这时候沈妍的情绪就会失控，他们的争吵就会逐渐展开，不过一般都比昙花开放的时间长不了多少就随着林凡的屈服偃旗息鼓了。这样的争吵并不具备什么破坏力，留不下后遗症，完全不会影响两人的幸福感。所以当第三次流产发生的时候，沈妍天真地以为它不过是前两次的翻版，不就是受点罪在医院里躺几天嘛，熬一熬就过去了。可她万万没想到，它在极短的时间内竟然演变成了一场“劫”，彻底要了他们婚姻的命。

说实话，一开始沈妍并不怪林凡，她只怪自己，怪自己太要强，都大着肚子了还非要争什么“十佳记者”，省级的又怎样？说到底不就是一张纸吗？怪自己太糊涂，说什么“不为荣誉为口气”，现在倒好，那口气争到手了，可是失去了孩子失去了婚姻，成了孤家寡人成了别人的笑柄。

虽说是不怪林凡，但有一点沈妍到底还是没想通，那就是为什么几年的感情却抵不过一场变故？两人的感情可是铁板一块坚不可摧的啊，周围的人也时常这么说。想当年，自己进入报社工作的第一天林凡就展开了疯狂攻势，为了把自己追到手，他对报社的一众年轻人公开下《挑战书》，对自己说尽了甜言蜜语，送花送惊喜用尽了手段。即便是结婚后他也热度不减，隔段时间就会把这辈子只爱自己之类的誓言说一遍。虽然这些誓言里有头脑发热的成分，但她从未怀疑过，她对他、对他们的感情一直满怀信心。即便遭遇了两次流产，他也表现出了让她感动的大度和坦然，对她心疼至极呵护备至，还说什么只要她好好的就足够了。这次怎么突然就变了呢？难道就因为医生说自己以后不可能怀孕了？可是这话也不是绝对的啊，可以再尝试啊！再说他甚至还不止一次地说过这辈子只要她有没有孩子都无所谓之类的话呢。难道自己并不真正了解他，或者思路有错，问题根本不是出在流产上？

大厅里光线暗淡，散落着三五个人，有的在专心摆弄手机，有的在窃窃低语。林凡找了个僻静的地方坐下来，确定了一下无人注意自己之后，掏出手机，打开微信，把那句在脑海里盘旋了大半天的"我到了，你呢？"输进去，点了发送，又盯着屏幕看了好一会儿，视线都有些花了，还是没等来回复。他抬起头来，看了看那几个人，都保持原样，他暗暗松了口气。其实全都是陌生人，他用不着这么敏感，但是无法自控地，他总觉得有双眼睛躲在什么地方窥视着自己。

身后传来一阵细碎的脚步声，林凡扭头望去，不由得一个激灵：像，太像了！不仅一头长发、高挑的身材、白净的面孔像，就连那一身民族风的长裙，以及走路的步态都像。他呆住了。

女人在林凡对面坐下来，轻轻一笑，说:“您这表情有些奇怪啊！”

林凡想解释一下，可话到嘴边却不受控制般地变成了:“太像了！”

女人忍俊不禁:“什么像？像什么？”

林凡稳下神来，说:“你跟我想象的一模一样。”

女人并不为所动，作为这家民宿的老板，她听过的这样的恭维话太多了。所以她变成了一种公事公办的表情，问道:“请问您找我有事吗？”

林凡却像没有听到她的话，自顾自地说:“听服务员说你不在，你不知道我有多失望，整个下午我都在想你的样子。哦，不对，应该是从认识你的那时候起我就开始想象你的样子……”

“喂喂，你搞错了，我们什么时候认识了？”女人手指轻敲着桌子，脸上的笑容消失了。

林凡愣了一下，急忙掏出手机，一边打开微信一边说:“我是渔夫啊……”

啪！女人将手机按到了桌子上，一字一顿地说:“你搞错了，我不认识什么渔夫。”

“你不是‘海螺姑娘’？”林凡皱起了眉头。

“确切地说，我是这家叫做‘海螺姑娘’的民宿的老板，我们并不认识，你找错人了！”

“哦哦。”林凡点着头，脑子逐渐清醒过来，喃喃地说:“那谁是海螺姑娘呢？你一直不回我信息，我以为你是要给我个惊喜呢……”

林凡失魂落魄的样子让女人动了恻隐之心，她的表情缓下来，口气也温和了许多:“看来你是在等一个叫‘海螺姑娘’的人？”

林凡默默地点了点头。

“女网友？”

他又点了点头。

“哦，那很抱歉，我帮不了你。”女人耸耸肩，一副无奈的表情。

“没人能帮得了我。”林凡叹了口气，身体垮到椅子里。

“不介意的话，跟我说说你们的故事吧。我是说，我看看能不能帮到你，要知道每年来我这里约会网友的人可不在少数，至少在客人里占一半以上吧。”

林凡沉默了一下，点了点头。

“喝点什么？”

“随便。”

“鸡尾酒吧，我自己调的，可轻易不示人的。”

林凡点点头:“记我账上吧。”

女人笑着摇摇头说:“没必要，你出故事，我出酒，公平交易嘛。”

“好吧。”林凡笑了笑，整个人已完全平静下来。

“从哪儿说起呢？”林凡眯着眼想了一下，说:“还是从‘海螺姑娘’说起吧，毕竟这是我们共同的话题。《海螺姑娘》的故事是我奶奶给我讲的，这是从小到大她给我讲得最多的故事，我长大后她就不给我讲了，但总会时不时地提醒我啥时候领回个‘海螺姑娘’来让她看看。老人嘛，都这样。所以当我第一次把老婆——哦，应该是前妻——领进门的时候，奶奶就称她为‘海螺姑娘’，可她并不喜欢这个名字，说它太土，作为新时代的职场女性，这个名字的气质跟她完全不匹配。这是我当时唯一对她不满意的地方，而除此之外我都非常满意，我可是费了很大的劲才把她追到手的，所以瑕不掩瑜，我非常爱她，确切地说，是我们非常相爱。哦对了，我俩都在报社工作，一开始都做记者，后来我混到了领导层，她喜欢记者的工作，一直没换过岗位，还被评为‘省十佳记者’了呢。”

“看起来，你很为她骄傲啊。”女人笑了笑。

一开始是。说完这话，林凡的表情却突然暗淡下来：“她是工作狂，干工作的劲头男人都比不上，可问题就出在这里，我们的三个孩子都因为她的不小心流产了，我奶奶到死也没看到我的孩子……”

林凡说不下去了。他举起酒杯小啜了一口，动作机械而伤感。放下酒杯，他平静了许多。

“我爸是个酒鬼，四岁那年我妈忍受不了了，跟着同村的一个男人私奔了，再也没回来。五岁那年我爸醉死在野地里。从此我跟奶奶相依为命，从小到大，她就是我的天，我做什么事都不想让她失望，从上学第一天起，我就暗暗发誓要努力学习，改变命运，我的命运，她的命运。我没让她失望，我考的大学，比我们村里其他人都好，工作在同村人当中也是首屈一指的。对了，知道奶奶为什么喜欢给我讲‘海螺姑娘’？”

女人摇头不语，她知道这个时候自己并不适合插话。

“我也是长大后才醒悟过来的，奶奶喜欢这个故事与她的梦想有关。我奶奶年轻守寡，有一个完整的家是她一直渴求的梦想，她曾把这个梦想寄托在我爸身上，可是他不成器，没帮她实现，她就又把这个梦转嫁到了我头上。理解了之后，她的这个梦想就变成了我的一个信念，我发誓要找到自己的‘海螺姑娘’，了却她的心愿。”

“难道你的前妻不是你的‘海螺姑娘’？女人插了一句——看来是实在没忍住。”

林凡愣了一下，旋即茫然地摇了摇头：“一开始我以为是。我见到她的第一眼就爱上了她，那种感觉到现在我还能清晰地回忆起来，就是整个身体都僵住了，而身体里面却沸腾了。我一直爱她，而且越来越爱她，可是她却一直不肯接受‘海螺姑娘’这个称号，这是多大点事呢？”

“所以你最终确定她不是你的‘海螺姑娘’？”女人又没忍住。

“不不不。”林凡急忙摆手，“其实这也不算啥，毕竟是个称呼嘛，我没那么古板，我还私下里劝过我奶奶。不过我也暗暗下了决心，就是慢慢培养起她对‘海螺姑娘’的兴趣来，那么美好的童话故事，谁能不喜欢？可事实上我错了，她对这个故事没丝毫兴趣，是骨子里那种没兴趣，所以想要培养起她的兴趣来简直比登天还难。我只好放弃了。说实在的，我们的婚姻生活很幸福，毕竟俩人是真心相爱嘛。结婚五年，她流产三次，但这并没给我们的婚姻造成什么损伤，除了略微的心疼，毕竟是三个小生命啊，我也心疼她、流产对她的身体损伤是很大的，我就加倍补偿她。每次流产，奶奶都很伤心，为此我们也争吵过，但都没什么，跟寻常夫妻吵架没什么区别，我一直以为这种幸福感会这么一直持续下去的，直到我奶奶猝然离世……”

林凡突然低下头去。女人知道这跟他突然出现的悲伤情绪有关系，急忙从桌上的餐巾盒里抽出几张餐巾纸递过去。林凡接过餐巾纸，将鼻子眼睛掩住，过了一会儿，他抬起头，摆摆手说了声“对不起”。尽管光线暗淡，女人还是能清楚地看到他眼角的泪痕。

“她出院的第二天，奶奶就住院了。她的膀胱里长了个很大的瘤，也就是说，其实她已经痛苦了很长时间了，但她一直忍着，不让我看出来。我一开始是乐观的，觉得再重的病也会有时间的。医生说没有手术价值，我就求他们，好说歹说他们答应了手术。奶奶也很高兴，手术前的那天晚上，她握着我的手说等做了手术，她就继续等着我们怀孕生孩子。没想到当天夜里她就陷入了昏迷，再也没醒过来。”

林凡突然笑了：“真没想到我能一口气讲完。”看到他笑，女人反而一下失控了，她将头扭向窗外，并抽了几张纸巾掩在脸上。林凡也把视线转向窗外。黑色的天幕上出现了点点星光，倒映在安静的海平面上，泛起一层白光，看起来如梦如幻。他突然觉得自己的身体也有些虚飘。

“暗流涌动，就像现在的大海，我是说……我们的婚姻。”林凡深吸了口气。“奶奶走后，我开始仔细地思索我们的婚姻，有多仔细呢？这么说吧，我把它当成了一种物件，摆在面前，翻来覆去地审视它上面的每个细节，我终于发现了问题。你知道是什么问题吗？就是‘海螺姑娘’，其实它从来没有被化解掉，它已经变成了我们婚姻中的一个暗流，如今它浮出了水面……”

“所以你就选择了离婚？”女人低声说。

“也不全是吧，怎么说呢？物极必反，就是说有些东西积累得太多了,终于爆发了。”林凡用双手做了个烟花爆裂的手势,然后问:“这话……你懂吧?”

“然后呢?”女人没有回答他的问题。

“然后?”林凡深吸了口气,“然后我就开始开始寻找我的‘海螺姑娘’啊,主要是在网上。我把网名改成了‘渔夫’。网名叫‘海螺姑娘’的人真多,但很简单的几句话或者打个招呼我就能感觉出来她不是我要找的人,其实我的脑海里已经有一个海螺姑娘的形象……”

女人忍不住笑了一声。

林凡看了她一眼,很认真地说:“没错,我心目中的海螺姑娘的形象跟你一模一样,所以我才……”

“你见过她?我是说在网上。”

“嗯,不过我见的只是她的背影,没见过她的脸。这次我们约好了,就在这里见面。”

林凡喜欢她的后背,沈妍其实一直有些不适应,不过后来这反倒是帮了她的忙。

当年两人谈恋爱的时候,林凡不停地夸赞沈妍的背影漂亮。她曾揶揄他:“你不会是喜欢所有女人的背影吧?”他却一本正经地反驳说:“怎么可能,哪个女人的背影有你的漂亮?”这句话很让她受用,就没再说啥。只是让她没想到的是,甚至做爱的时候他也喜欢看她的后背。

那次当林凡在微信上跟沈妍要照片的时候,这倒一下给了她灵感。她故意磨蹭了几天，然后提出只能给他看背影照，没想到他却一口答应了。那兴高采烈的口气让她一下想到了手机那头他的表情,那种久违的恶心感也卷土重来。她忍着恶心给他拍了张背影照，结果他并不满足,说要全裸的。她差点儿将“无耻”两个字发出去，当然她还是忍住了。不过也不能便宜了他，于是她故意几天不回复他，没想到他这几天竟然也没再发一个字，像人间蒸发了一般。她坐不住了。她了解他“吃软不吃硬”的个性，如果僵持下去的话后果不堪设想。于是她主动联系他，并在他没有任何回应的情况下把一张裸背照片发了过去，没想到他却瞬间回复了，赞美之词铺天盖地，读着读着她忍不住大笑起来。原来这几天他一直在手机屏幕前等着，真有股子憋劲啊！其实她蛮喜欢他这一点的。

但笑完之后沈妍又失落起来。他不是说对别的女人的背部不感兴趣吗？他果真撒谎了。而且他这一系列行为表现足以证明他已经爱上了“海螺姑娘”，难道他真的已经把跟自己的感情抛弃得一干二净了？还有就是，如果他发现了当前跟他联系的“海螺姑娘”是沈妍，他会是什么表现呢？

想到这里,沈妍不免有些后怕。她很清楚自己这样做无异于“刀尖上跳舞”，得到的结果也一定是两个极端，要么得到林凡的原谅，挽回他的心；要么会彻底激怒他，断送最后一线希望。但是如今的她，除了冒险还有别的选择吗？

这个主意的确有些极端，因为这是沈妍在一种极端状态下想出来的。此前的一段时间里，流产、住院、奶奶生病住院、去世到葬礼，她感觉自己一直被囚禁在一个密室里，里面的空气越来越稀薄，窒息感越来越强烈，她甚至都嗅到了死亡的气息。所以当林凡提出离婚的时候，她并没有过激的反应，甚至还有种解脱了的轻松感。但随着时间的流逝，轻松感渐渐散去，她的大脑逐渐清醒过来，随之她又陷入极端绝望的状态里：失去了林凡，就意味着失去了一切，自己还能活下去吗？

同所有的女人一样，绝望让沈妍沉沦，她甚至有过最坏的打算。但她毕竟又不同于寻常女人，她是谁？她是女强人啊，痛定思痛后她决定卷土重来，努力逼迫自己振作起来，开始寻找力挽狂澜的办法。极为自然地，或者是冥冥注定地，她想到了“海螺姑娘”。林凡最爱的是“海螺姑娘”，能够把他从自己身边抢走的只有“海螺姑娘”，那能够拯救自己，或者婚姻的应该也只有“海螺姑娘”了。于是她决定从“海螺姑娘”下手。她登录了他的QQ号、微信、微博、邮箱等几乎所有的个人网络工具。登录以后她才发现，他的世界里到处充斥着“海螺姑娘”的影子，所有的迹象表明他一直在通过各种渠道寻找“海螺姑娘”，而现在他应该已经找到了，并且正在通过微信与其联系着。沈妍从两人联系的频率和偶然所见的对方的留言中发现，两人的交往已经打破了陌生人之间的壁垒，话语开始有了温度，并且正在谋划见面事宜。

这个发现让沈妍极度崩溃，但她并没有乱了阵脚，坐以待毙不是她的风格，于是在经过一番深思熟虑之后，她决定放手一搏：去找“海螺姑娘”。

“那……你还爱她吗？”女人沉默了片刻之后，突然问。

“谁？你说爱谁？”林凡皱起眉头，眼里蒙着雾水。

“你前妻啊。”女人笑了笑。

“这个……”林凡沉思了一下，“我可以不回答你的问题吗？”

“当然可以。”女人笑了，“本来我就是个局外人嘛。”

林凡也笑了:“我们可是在说‘海螺姑娘’啊，你怎么又回到我前妻身上了？”这时候他的手机响了一下，他看了一眼忍不住兴奋地叫了起来:“她回我信息了！”

“恭喜你。”女人把酒杯端起来一饮而尽。

“她让我拍几张‘海螺姑娘’的夜景，你帮帮忙吧，你知道哪个角度拍出来好看，求你了。”林凡的眼睛里闪着兴奋的光。

“没问题。”女人爽利地说。

出门被迎面的海风一吹，林凡完全清醒过来。夜晚的“海螺姑娘”有一种静默的美，从哪个角度拍都挺好看，即便是个没有任何摄影经验人，只要稍加用心就能拍出惊艳的照片来。记者出身的林凡摄影经验很丰富，根本不需要女人的帮助，但他还是不停地请教她的建议，并让她给拍出来的照片挑毛病，故意讨好的意味很明显。女人怎么会看不出来？不过她还是耐心地配合林凡完成了拍摄任务，自始至终都保持着适度的微笑。

选好照片，点击发送，林凡浑身洋溢的兴奋感才如退潮的海水般退去。两人之间喧闹的气氛突然安静下来，远处海水拍击海岸的声音见缝插针般地挤了进来。

林凡循声望了望，说:“能否赏脸去那边坐坐？”

“哦，当然可以。”女人点点头。

他们只是尽可能地往海边走了走，然后找了块岩石坐了下来。远远地望见那个“写正字”的老人所在的岩石，它已经被涨潮的海水包围了，只剩下最上面的平面，看上去像一只浮在水面上的草帽。林凡的眼神总是不自觉地朝那个方向瞟一下。

“拍张照片都这么用心，看起来你真的挺喜欢她的。”女人盯着脚下阴暗的海水说。

“哪个‘渔夫’不喜欢自己的‘海螺姑娘’呢？”林凡的眼睛里又闪起亮光，但像流星坠海一样倏然消失了。“可她的热情并没有我想象的那么高，就像现在，照片发过去了，她却没有回复。”

“都这个点儿了，或许睡了吧。”

“如果手机那头是自己喜欢的人的话，怎么睡得着？至少我不会。唉，其实我也感觉出来了，最近她对我的热情越来越淡了，回复总是很不及时，而且这次说好了来‘海螺姑娘’见面的，可我等了一天她都没来，也不解释一下。”说到最后，林凡有些像喃喃自语了。

“那你还会等下去吗？”

“当然了。”林凡点点头，笃定地说：“我相信她会来的。”

“那祝你好运。”

“谢谢。对了，说说你的‘海螺姑娘’吧，其实我也很好奇，为什么起这么个名字，不会也有什么故事吧？”

女人沉默了一下，突然抬起手臂，指着远处那块状如草帽的岩石说：“故事就与它有关。”

林凡一下兴奋起来，说：“真的吗？白天我去过那里，那块石头上写满了‘正’字，上面坐着一个老人……”

女人仿佛没听到他的话，已经开始讲了起来——

“很多年前，一个渔夫救了一位跳海的姑娘。姑娘长得很美，可以说比这一带任何一个姑娘都美。渔夫已经40岁了，因为穷，长得丑，一直没娶上女人。他不敢有非分之想，女人倒挺爽快，说：‘既然我死不了,那就嫁给你吧。’男人高兴得不行,抱着女人说:‘你就是我的海螺姑娘。’后来男人才知道，姑娘家在远处的一个渔村，村里人就叫她‘海螺姑娘’，她是被村里一个糙汉糟蹋了想不开才自杀的。再后来，就跟童话故事里讲的一样，两人过起了幸福的生活，还生下了一个女儿。后来来这一带旅游的人越来越多，两人就审时度势建起了一家民宿，取名为‘海螺姑娘’。又过了很久，突然有一天，女人意外身亡了……”

“啊？”林凡惊叫一声。

女人仿佛没听到，继续说：“丈夫受到的打击可想而知，他的脑子出了问题，几乎忘掉了所有事，但却记住了妻子出事的日期，不过他也记错了，把她当成出海去了，于是便数着日子等着她回来……”

见到“海螺姑娘”的第一眼，沈妍就意识到，她正是林凡要找的人——长发垂后，面色白净，身材高挑，民族风长裙飘飘，还有那一颦一笑，哪一点儿都符合他的审美或胃口，对了，还有她线条流畅的后背，也一定会让他神魂颠倒吧？沈妍当场就生出了退出的念头,她觉得自己要是再纠缠下去的话简直就是不人道了。最终，还是女人的醋意让她站稳了脚。

都到这份儿上了，就没必要藏着掖着了，于是沈妍直接走到那个女人面前向她说明了来意。

当时女人正在调制鸡尾酒，动作像播放视频时点击了慢放，更可气的是在沈妍讲述的过程里她头都没抬一下。沈妍怒火中烧，真恨不得一把把那些瓶瓶罐罐儿掀翻在地。但她克制住了，她知道一旦把事情搞砸自己就成了彻底的失败者。

女人停顿了好大一会儿，似乎是确定沈妍确实已经把话说完了，才用一种极为平缓的语气说:“没想到你还真来了。既然来了，就说说你的想法吧。”

沈妍咬了咬牙:“很简单，你退出。”

“为什么？”

“因为你是第三者。”

女人摇摇头:“你搞错了，你的婚姻是你搞砸的，跟我可没半毛钱关系。而且我跟他是在你们离婚后才认识的，还是他主动找的我，说起来，你才是‘第三者’。”

“那你想怎么样？”

女人笑了笑:“也很简单，公平竞争呗。”

“不行！”沈妍怒吼一声。

“理由呢？”女人依旧不温不火。

“他已经爱上你了，我根本没竞争优势！”沈妍使劲咬着嘴唇。

女人“噗嗤”一笑:“既然如此,你除了退出还有别的选择吗？”

女人肯定没有想到，甚至连沈妍自己都没想到，就在下一秒，她竟然“扑通”一下跪在地上，抱着女人的腿放声大哭起来。

“跟我来吧。”在沈妍的哭声渐渐止住之后，女人摘下手上的无菌手套，站起身来。

在女人的指引下，沈妍见到了那个坐在岩石上的雕塑般的老人，也知道了那块石头上密密麻麻地写满了“正”字，她没敢过去看，她晕船，怕自己不小心跌进海里。更重要的是，从女人口里，沈妍知道了“海螺姑娘”背后的故事，当然也是女人自己的故事。讲述的过程里，女人表情很平静，就像是讲述一个遥远的童话故事。沈妍却听得泪流满面，漫长的过程里，她的心逐渐松动了，甚至在女人讲述完成后她主动提出自己退出。

“不。”女人摆摆手，把手轻轻地拍在沈妍的肩膀上，微笑着说：“为他你不惜付出了一个女人的尊严，看来你比我更爱他。而且作为‘海螺姑娘’的主人，我有义务阻止更多遗憾的爱情故事在这里上演。”

就这样，不容置疑地，女人把她的“海螺姑娘”的微信号给了沈妍。做梦一般，沈妍成了林凡手机微信里那个日思夜念的“海螺姑娘”。奇怪的是，到了此刻，她竟然有种理所当然的感觉——林凡是属于自己的，谁都不能更不应该把他夺走。当然她没忘了向女人表示感谢——即便是出于礼貌。女人没有表示接受，仅挥挥手说了句“祝你好运”就飘然而去。

沈妍并不知道女人在转身之后立刻泪流满面，更没想到等她返回“海螺姑娘”的时候，她的行李箱已被放在了门外。

那些照片就像跌进了深不可见的网络黑洞里，没有得到“海螺姑娘”的任何回应。林凡失落至极，甚至还有几分愤怒。躺在床上，海浪敲击岩石和海风吹打窗户的声音搅得他心绪不宁，几次他都想坐起来，发一通质问的话，可最终还是放弃了。他想到了那个“写正字”的老人，想到了那个真实的“海螺姑娘与渔夫”的故事，又不禁自责起来：跟老人比起来，这点挫折算什么？于是渐渐地，他平静下来，心里逐渐生出暖意来。在这暖意的驱使下，他又给她发了条微信：

“你知道吗？海螺姑娘的故事并不只存在童话里，现实中就实实在在地发生过，而且就在‘海螺姑娘’这里，等你来了，我一定要把这故事讲给你听。我相信你一定会来的，我也会一直等下去的，那个渔夫都等了七年多了，我怕什么？”

发完微信，林凡并没有等待，而是直接关掉手机，躺了下去。后半夜，海风和海浪的声音逐渐变小了，林凡很快进入了梦乡。他做了一个甜蜜的梦，当然是梦到了“海螺姑娘”。

一觉醒来，手机依然没有回音，不过林凡的心情依然不错。天已大亮，他跳下床，想看看窗外的景色，却看到了写“正”字的老人，他正蹒跚着走下“海螺姑娘”门前的台阶。这个发现让林凡忘记了其他，他急忙穿好衣服跟了出去。

林凡跟老人一前一后，速度相同，步调一致，像一道奇特的风景，引得过往的人纷纷侧目。

等老人坐到石头上，成为“雕塑”，林凡一直揪着的心才放下来。他掏出手机，想拍张老人的照片，却发现微信上有一条长长的回复，当然是来自“海螺姑娘”的。

“看起来你并没有听到故事的真正结局，那就由我来告诉你吧。有一天，渔夫和海螺姑娘在外上大学的女儿带回了男朋友，要跟他们一起经营‘海螺姑娘’。他们的女儿很漂亮，附近的人都称她为‘小海螺姑娘’，自然称她的男朋友为‘小渔夫’。他们做了一下分工，女儿跟男朋友负责打理住客的食宿，老两口则负责出海打渔，捕回来海鲜供食客享用。他们的日子平淡无奇，却幸福快乐，直到一场变故打破了这一切。一天，老两口在出海归来时遭遇风暴，凭着经验他们好不容易靠了岸，可临上岸的时候船还是翻了，老两口跌进海里大声呼救。小渔夫最先听到，奋不顾身地跳进海里，他把父亲救上岸，再回头去救母亲的时候，一个浪头打过来，两人一起消失了。父亲的脑子就是那一天出问题的。这事儿当时还上过当地的报纸。现实总是很残酷的，所以人们才喜欢听童话故事啊，对吧？”

林凡紧紧地握着手机，强忍着眩晕输入几个字：“你说的是真的吗？”

“当然了。”对方的回复很快。

林凡的回复没有那么快，或者说他暂时没有回复的打算，眩晕得实在太厉害了，视线也有些模糊，他不得不在脚下的岩石上坐了下来。风越来越猛烈了，海浪的声响也越来越大，但老人却是纹丝不动。这时候，那种奇异的寂静感再次袭来，所有的声响骤然消失了，眩晕感也消失了，大脑变得清醒起来。

林凡打开手机，认认真真地输入一句话：“很抱歉，我改变主意了。”

八、一把煤灰

都走出几步远了，老丁还是停下了脚步。他先回头朝寻花超市的方向看了看，然后又扭转了身体。他板板正正地站着，表情严肃，显然不再是看看那么简单了。这时候，矿区有名的二流子石三走了过来。他看看老丁，又看看寻花超市的方向，脸上掠过一丝诡谲的笑："老丁啊，这罗大一死，花大姐可就是您的了。"

"去你娘的！"老丁喝骂一声，想踢石三一脚，可腿刚抬起来就有一股刺骨的疼痛袭来，他只得小心地把腿放下去，而那石三则身子一扭鱼一样地溜走了。

"狗日的石三，还是这么溜！"

老丁盯着石三的背影骂了一句，愤怒的口气里带着明显的羡慕。可不是嘛，当年石三和他还有罗大是同一批进的朝阳煤矿，现如今自己的身体每况愈下，罗大则干脆归了西，倒是这石三的身体还是不输年轻人。这石三半辈子吊儿郎当，不肯下井干苦力，混得穷困潦倒，连个老婆都没娶上，老了反倒赚了个好身体，真是人不可跟命争。一想到"命"，唉！老丁重重地叹了口气。矿区人是很讲究“命”的，因为下井挖煤不仅苦累，还很危险，尤其是头些年，安全条件达不到，井下人命事件时有发生，矿区人左右不了，就将其归结为“命”，也常把“命好命不好”的话挂在嘴边。跟所有矿区人一样，关于“命”的思考也贯穿了老丁的大半辈子，只是现在他越来越说不清楚何为命好何为命不好了。

就说罗大吧。他可是矿区公认的“命不好”，结婚没两年就死了老婆，没给他留下一男半女，没过两年又被矿石砸断了腿，成了跛子，就没再讨上个老婆来，孤家寡人过了一辈子。这不，前几日好好的又突然犯心脏病归西了。被拉去火化的时候，矿区人无不摇头叹息重复此前的观点：这罗大可真是个命苦之人呐。其实作为罗大生前最好的朋友，老丁也一直持着同样的观点。可是在为罗大张罗葬礼的这两天里，确切地说是当看到罗大庞大的身躯变成一把骨灰委身于小小的骨灰盒里之后，老丁的想法开始出现了变化。他觉得罗大应该不算命苦之人——他算是命好的，命苦的应该是自己，为什么有这个想法？应该与罗大的那个嘱托有关。

罗大死的时候身边没人，被发现的时候身子都硬了，没留下遗言，那个嘱托是此前两人在一起闲聊的时候说的，而且他不止一次说过。不过说这话的时候罗大并没有闲聊的意思，而是一脸的严肃。他说：“等我死了的时候，你可记得抓一把煤灰撒到我的墓坑里啊，就要一号井里的煤灰，这样我走得才心安啊。我这辈子也没个一男半女的，这事只有拜托你了，也不枉咱朋友一场呢。”一开始老丁把这话当笑话听的，还揶揄说还不知道谁先走呢。后来听罗大说得多了，他感觉心里像压上了个东西，慢慢地往下沉。最近一次罗大再说的时候，他干脆就满口答应了:“你放心吧，这事一定给你办成。”没成想一语成谶，这才过多久啊，罗大就归西了。听说罗大出事之后，老丁第一反应不是伤心，而是想起来他这个嘱托。他觉得似乎都是冥冥之中安排好的，这件事就该着自己来做。这两天老丁心里一直盘算着如何完成罗大这个嘱托，直到上午儿子丁木回来。

丁木停好车直奔罗大的葬礼现场，从人群中拉出了老丁，先皱着眉头把老丁上下打量了一番，然后一脸疑惑地问道:“爸你没事吧？”

老丁本来脑子昏昏沉沉的，现在被儿子一问就更懵了:“我有啥事儿？”

丁木说:“没事儿就好，我怕罗叔这一走你会受不了，我妈还有小田都很担心你。”

老丁叹了口气说:“受不了肯定是受不了，不过都这把年纪了，生死看得没那么重了。”

丁木说:“那就好。”说完拉起老丁就走。

“去哪儿？”老丁问。

“跟我回城啊！你一个人在这里待着我们不放心。”

“我不走。”老丁挣脱开丁木的手。

“为啥？”

这是个老生常谈的话题，为此儿媳妇小田都发表不满言论了，说他连自己的孙子都不疼。老丁知道再重复以前那些说辞毫无意义，就把罗大拉出来:“你罗叔还没入土，我就这么走了心不安。”

丁木点了点头说:“那行，那就等罗叔葬礼之后我来接你。”说完转身便走。老丁急忙一把抓住他:“你就不送送你罗叔了？”

丁木为难地说:“罗叔是看着我长大的，按说我该送送他老人家,可是公司太忙了,晚上还有事呢。”说着他从口袋里掏出一沓钱，拍在老丁手里:“算我孝敬罗叔了。”

老丁第一反应是拒绝，但想了想还是接下了。他相信丁木对罗大的感情是真的，只是他的认知出了问题，这进而影响到他处理问题的方式。在老丁看来，如今丁木这处理问题的方式简直是简单粗暴。

就像去年中秋节吧，爷儿俩难得坐下来一起喝酒聊天，老丁就抱怨丁木整天只知道忙，一点也不关心自己，不知道自己心里想啥，结果过了没几天丁木打来电话说为了弥补自己的亏欠，给他跟老伴在海南买了套房子，以后他们冬天可以去那里过冬。通过这事老丁就明白自己跟丁木的隔阂不是一点两点的了，也就懒得跟他多说了。

其实以前老丁曾问过丁木:“你就对矿区这么没感情吗？”丁木摇着头说:“不是这么回事，你看现在这矿区都荒成啥样了？我要是再待在这里人都废了。”丁木这话没错，老丁无可辩驳，而忧虑的种子就是这时候在他心里种下的。忧虑啥？其实还是离开矿区的问题。他明白自己一直以来不过是在拖延罢了，而现在随着罗大的离开，自己留下的最后一个理由也土崩瓦解了。他不想走，他觉得要让他离开矿区简直就像把一棵树连根拔起那样残酷，但可能为这跟儿子闹翻吗？而且他还听老伴旁敲侧击地说，丁木已经在城里的公墓物色好了位置，那样的话他跟矿区的关系可真是彻底斩断了。所以最终说来，罗大虽然无儿无女，但到底是死在了矿区埋在了矿区，而且还有自己为他撒一把煤灰，而自己却要变成流落他乡的孤魂野鬼了。凭这一点，罗大就比自己命好。想到这一点，老丁便忍不住一番长吁短叹。不过他知道，眼下罗大还没入土为安，那一把煤灰的事还没解决，还不是叹气的时候，便把丁木留下的钱交到红白理事会的账上，看了看暂时没需要可忙的，就离开了罗大家。

下葬的时候在墓坑里撒一把煤灰，并非罗大的独创，而是矿区多年来形成的一种习俗，与煤炭打了一辈子交道，临了带一把煤灰入土也算是一种宽慰。不过要取一号矿井里的煤灰就是罗大的独创了。第一次听到罗大这一想法的时候老丁不由得对他竖起了大拇指，说他一辈子大大咧咧的，这事想得倒周全。那天他们的话题后来就落到了这一号井上。罗大和老丁都是第一批来朝阳煤矿的，自然都是打通一号井的一份子。

“还记得这一号井口打通那天的景象吗？”罗大问。

“那能忘了？人山人海，敲锣打鼓，到处是鞭炮声，满眼里是大红花、红绸子。”老丁说着就落下泪来。

“可不是嘛！那震脑瓜的锣鼓声和耀眼睛的一片红，我可是记了一辈子了，那可是朝阳矿区历史上最热闹的一天啊。”罗大边说边抹眼角。然后他们又细数了一番跟他们同一批进矿的那拨人，发现活着的都凑不够两个巴掌了。最后他们自然又聊到了李寻花——她是跟他们同一批进矿的唯一的女人。

“花大姐那时候可是真俊啊！我说老丁，你这事上办得可不像个爷儿们，关键时候你移情孙美云，让何二毛那狗日的占了便宜。”罗大砸着嘴摇着头，一脸的不屑。说起来罗大这一辈子都挺佩服老丁的，可就在这事上对他有这副表情。

“老提这干嘛？都快入土的人了。”

每逢这时候老丁都会想办法移开话题，老罗却不依，他总会在这个话题上踅摸半天：“你说你是不是图了孙美云家有钱有势？”

如今老丁也不避讳了：“家里弟弟妹妹一大堆等着吃饭，我也是没办法啊。”接着他又揶揄罗大：“你也不说自己，打了人家大半辈子主意，没少给人家惹麻烦。”

“唉！”罗大重重地叹了口气，其实我这辈子最大的愿望就是把花大姐娶回家，可那是癞蛤蟆想吃天鹅肉！年轻时她不答应，这老了，狗日的何二毛都入土了她还不愿意，看来我压根就没入过她的眼。

这番话让老丁想起了罗大惹出的那几次闹剧，忍不住笑了一下。

罗大知道老丁为何发笑，便有些不好意思起来：“我也是没忍住嘛。”

老丁摇摇头说：“我跟你说，你这一闹可让一把煤灰的事棘手喽。一号井口早就封了，据说还要拆掉，现在矿上大小事都是花大姐的矿长儿子说了算，别人还好说，要是说去给你罗大去取煤灰，他娘儿俩未必肯依啊。”

“所以我才拜托你啊，你这面子花大姐会给的。”罗大讪笑着。

“可不好说。”老丁不停地摇着头。

那是罗大在的时候两人扯的闲话，现在罗大走了，老丁就不会这样说了，更不会这样想了，他反倒下定了决心，一定要把罗大的心愿完成。

老丁站了有多久，李寻花就在她窗前的椅子上坐了有多久，而且这个过程里老丁脸上的表情以及肢体动作有过哪些变化她都看得清清楚楚。确切地说，他们一直处于对视状态，只是老丁在明处，她在暗处，他们之间隔着一层窗玻璃。

这是怎样一个男人啊！李寻花长叹了口气。负心汉？这个结论要在当年，她肯定承认。要知道，当时他可是在两人已经偷尝禁果之后又做出了那样的选择，不是负心汉是啥？当时她可是伤心——或者说是绝望——透了，甚至死的心都有了，是善良的矿区人救了她。那时候，舆论一边倒地偏向她，把老丁定为“负心汉”“陈世美”，她也是在这样的舆论帮助下逐渐走出来的。

不过，后来她也想通了。虽然老丁一开始也是进矿挖煤的，但他到底跟那些粗鲁的煤矿工人不一样，他是高中生，在那个年代这可是高学历啊，能舞文弄墨，人长得又白净体面，所以他才会被矿区领导发现并选拔进入矿办宣传科工作。再就是他的家庭，他父亲去世早，家里弟弟妹妹一大堆，都指着他吃饭上学，他又不缺心眼儿，遇到孙美云那样家世好（父亲是副矿长）、人长得漂亮、又有文化的女人能不动心吗？更何况是人家先看上他的。就在这时候何二毛对她大献殷勤，她索性就答应了他。这个何二毛，人虽然各方面比不上老丁，但确实对她好，用矿区人的话说“惯了她半辈子”，可惜何二毛也是短命鬼，才 50 出头便得绝症死了，把她孤零零地丢下了。经历的事越多她就想得越通透，她觉得自己没跟老丁走到一起就是没有缘分，谁也怨不得。等这一点想通了她才发现自己其实一直爱着他，确切地说是爱了他一辈子。她觉得这样挺好的，心里有个人,永远也不会寂寞,活着也有奔头。至于老丁是怎么想的?唉——她又叹了口气。

何二毛在的时候，她开了这家超市，几十年下来，超市规模不大不小，也算是矿区人常来常往之地，可老丁却从没踏进过超市半步，包括这几年，他老婆孙美云大部分时间都在城里看孙子，家里只剩他自己一个，他也从不来超市这边走动。一开始她不免伤心失落，但渐渐地她想明白了，他这样做反而说明他心里不坦荡，说明他心里有自己。于是她又不免窃喜起来。如果偶然碰到老丁从超市门前路过，她总是在心里骂他半天，然后再透过超市后面的窗口一直目送着他的背影完全消失。

今天同样如此。李寻花第一时间看到老丁朝超市方向走过来，便在心里开骂了，其实骂的时候她还紧张得不行，结果在给一位顾客结账时把一样东西打了两次码，惹得人家都说起了闲话。把顾客打发走后，她立时一点儿做生意的心情都没有了，便离开柜台坐到了窗户前。从老丁行走的路线看他依然没有进超市的意思，只是让李寻花没想到的是，在走过去几步之后，老丁竟然突然停住了脚步，扭过头，转过身，直直地盯着超市的方向。

李寻花被吓了一跳：莫非他看到自己了？不过随之她释然了，从老丁若有所思的神色看并非如此，他在思考问题。而突然跟老丁这么面对面，李寻花感觉身体里开始燃起一把火。这可是一种久违的感觉，上次有这种感觉至少几十年前了吧！她一度以为随着年龄的增长和身体的衰弱，这团火早就消失了，其实并非如此，它原来一直在，只是隐藏着而已。

这时候石三走过来，他们攀谈起来。在这个过程里那团火的热力越来越大，她笃定地相信：他就是冲超市来的！

果不其然，几分钟后，老丁出现在了超市门口。

李寻花几乎是迫不及待地走出去的，不过为了表现矜持，她远远地站住了，并尽量让表情显得淡定，嗓子里有话要往外涌，也被她狠狠地咽了回去。

“我进去坐坐吧。”老丁先开口了，就像当年那样——他总觉得男人应该比女人主动。

这句话带有商量的味道，李寻花却觉得仿佛是一记重锤击在了身体的某个部位。她一时间说不出话来，便举起手做了个“请”的动作。

里间空间很狭小，而且乱，一张布艺沙发，外表很脏，还堆着各种货物。老丁有些不敢相信这是她的住所，要知道，以前他们在一起的时候，她可是个爱干净、有条理的姑娘。他踌躇着坐还是不坐。

李寻花看出了老丁的心思，有点自我解嘲地笑了一下：“也无所谓了，就我一个人住。”

老丁“唔”了一声，放弃了坐下的打算，嘴里说道：“像我们这把年纪了，住倒无所谓，就是这吃喝上，可不要马虎。”

李寻花眼眶一热，却转了话题：“你来……有事？”

老丁深吸了口气：“有句话，算起来，在我心里存了几十年了……”

一句话能存几十年？李寻花使劲笑了笑。

“你知道是啥话吧？”老丁转过头。

李寻花扭头避开：“我哪知道？”

老丁咬了咬牙：“你……还恨我吗？”

“哈哈……”李寻花又笑起来。

“怎么？”老丁皱起眉头。

“这么说吧，”李寻花深吸了口气，“我要是恨你，还能活到现在？”

“哦，也是。”老丁松了口气，感觉僵硬的身体舒服了许多。

外间有人来买东西，李寻花走了出去，很快就回来了，她没有做生意，直接把顾客赶走了。不过她这一回来，显得平静多了。

“你来就为问这句话？”

“那倒不是，我是为……罗大来的，他拜托我，在他死后，撒一把煤灰……在他墓坑里。”

“唉，你们这些老古董。不过，我还是不明白，干嘛找我？”

“是这样……他想要一号井口里的，可是你知道……那里早就封起来了，这事……你儿子说了算。”

“这事啊……”李寻花顿了一下，“其实我很不赞成罗大这人的，不过看在你的面子上，我问问，成不成我不敢说，儿大不由娘嘛。”

“理解理解。”老丁急忙点点头，说：“那没事……我先走了。”

李寻花点点头。

老丁刚走到门口，李寻花突然说:“我也问你句话。”

“说吧。”老丁停下脚。

“那你……会离开矿区吗？”

“当然不会！”老丁猛地提高了嗓门，回过头来，看到李寻花一脸错愕地望着自己，他笑起来:“我的根在这里，咋能走得了？”

挂断李寻花的电话，老丁决定立刻展开行动。准备活动并不困难，他很快便找到了铁铲、绳子、塑料袋等东西，也顾不上天之将晚，便直奔一号井口的方向而去。

几里地的路程，老丁越走心却越凉。他完全没料到矿区曾经最繁华的一条路，一路走来竟然一个人也没碰到。厚厚的煤灰覆盖了路上的车辙、脚印，仿佛覆盖住了所有的过往。脚踩下去，静止的煤灰被惊扰起来，老丁觉得那些封存的往事也随着飞舞起来，耳边变得热闹起来——钻井机的轰鸣声、运煤车的撞击声、矿工们的吵闹声，接着眼前变得影影绰绰的，许多熟悉的面孔都涌现出来，每张面孔都是那样年轻，带着不加掩饰的喜怒哀乐。弥漫的灰尘中还夹带着刺鼻的味道，但老丁没有感觉到任何不适，相反他还嗅到了一种久违的让他着迷的味道，便索性张大嘴巴痛快地吸了起来。

有人喊他的名字，四周安静下来，老丁回过神来。

是老龚，他正从路边一个小房子里走出来，穿一身保安制服。这个老龚原来在矿区保卫科工作，下岗分流后他就带着老婆去城里跟女儿一起生活了，不成想又回来了，而且看他现在这一身打扮，是又干起了老本行？

“怎么是你？”老丁皱着眉头，他感觉脑袋还是晕乎乎的，有些不真实。

“怎么不是我？哦，你是说我咋回来了吧？哎呀，城里待不惯，老想这里，就回来了呗。”老龚笑呵呵地说。

老丁点点头：“这就对了，我们根在这儿呢，走不了的。”说完扭身便走。

老龚急忙追上来，拉住老丁的胳膊，讪笑着：“矿长交代了，你不能进去。”

老丁气呼呼地甩开老龚的手：“你啥时候跟那个小兔崽子一个鼻孔出气了？”

老龚一脸难色：“我也没办法啊，我现在就负责看这个。再说了，你看这铁栅栏围着，你想进也进不去啊。”

“想进我就能进去。”老丁抬脚要走。

这时候打远处开过来一辆车，老丁认出了是矿长何大发的车，装作没看见，转身便走。老龚又上前抓住了他。

停好车后，何大发从车里钻出来，笑呵呵地跟老丁打招呼，还递过一支烟来。

老丁没接，心里的气却更大了：“你是矿长，可这朝阳矿也不是你家的啊！罗大临死就这么点念想，你好意思不遂他的愿？”

何大发陪起笑脸：“丁叔您说得没错，这事我妈也跟我说了，可您老想啊，要谁都进去抓煤灰，岂不乱套了？再说了丁叔，里面都是危房，我也是为您老的安全着想啊。”

老丁哼了一声："那我还得谢谢你的好意不成？"

"这倒不必。"何大发摆摆手，又把手举到空中，画了个大圈，说："不过呢丁叔，等这里拆除以后，就会建一座大型的购物中心，到时候矿区就会再度热闹起来了，我保证您老能找回过去的感觉，那时候您再感谢我也不迟啊。"

"什么？"老丁瞪大了眼睛："你要把这里拆了？"

"是啊，你看矿区现在都破成啥样了，再这样下去可真就没人了，您老总不希望这朝阳矿区彻底垮了吧？您可是矿区的老人啊！"

何大发一脸成竹在胸的得意神色，老丁却看得火气越来越大，但又不知道如何发作，便冲老龚瞪起了眼睛："你听到了吗？他要把矿区拆了，你还在这里为虎作伥！"

老龚吓得急忙松开老丁，嗫嚅着说："我也不知道是这样啊！"

何大发收起笑容，不悦地说："丁叔您这话说的，什么叫为虎作伥？作为矿区的一分子，难道你不想让她好？"

"拆干净了就是为矿区好？"老丁怒吼起来。

"您老咋就不明白？"何大发着急地用手拍着脑门。

"是我不明白还是你不明白？好吧，我跟你说不明白，我不跟你说，我……"说着，老丁转身便朝铁栅栏跑去。

何大发急忙丢掉手里的烟头去追，无奈他身体过于肥硕，行动极为笨拙，很快便被老丁落远了。老龚的腿脚也不利索，跑了两步便停下来大口喘气。而老丁却身形矫捷，说是离弦的箭也不为过。只见他很快便跑到了铁栅栏跟前，三五下便攀爬到了顶部。等坐在了铁栅栏最顶上，老丁却一个激灵，人也清醒过来。他望望身后那段路，觉得刚才奔跑的过程就像是在做梦，身体被一股神奇的力量驱使着才把何大发和老龚甩在后面的。而现在那股力量已经完全消失了，他开始后怕起来，他觉得地面变得非常遥远，自己根本没有勇气跳下去。这时候何大发越来越近了，情急之下，老丁只好一咬牙一闭眼向下跳去。就在双脚触到地面的瞬间，他感觉一阵眩晕，随之便跌入了黑暗之中。

老丁是在孙子的哭声中醒过来的。他睁开眼，看到的是孙子挂着泪痕的稚嫩的脸，不禁心头一热，想起身抱住他，却被儿子丁木按住了。他这才发现自己正躺在医院的病床上，老婆孙美云、儿媳妇小田都围在身边。他们跟儿子几乎一致的表情，他不由得心一沉，问道:“我怎么了？腿折了还是脚断了？”

丁木拍拍他的肩上:“您哪儿都没事，医生给您检查了个遍，说您身体好着呢，就是摔晕了。”

老丁躺回去，问道:“我睡了多久了？”

老婆孙美云一脸的紧张神色:“从昨天下午到现在，十多个小时了吧？老不醒，可把人吓死了。”

老丁瓮声说:“放心吧，我命硬，死不了。”

儿媳妇小田忙说:“爸我们都商量好了，以后让妈留下来陪您，我们请保姆。”

老丁忙说:“不用不用，我一个人挺好的，保姆照顾不放心，还是让你妈回去。”

丁木说:“您就别提意见了,好好听我们安排就是了,还有啊爸,城里的公墓我退了，以后您就在这里安享晚年吧。”

老丁一时抹不过弯儿而来，还要争辩，孙美云抢白道:“你干嘛不同意，是不是因为李寻花？我正要问你呢，昨天我们回来的时候为什么是她在照顾你？你们是不是趁我不在好上了？”

这一下老丁更不知道说啥了,只是大张着嘴巴。儿媳妇小田说:“妈,人家花姨不都解释过了吗,是因为爸跟前没人临时照顾一下。”

老丁接过话说:“就是，我跟她要有事能到了今天？”

孙美云虽然还是一脸的不高兴，也不好再说啥。

这一来二去，老丁算是明白怎么回事了，断掉的记忆也逐渐连接起来，他立马想到了罗大的葬礼，便要起身:“我得去送送罗大。”众人都异口同声地要他休息，他火气一下上来了:“跟罗大这交情我能不送？别说是我了，你们都得去！”见此情景众人只好依了他。

老丁一家人赶到墓地的时候，罗大的葬礼已经进行到骨灰盒入土的环节了。让老丁没想到的是，矿长何大发也在场，而且以罗大后人的身份抱着罗大的骨灰盒放入了墓坑，之后他从口袋里掏出个纸包，将一把煤灰撒在了墓坑里。老丁还听到何大发哽咽着说煤灰是从一号矿井里采的。一听这话老丁差点笑出声来，这显然与这悲伤的气氛不合适，他便强忍着，一边让儿子丁木带着孙子过去磕头，一边悄悄地退出了人群。

随着墓坑开始填土，所有的人都围了上去，哭声震天。人群外的老丁特意看了看参加葬礼的人，估摸着凡是在矿区的，差不多都到了，只是李寻花没来，略有些遗憾，但这丝毫影响不到他的好心情。他找了一个僻静的角落，点上一支烟，冲着罗大的墓坑笑着说：“兄弟啊谁说你命不好？你的命好着呢！你要的那把煤灰不光撒上了，还是矿长何大发亲自给你撒的呢，这下你估计躺在地下也要笑出声来了吧？不过你狗日的可别光顾着笑啊，得空就托个梦过来，咱哥俩好好聊聊。以后我也不走了，就在这守着，咱哥俩可有的时间聊了！”

这时候身后有人递过一支烟来，老丁扭过头一看，是何大发，便接了。

何大发的脸色很难看，似乎还没从悲伤中完全恢复过来。

老丁半开玩笑地说：“你小子还真伤心？”

何大发叹了口气：“说实在的丁叔，我爸走的时候我都没今天这么难受，知道为啥吗？”

“为啥？”

“那时候矿上还热闹着呢，我又刚当上矿长，那股子心劲儿愣压都压不下去。”

老丁故意瞪起眼睛：“不对吧，我看你小子现在心劲也不小啊？要不我能被你撵得去爬那铁栅栏？”

“您老可真是折煞我了！”何大发急忙朝老丁摆摆手，说：“不过您老这一摔也把我摔醒了，我得转变思路了。”

“啥思路？”

“以前吧，我总觉得把矿区搞好就得大拆大建，旧貌换新颜，现在看起来还真不能这样，有些东西就得保住、留住，那些走了的、消失了的原本属于矿区的东西，还得让它回来，想让矿区好，就得让它恢复原来的热闹，原来的繁荣。”

老丁突然觉得有一股热浪自胸膛里涌到了嗓子眼儿，他想说话却哽住了，眼角也有热热的东西流出来，便急忙别过头去。

“这还得谢谢我妈。”

“你妈？”老丁的心跳了一下。

“昨天夜里我们娘儿俩唠了半夜的话，她把你们这些矿上的老人数了一遍，虽然她没明说，不过我明白她的意思，她是想让我明白没有你们这些老人，就没有这个朝阳矿。另外我还明白过来，你们这些老人的本事都大着呢，以前我是小瞧你们了。丁叔，咱可说好了，以后您老可得多帮我出主意啊。”

“我懂啥？还是你们年轻人脑子灵光啊，我保证不添乱就是了。”

“您老又谦虚了。”

“走，瞧瞧你妈去。”老丁站起身。

何大发掐灭手里的烟，神色里掠过一丝狡黠：“您就不怕我丁婶知道了？”

“怕？怕我能过来几十年？”老丁说完头也不回地走了。

九、等春来

女儿三岁这年，我养成了一个习惯——逛老街巷。当然这还要归功于我的女儿，她对这个世界上的所有事物都满怀好奇，没见过的都要看一看，没玩过的要玩一玩，没吃过的自然要吃一下了。于是渐渐地，我们爷儿俩就成了这个城市的猎奇者，没事就在街头巷尾游荡。渐渐地我发现一个问题，小城不大却是日日新，比如前几日这里是一家服装店，今天可能就成了一家羊汤馆。我不是城市管理者更不是经济学家，懒得分析这背后的真实原因，不过这对我们来说也是好事，常换常新才有逛头嘛。

此刻一家糕点房引起了我的注意。如果我没记错的话，不长时间之前这里应该是家烤鸭店，而它之所以引起我的注意首先是因为它的名字——迎春糕点房，我突然感觉一个人影在眼前一晃而过。接着便是声音——糕点房里老板娘的叫卖声——这才是关键！怎么说呢，那是一种我最熟悉不过的声音，它深藏在我的骨子里，尽管许多年没听了，可它一旦出现，就像一根针准确无误地戳中了我最敏感的神经，让我一下辨别出了它的主人。

没错，就是她——叶迎春。她变了，从头到脚，她不再是当年那个容貌姣好、在人堆里格外引人注目的叶迎春了，她的身材发福，整个大出来一圈儿，头发白了一大半，脸上的皱纹仅靠化妆已经掩饰不住了，总之，她现在的气质跟那些寻常的广场舞大妈并无二致。但她也没变，她说话的嗓门儿还是气势如虹，她叫卖收钱找钱的动作还是风风火火，这跟我记忆中的叶迎春又十分相像。有那么一刻，我竟有些恍惚，感觉那个叫“岁月”的东西从她身上剥去了，眼前站着的还是若干年前那个年轻的叶迎春，直到叶迎春热情地冲我打招呼，我才回过神来。

我推着车子走上前去，直截了当地问她：“你还认识我吗？”

叶迎春停下了所有的动作，直直地看着我。大约有两三分钟吧，这期间我努力地捕捉着她的表情，确定至少有四种表情在她脸上出现过，最终一张大笑脸定格下来：“你是丁春来他儿？”

我觉得那一瞬间我差点哭出来，但我还是控制住了，笑着点了点头：“您记忆力真好。”

“哈哈，我跟你讲，整个朝阳矿区，我忘了谁也忘不了丁春来啊，他可是朝阳矿区第一个大学生，响当当的‘一支笔’，当年我可是做梦都想嫁给他啊，可惜被你妈占了先（我妈当年在市场街上开裁缝铺，是个没知识的粗人，所以很多人都在暗地里说我妈配不上我爸），哈哈……”叶迎春边说边笑，腰身里的赘肉像水一样在她紧绷的衣服下滚来滚去，显得特别滑稽。

这下我心里也不难受了，笑着说：“看来当年矿区那些传言是真的嘛。”

叶迎春点点头：“就是真的嘛！我跟你讲，我这辈子最大的遗憾就是没做成丁春来的老婆，老遗憾了，哈哈……”

我也忍不住笑起来：“不瞒您说，我爸也时常惦念你呢，冷不丁地就会蹦出一句，‘也不知道这些年叶迎春怎样了……’”

“哈哈，这个老头儿有意思，对了，他是老头儿了吧？你有他照片吗？我看看。”

我摇摇头说：“还真没有，他不让给拍照片，说魂儿都拍没了。不过呢，也老了，脾气更倔了。”

“还老跟你妈拌嘴？”

我说：“这倒不了，说起来你可能不信，现在他俩的脾气就像换了个个儿，我妈现在处处让着他，把他惯得不行。”

“这老头真是不知足哦。”叶迎春摇摇头，看到我身后的女儿，她走上前来摸着我女儿的头，一副爱不释手的样子：“多可爱的娃啊，叫奶奶。”

女儿性格外向，立刻爽利地叫了声奶奶。叶迎春应了声，却撩起衣角抹起了泪，不过很快她又哈哈一笑，冲女儿说：“你是不知道的，我们差点成了一家人呢，哈哈……”这时候有人催促叶迎春去做生意，她却摆摆手说：“不做了不做了，遇到熟人了。”

我说：“别啊，别耽误您赚钱……”

“嗨，赚那么多钱干啥，我就孤老婆子一人，花不完的。”

我鼻尖一酸：“您……还是自己……”

“我嘛，唉！”叶迎春叹了口气，拉着我让我进屋说，我就撑好车子抱着女儿随她进了屋。屋子不大，除了做蛋糕的锅具、案板、桌椅，最里面是一张床，看来她生活就在这里了。她让我坐下，转身去沏茶，边拾掇边说：“那话咋说来呢，生活虐我千百遍，我待生活如初恋，我就是受苦的命，习惯了，哈哈……”

我忍不住问：“那您这些年……怎么过来的啊？”

“我嘛，说来也简单，那不是金皇宫倒了后我也得了几个钱，就去外面做生意，那些年也赚了些，后来年龄大了就不做了，跟着几个好姐妹四处旅游啥的，这不几年下来又腻歪了，就想着还是做点啥，就想到了开糕点房。你可能不知道，当年我妈就是卖糕点的，她做的糕点好吃着呢，我想啊，我这是年龄大了想妈了，唉！”

我说：“人年龄到了都这样，我爸我妈也经常念叨我爷爷奶奶、姥姥姥爷的。”然后我又说：“其实你该找个伴儿……”

她拍了拍胸脯说：“找不了，这里没空了，还给你爸丁春来留着呢。”

我赶紧说：“其实您没必要这样的！”

“哈哈……我是说笑呢，说到底，唉，我还不是一直想着金奎那个死鬼……”

据说，那天金奎的老婆马金花和他的傻儿子金矿闯进“金皇宫”的时候，他正跟叶迎春躲在一个包房里“做运动”（木瓜原话）。当时我还没进过录像厅，不知道“做运动”是啥意思，就问木瓜（本名吴一鸣，因头长得像市场街上出售的木瓜而得名）：“那个包房这么小能做啥运动？”

木瓜伸手弹了我个脑瓜崩，坏笑着说：“做运动都不懂？”

我顾不得跟他计较，心急地问:“啥意思，快点说。”

木瓜很警觉地看看四周，好像担心隔墙有耳，其实就我俩人，然后把嘴凑到我耳边压低声音说:“回头我带你去市场街的录像厅里看看，你就啥都懂了。”

我急忙摆摆手说:“那可不行，我妈说了录像厅是那些不务正业的狗男女去的地方……”

木瓜不屑地白了我一眼，转身就走。我急忙拉住他，咬了咬牙说:“我去！”

木瓜立刻咧开嘴笑了:“这才是个男人嘛！”

其实听木瓜这么一说，我真的很想去录像厅看看了，只是没想到，正是叶迎春的缘故，一直到离开朝阳矿区我都没去成录像厅。当然这是后话，现在还是接着说金奎跟叶迎春吧。

金奎跟叶迎春的关系，在我们朝阳矿区是人尽皆知的秘密，就连我们这些小毛孩都能说出个一二来。金奎是金皇宫娱乐城的老板，倒腾煤炭出身，手下有几十辆卡车和几百人组成的运输队，是整个朝阳矿区最有钱的人。

据说他在城里有很多别墅，每个别墅里都住着一个女人和数量不等的孩子。当然到底有多少女人多少孩子谁也说不清楚，因为没人见过。矿区人知道的只有他的原配夫人马金花和他那个脑子有问题的傻儿子金矿。

金矿论年纪至少应该上大学了，可因为脑子有问题，在初中连续蹲了几级以后就辍学回家了。按矿区人的说法，这些年金矿光长身子不长见识，如今一米八的大高个200多斤的体重，整天就知道吃了睡睡了吃，或者去大街上骚扰女人，现在还有越来越严重的暴力倾向，经常有女人被扯坏衣服或被打伤。金奎没办法，只好把他锁起来。于是经过他家门前的时候人们就经常听到金矿的嚎叫声，白天还行，晚上听着极为瘆人，人们就都绕着走。

说起来人们有日子没见金矿了，他现在更白更胖更壮了，当然力气也更大了，只见他两只胳膊下分别夹着瘦弱的金奎和弱小的叶迎春，像丢两只小鸡一样一下甩在了金皇宫门前的空地上。金皇宫那两个被扯坏衣服的保安都跃跃欲试却谁也不敢上前。

接着马金花便像一只饿虎一样扑到叶迎春身上，先一把扯下她没来得及提上去的内裤，然后手脚并用地踢打起来。当然叶迎春也不示弱，也是手脚并用奋力还击，无奈到底不如马金花力气大、经验丰富，瞬间就落了下风。而这时候身高马大的金矿也挥着拳头气咻咻地走了过来，俨然一副要置叶迎春于死地的架势。金奎一看情况危急，急忙过去扒拉开马金花，用身体护住了叶迎春。金矿的拳头自然落在了他老子金奎身上。几拳下去，金奎发出杀猪一般的惨叫，身体像筛糠一样抖个不停。

是马金花阻止住的金矿。用当时在场人的话说，要不是马金花出面，金奎得死在自己亲生儿子手里。而马金花阻止金矿的理由很简单：儿子杀老子不好！至于为什么放掉叶迎春，马金花给出的理由是：她连只鸡都不如，饶她等于积德。事后有人解释她这句话，说为了金矿的病，马金花遍访神医均以失败告终，无奈之下她求教于终南山一名道行很深的道士，道士给她指的路子是多多积德行善，消除金矿身上的业障。

其实马金花那句说叶迎春“连只鸡都不如”的话,是有说头的。

叶迎春小时候家庭是蛮美满的，她爸是矿工，她妈在市场街上开糕点房。在她六岁那年，她爸矿难死了，没多久她妈丢下她跟着一个河北来的煤贩子跑了。叶迎春一夜之间成了孤儿。矿区人心善，怎忍心让她流落街头？便一起承担起了她的饮食起居以及学费，叶迎春也就从此开始了登百家门吃百家饭的半流浪生活。她从心里感念矿区人的善心，但有一点是无论如何都做不到的，那就是继续上学。用她的话说，她天生没有学习这根弦，坐在教室里就跟听天书似的，很是煎熬，所以中学只上了几天就辍学回家了。可是矿区人却不这么认为，他们觉得以叶迎春的状况，好好上学才是最好的出路。矿区人就是这样，他们善良单纯，却又固执而粗暴，所以当得知叶迎春辍学回家后，他们立刻收回了自己的善心，并把“扶不起来的阿斗”的标签强行贴在了叶迎春身上。一开始叶迎春对这个标签充满了好奇，问别人“阿斗是谁”。等弄明白了之后她一脸羡慕的神情说:“我要是阿斗就好了，人家可是太子呢，我呢，一孤儿罢了。”而后来她似乎还默认了这个标签，跟人争吵的时候她会跳着脚说:“我就是扶不起的阿斗，怎么了？”久而久之，人们也就一声叹息，不再理会她了。也不知道是故意赌气，还是骨子里就跟那阿斗有相似之处，从此后叶迎春的所作所为还真是越来越“扶不起来”了。

叶迎春辍学之后就泡在市场街上打零工。她只需要解决自己的吃饭问题就行，所以对工资要求不高，而且干活儿也不惜力气，那些商铺都是很欢迎她的。但时间一长她的缺点就暴露出来了，那就是脾气大，说翻脸就翻脸，而且谩骂甚至大打出手时有发生。叶迎春骂人的功夫可真是一流，据说她骂人的时候有一系列标志性动作，那就是一手叉腰一手指着对方骂，确切地说是吼叫，每骂几句就会朝半空里跳一下，时间一长倒形成了某种节奏，没几个人能招架得住。据说有一次她打工的录像厅的老板娘怀疑她偷钱，被她骂得当场背过气去了。有人提醒叶迎春："别骂了，再骂就把她骂死了。"叶迎春这才停下来，拍着胸脯说了句："老娘就是穷死也不会干那种没脸的事！"说完便扬长而去。当时叶迎春也就二十几岁，却整日把"老娘"挂在嘴上，一副不可一世的派头，后来就得了个"母夜叉"的绰号。当然这绰号是极少有人敢当面叫的，除了石三。

石三的父母在市场街上炸油条，排行老三，因此得名。石三的父母整日就知道赚钱，对三个儿子疏于管教，三兄弟都早早地辍学混社会，品行一直受到矿区人诟病，而石三最甚。后来他的两个哥哥或下井或跑车，倒干些正事，而石三则整日在市场街胡混，久而久之就成了人们眼里的"矿区第一混子"。石三跟叶迎春年龄不相上下，也是一前一后进入市场街的，所以在很多人眼里，两人似乎成了市场街上一道固定的"组合风景"，甚至还有了"男有石三女有叶迎春"的说法。叶迎春对这个说法是极为排斥的，她甚至还因此与人大打出手，而石三却恰恰相反，他甚至把这当成骚扰叶迎春的借口，堂而皇之地走到叶迎春面前，直呼她"母夜叉"的绰号。叶迎春便脱下鞋追打他，边打边怒吼着："老娘是母夜叉那你是啥？"石三并不真心躲闪，而是嬉皮笑脸地说："你是母夜叉，老子就是雷公四，天造地设的一对嘛。"一听这话，叶迎春倒是停止了追打，一屁股坐在地上嚎啕大哭起来。她哭得脸上泪水横飞，声音几乎嘶哑，状态近乎癫狂。石三和围观的人都看傻了，因为至今还没人见叶迎春哭过，更何况这种让人匪夷所思的哭！石三从口袋里掏出一块皱巴巴的手帕，小心谨慎地朝叶迎春递过去，被她一手拍在地上。接下来叶迎春飞快地爬起来，指着石三恶狠狠地说："老娘这辈子，就是死也不会跟你有一丝瓜葛！"说完转身决绝而去。所有人都看蒙了，甚至都没有人注意到石三嘴里嘟哝出的一句话。不过这句话后来还是传了起来，那就是："老子迟早要把你搞到手！"

那件事，就发生在叶迎春那场大哭后不久。它有好几个版本，其实也大同小异。大体就是，一天夜里，喝醉酒的石三闯进叶迎春打工的录像厅的单身宿舍对其施暴。当然这些细节是不会在明面上说的，没人分得出真假。这件事发生后，石三被抓进了监狱，而她工作的录像厅也关门歇业了，因为人们觉膈应，都不肯去看录像了。

让人想不到的是，过了几个月后的冬天，录像厅又新开业了，而这一次它的主人竟然变成了叶迎春。还有更让人想不到的，那就是坐了半年牢的石三竟然成了录像厅的员工。录像厅重新开业那天，叶迎春举行了简短的开业仪式：在门口挂了个横幅，放了两串鞭炮，石三并没有出现。

不过很快，关于他跟叶迎春的传言就像那年冬天的第一场雪一样，纷纷扬扬地落在了矿区的每个角落。

传言说石三原本判了一年的牢刑，是叶迎春想办法让他减了刑提前放了出来。而叶迎春这样做的目的是想跟石三好好过日子。

这个说法真是让人大跌眼镜，不免有人实在忍不住好奇心冒着挨骂的风险向叶迎春求证。没想到她不光不怒，反而大方地承认了：“没错，我就是想跟他好好过日子，原因嘛，毕竟他动过我的身子了！”人们这才恍然大悟：叶迎春是要当个贞洁烈女啊！

可问题是，你叶迎春想当贞洁烈女，这石三可未必肯配合啊！这些年下来，矿区人已经把他摸得透透的了。在众人看来，叶迎春要是扶不起的阿斗，这石三可是连阿斗都不如啊！可是叶迎春不信邪，她甚至当众反驳道：“哪个人是一成不变的？他不如阿斗，那他就不能变成阿斗？甚至变得比阿斗强十倍百倍千倍？”她甚至还揪着石三的耳朵来到众人面前，让他保证能不能变得比阿斗强？石三挣脱开她的手，捂着火辣辣的耳朵边往屋里走边嘟哝着：“阿斗算个葱？老子是石三,行不改名坐不改姓！”叶迎春“噗嗤”乐了，指着石三的后背说：“看吧，他连阿斗都没看上！”众人只好摇头而去。

好在叶迎春和石三接下来的变化并没有让众人失望。尤其是叶迎春，她简直像换了一个人，把录像厅打理得井井有条，甚至还推出了几条“新政”，让录像厅的形象有了耳目一新的感觉，而且还在门口贴了个大红标语：“未成年人禁止入内”。这在矿区可无异于一块大石头丢进了水里。要知道，在当时那个影视资源（尤其是那方面的）困乏的年代,看录像可是矿区男人（尤其是未婚男青年）最重要的消遣方式啊。

叶迎春的“新政”无异于当头一棒，矿区男青年们叫苦连天，甚至有人威胁要砸了录像厅。叶迎春听了后非常不屑地说：“谁敢给老娘砸一下试试？”所以发狠归发狠，没有谁真敢跑到叶迎春这个“太岁”头上去“动土”。只是让人没想到的是，石三却跳了出来，公开反对叶迎春的“新政”：“动你妈的头！我考虑的是录像厅的收入，这样下去迟早会关门歇菜！”

据说，那天晚上两人关起门来打了一架，后半夜邻居还听到屋里传出叶迎春撕心裂肺的咒骂声和乒乒乓乓摔东西的声音。第二天一大早，逛早市的人看到披头散发一脸淤痕的叶迎春从屋里拖出来个大纸箱子。只见她把箱子拖到门前的空地上，浇上汽油一把点了。人们被塑料制品燃烧的臭味呛得开始咳嗽的时候才明白过来，叶迎春烧的是一箱子的“毛片”。围观的男人纷纷摇头叹息，女人们则兴奋地鼓起了掌，甚至事后有人称这起事件为朝阳矿区的“虎门销烟”，叶迎春自然成了矿区的“林则徐”。而直到箱子烧成了灰烬刺鼻的臭味化为了乌有，石三也没有出现。

有人说现在的石三也就是在屋里横，出门就是个缩头乌龟，甚至连缩头乌龟都算不上，总之他已经不是以前那个石三了。这时候立刻有人补充说：叶迎春也不是以前那个叶迎春了嘛！

真是一语惊醒梦中人！此时矿区人才意识到，叶迎春似乎真不是原来那个叶迎春了，而真要说出哪里不同来，又说不出来，她的样子没变，顶多胖了点，还是整日“老娘老娘”的不离嘴，遇到不顺眼的人或事还是会破口大骂，总之还是一副“母夜叉”的样子，但为啥就都觉得她变了呢？一时间这成了一个“难解之谜”萦绕在人们心头，直到有一天一个聪明人一语道破天机：叶迎春的改变是发生在骨子里的！

发生在骨子里？人们立刻醒悟过来，可不嘛，这叶迎春表面看起来是个凶神恶煞的“母夜叉”，看似是个“扶不起来的阿斗”，其实并非如此，她不仅是个守身如玉的“贞洁烈女”，还满腹正义感，她对石三忠心耿耿，想跟他死心塌地地过日子，还想把录像厅经营好，经营成一个干净之地。于是人们纷纷对叶迎春刮目相看，甚至还有人拍着自己的胸脯说：“其实当年我就看出来了，这个吃百家饭的苦命女子，长大了一定错不了！”不过很快人们又意识到了新问题，那就是叶迎春是错不了，可这石三未必是那么回事啊，叶迎春脸上此起彼伏的淤痕似乎也说明了这个问题。渐渐地又有传言传了出来，说你别看叶迎春天天在人前厉害得不得了，其实在家里很受气，经常被石三关起门来胖揍。人们开始为叶迎春鸣不平，说石三狗改不了吃屎，他才是名副其实的“扶不起来的阿斗”，叶迎春为他做“贞洁烈女”不值当。接下来发生的叶迎春“夜砸录像厅”事件，似乎也验证了这一说法。

那是在叶迎春焚烧毛片大约一个月后的一天晚上，确切地说是凌晨一点多的时候，叶迎春冲进录像厅二楼的包厢，举起一把椅子把录像机砸了个稀巴烂。据当时在场的人说，事情发生得很突然，现场电火花四溅，场面壮观又危险。又有人补充说，光亮里的叶迎春简直就像一尊圣女雕塑，看得人后背发毛。当然并没有人敢把这场“好戏”看完，大家都落荒而逃了。不出意料的，第二天出现在众人面前的叶迎春又是一脸淤痕。有些脾气火爆的矿区女人就看不下去了，她们觉得叶迎春“夜砸录像厅”的举动简直可以用“大义灭亲（砸的是自己的东西嘛）”和“为民除害”两个词来形容，于是便纷纷找到叶迎春，动之以情晓之以理，让她离开石三这个连“阿斗”都不如的“垃圾人”。没错，现在矿区女人又送给石三一个新绰号——垃圾人。听完众人的劝说，叶迎春咬着牙摇摇头，女人们知道叶迎春的脾气，也就不再劝了。不过有人转过身就朝地上狠狠地啐了口痰，说：“早晚有她后悔的那天！”

还真让这人说着了，并没有过多久，让叶迎春后悔的那天就来了。说那天叶迎春接到“线报”，说石三正搂着货车司机李金宝的老婆睡觉。叶迎春二话没说，提着一把斧头就找上了李金宝的门。李金宝整日跑车运煤，大部分时间都不在家。房门紧锁，门前静悄悄的。叶迎春举起斧头就朝锁上狠命砸，有好心的街坊邻居出来劝阻，说：“你还是冷静一点儿，要是把门砸开里面没石三这事就闹大发了。”叶迎春毫不理会，三两下就把铁锁砸了个稀巴烂，她闯进门的时候，石三跟李金宝的老婆衣服还没穿利索。石三跳起来朝着叶迎春破口大骂，叶迎春二话没说，举起斧子就朝石三头上劈去。幸亏有人及时把她拉住了，否则石三的头当场就开瓢了。李金宝的老婆随即栽倒在地上，裤裆里尿了一大滩。

当天晚上李金宝的老婆就被李金宝痛打了一顿。据说李金宝恨铁不成钢地说：“那个母夜叉的男人你也敢动，是脑子进屎了吧？”叶迎春这一斧头也给李金宝帮了大忙，他老婆从那以后再也没让别的男人进过门，安心地跟李金宝过起了日子。

再说石三这边。他躲过了叶迎春的斧头，也不敢回家，在外面流浪了几天，等他再回到“迎春录像厅”门口的时候，发现自己的家当——其实就几件衣服跟一只牙刷——全被叶迎春丢在了门前的空地上。一开始石三并没有当回事，因为这样的事情已经发生过不止一次了。他凭着对叶迎春的了解以及以往的经验，觉得自己诚心认个错，大不了跪下给她磕个头，尊严在他这里一文不值，这一关肯定能过去。“她不是要做‘贞洁烈女’吗？没老子她做个球？”石三一边嘀咕着一边推开了录像厅的门。让他没想到的是，一看到他，叶迎春立刻提着斧子迎了上来。他转身便跑，跑到门外后他跳着骂起来:“臭娘们你要谋杀亲夫是吗？”叶迎春堵在门口，手里的斧子指着石三恶狠狠地说:“从今天开始，老娘跟你一刀两断，把你的东西都拿走，这辈子都别让我看到！”一听这话，石三的气焰立刻灭掉了。他做出癞皮狗的样态说:“我不走,东西都是你买的，这辈子我跟定你了！”说着他竟“扑通”一声跪在地上，咚咚地朝叶迎春磕起了头。

围观的人越来越多，目光无一例外地投向了叶迎春。所有的人都噤声了，包括那些“恨铁不成钢”的女人。叶迎春双唇紧闭，脸色铁青，谁也无法判定她接下来说出的话会是什么，好在并没有用多久，叶迎春就给出了答案，不过不是从嘴里，而是从手上。她另一只手里不知啥时候多了一只打火机，走过去将那堆衣服点着了。火光闪烁中，叶迎春扭身走进了录像厅的大门。她这一走，石三的身体仿佛被抽掉了筋骨，瘫在了地上。

事后，矿区人说叶迎春又做了一次“林则徐”，不过她这次烧掉的不是一堆简单的物品，而是她跟石三几年的感情纠葛。也有人把这个评价提升了一层，说她这次的态度更加决绝，简直“比烈女还烈”。也有人指出了其中的隐患，说那天石三哭完之后虽然没有纠缠，却丢下一句“老子不会善罢甘休的”。人们因此而为叶迎春担忧起来，叶迎春却是不屑一顾：“他有啥能耐尽管使好了，老娘会怕他？”叶迎春“母夜叉”的风范似乎又回来了，不过很快她也为这句话付出了代价——很惨痛的代价。

不久之后的一天夜里，迎春录像厅失火了，叶迎春用斧子砸开门侥幸逃过一劫，但手背上却留下了可怕的伤疤。那是她逃出来时用双手捂住脸烧的。纵火的凶手显然是石三，他因此而获得了6年的牢狱生涯。所以当有人为叶迎春手上的伤疤惋惜的时候，叶迎春却是淡然一笑：“一双手换来了彻底的解脱，值了。再说了，”叶迎春将布满疤痕的双手举在阳光下，翻来覆去地看着说：“手伤了，脸保住了，值上加值了。”人们的视线越过她的双手，发现她的面孔似乎比之前更加娇嫩好看了。这时候人们才意识到：叶迎春长得确实是很美的，说她是“矿区第一美”也不为过的。

石三被抓进监狱那一年，我还没上小学，所以此前那些信息都是后来从大人们的闲聊中得知的，当然我还有一个重要的渠道，那就是木瓜。木瓜她妈是个“呱呱嘴”（矿区人对能言善道且善于传播小道消息的人的称呼），啥事都往外说，木瓜得到的信息自然就多，久而久之，他也就成了“呱呱嘴”。而作为死党，木瓜自然会将这些信息一股脑地再转述给我。不过我跟木瓜不同的是，我永远成不了他的“呱呱嘴”。因为一来我对他的这些信息都没大兴趣，通常是左耳朵进右耳朵出；二来我的身边有辛瑶，我的兴趣基本都在她身上呢。一说到辛瑶，嘿嘿，那就多说两句吧。

辛瑶比我小 5 个月，长得很好看。怎么个好看法呢，就是皮肤白白的、眼睛大大的、小脸儿圆圆的，还扎着条马尾辫，走起路来甩来甩去的，显得特别活泼。辛瑶的好看是遗传她妈童淑娴。童淑娴长得很好看，被称为“矿区一枝花”，是很多男人的梦中情人——这话也是木瓜说的。我曾就这句话向我爸求证过，结果挨了他一巴掌。当然童淑娴是大人所说的那种美，我也说不出个所以然来。总之吧，我就看着辛瑶好看，怎么看都好看，而且我已经做好了长大后娶她的决定。

当然这个决定本来是我跟辛瑶俩人之间的秘密，但经木瓜的嘴传播出去后也就成了全矿区众人皆知的秘密了。甚至有人当街截住我故意问我：“你真要让辛瑶当你媳妇？”一开始我会感觉羞愧不已，躲着走，久而久之也就习惯了，便理直气壮地回答他：“那当然！”时间一久，也就再没人截我了。

我说这些似乎扯远了，其实并没有。因为正是我跟辛瑶“青梅竹马”（这是矿区有文化的人送给我跟辛瑶的一个词，我非常喜欢）的关系，才让我跟叶迎春有了交集，所以辛瑶的事得接着说。

辛瑶爸辛建军两年前在井下挖煤的时候被坍塌的煤块砸死了，之后童淑娴只身带着她过活，日子过得很苦。矿区人心善，不少人对她们伸出援手，但童淑娴都婉言谢绝了。所以矿区人只有私下里叹一声罢了。为此我暗暗下定决心，一定要努力学习考上大学，找份好工作，让辛瑶母女过上幸福体面的生活。应该就是受了妈妈的影响，辛瑶对叶迎春一直很有看法，或者说从心里看不起她，这也是我在她面前从不提叶迎春的原因。

还是接着说叶迎春吧。迎春录像厅那场火灾之后，她就将其转手了，当时还曾放下狠话，说这辈子再也不跟录像厅有半点关系了，她甚至还要离开朝阳矿区。人们都明白，她想隔断关系的不仅仅是录像厅，还有那段不堪回首的往事。而此时她在矿区人心目中已经上升到了一个很高的位置，人们对她也产生了很深的感情，都舍不得她离开，但挽留的话又说不出口，就在这时候一个人站了出来，他就是朝阳矿区首富——金奎。

其实那时候金奎还算不上“矿区首富”，矿长何守业比他有钱得多，王八、黑六等几个跟他一起倒腾卖炭买卖的，实力跟他不相上下，不过他已经露出了要成为首富的苗头。20 世纪 90 年代中期以后，随着国家产业结构大调整、各类新能源诞生、环境治理等因素的影响，煤炭的黄金时代正趋于结束，金奎凭着过人的预见性，第一个开始转型。

当时外面大城市的娱乐业正发展得如火如荼，也已经波及到了朝阳矿区，饭店、宾馆、歌舞厅次第出现在市场街上，但都规模不大，零星经营，这时候金奎看到了商机，倾尽所有建成了“金皇宫娱乐城”。金皇宫娱乐城几乎占下了半个市场街，共有六层，是当时市场街乃至整个朝阳矿区（除了矿井上的水塔烟囱之类）最高的建筑，不论外面还是里面，都装修得富丽堂皇，而且它集合了酒店、宾馆、游戏厅、电影院、KTV 等所有娱乐设施，这与它的“一站式休闲娱乐中心”的宣传语完全吻合。开业那天，除了矿长何守业等矿区领导，还来了许多市领导（朝阳矿区隶属朝阳市管辖）。其中一位市领导说的一句话让矿区人印象深刻：金皇宫娱乐城不仅是朝阳矿区,也是整个朝阳市娱乐行业的排头兵!“排头兵”是啥?就是第一呗!很快有人从朝阳城区带回消息,说他逛遍了那里的娱乐城,确实是没有一家的规模能超过金皇宫的,看来金皇宫是货真价实的全市第一,这可为朝阳矿区人赚足了面子,于是人们对金奎的敬佩之意在暗中又增加了几成。

为什么是“暗中”,这也是有说道的。其实一直以来,金奎在矿区人心目中的形象都是负面的,因为他身为矿区人,却从没干过下井挖煤的苦力,而是靠倒卖煤炭从中获利(利润大到简直能让矿区人愤怒),属于不劳而获。他手里不仅有规模庞大的运煤车队,而且还手眼通天,要不他怎么能以超低的价格拿到煤炭,又能以不菲的价格卖出去呢?

因为利益相争,煤贩子之间矛盾重重,甚至经常发生械斗。金奎还有一个本事就是打架不要命,别看他个子小小的,打起架来完全一副不要命的架势,他曾咬下煤贩子王八的半只耳朵,也曾举起铁锹一把把自己的脑门拍得鲜血四溅,就是凭着这股子狠劲儿,金奎逐渐从众煤贩子中脱颖而出。之后他又对其他几家规模较小的煤贩子进行了兼并,那就是大上加大了。

矿区人表面上对金奎客客气气甚至恭敬有加,可背地里却没少骂他咒他,骂他没长人心,咒他断子绝孙。也不知道是不是诅咒真的起了作用,金奎的独生子金矿还真出了问题。金矿 9 岁那年,跟一群孩子在矿区北面的凤凰河的河滩上嬉闹,不知怎的竟一头扎进水里沉了底,后来被救上来,命是保住了,脑子却出了问题,成了半个傻子。

这件事对金奎的打击很大，从那之后他就很少在朝阳矿区露面了。他家的大门整日闭得紧紧的。他的虎头大奔车偶尔从街上驶过，车窗也闭得死死的，再后来大奔车的踪迹也极少见了。这时候关于他的传言便像那矿井里飘散出的煤灰一样飞在了矿区的半空里。

与金奎有关的传言一定与女人有关。这些年来，金奎靠着手里的钱与矿上不少女人不清不楚的，但惮于他老婆马金花的威慑力，一开始他只把这种关系保持在“地下状态”，而这次却不同了，竟有了明目张胆的趋势。

据知情人透露，儿子金矿的脑子坏掉以后，金奎便在朝阳市区购买了房产，养上了小老婆，他的目的很明确，就是要让小老婆再给他生个健康的儿子，好继承他的万贯家财。当然这是传言最开始的模样，时间一久这些传言就生出了许多枝节，比如他的房产不止一处，小老婆自然不止一个，那生出的儿子就有一大帮了。几个小老婆为了争宠都打起来了，每次金奎回城都得为去哪个小老婆被窝里睡觉很费一番脑筋，后来他就干脆不回去了，尤其是在金皇宫娱乐城建成以后，他就住在了金皇宫里。

金皇宫营业之初，金奎为寻找一个合适的管理者而伤透了脑筋,后来叶迎春进入了他的视野。据说金奎一直对叶迎春夸赞有加，不止一次地在公共场合称她为“女中豪杰”，而彼时叶迎春正好结束了跟石三的纠葛，关掉了录像厅，处于无所事事的阶段。金奎便想邀请她来担任金皇宫的经理。他知道叶迎春的脾气，就专门找了中间人约她见面，甚至还特意安排了一个饭局。没成想却被叶迎春断然拒绝了。一开始金奎还以为她闹着玩儿呢——得有多少人对着这个体面又薪酬丰厚的位子流口水啊？后来发现她当真以后就又数着手指头要给她加工资，没成想她的态度还是纹丝不动。最后她甩出一句话："这辈子死也不沾录像厅娱乐城的边儿！"说金奎在朝阳矿区一手遮天都不算夸张，从没有人敢当众拒绝他的要求，更何况他都有些上赶着的意思了。没成想金奎却并未发怒，而是望着叶迎春的背影很诡异地笑了一下，嘴里叹道：这个女人真是与众不同！于是有人就说，金奎就是从那个时候看上叶迎春的。

不过这个时候不管金奎抛来的是橄榄枝还是红绣球，叶迎春是无暇去顾及的，此时她只有一个心思，那就是逃离朝阳矿区。她甚至已经开始做一些准备了，比如跟在其他城市工作的小姐妹联系，准备去投奔。而就是这个小姐妹走漏了消息，家里人知道了叶迎春要出走的事，很快整个朝阳矿区都人尽皆知了。于是那些热心的女人就找上门来，苦劝叶迎春不要离开，她们使出浑身解数，大打感情牌、承诺出钱为她解决眼前的困境、极尽所能地把矿区的好处挖出来等等，但叶迎春却是一句也听不出去。众女人只好无奈地摇头离去。就在当天晚上，金奎走进了叶迎春的家里。第二天，一个消息便在矿区传开了：叶迎春不走了，她要开服装店——迎春服装店。

在人们将信将疑之中，"迎春服装店"开业了。与市场街上的其他服装店不同，迎春服装店开在了位置最为偏僻的地段，这里跟金皇宫背靠背，金皇宫里嘈杂的声音到了这里几乎完全绝迹，这一点人们都能理解——叶迎春想眼不见为净嘛。不过啥事都有两面性，位置偏是清净，但也门庭冷落啊，一天到晚进不了几个顾客，生意可想而知了。不过叶迎春似乎并不在乎这个,迎春服装店开业之后，她大部分时间都是坐在门口，耳朵里塞着俩金光闪闪的耳机，耳机的另一头连在一个巴掌大的录音机上。录音机里放的啥别人听不到，但从她嘴里偶尔蹦出的旋律可以听出来是《潇洒走一回》之类的流行歌曲。在当时，耳机和录音机都是稀罕物，价格也不菲，戴着耳机听流行歌曲更是一种让人羡慕的时尚行为。不仅如此，叶迎春的装扮也悄然发生了巨大的变化，一直以来她都穿着朴素，而且以素颜示人，丢在人堆里都显不出来。而现在，她穿上了时下最流行的衣服款式，眼眉双腮都上了妆，整个人都脱胎换骨了，丢在人堆里不再是显现不出来，而是耀眼夺目了。

做着并不怎么赚钱的生意却比以前阔绰了，答案是不言而喻的。由此人们断定，叶迎春之所以答应留下来，八成是收了金奎的钱。这倒符合金奎的行事风格，他常挂在嘴边的一句话就是：这天底下就没有钱摆不平的事。而对于叶迎春的选择，人们出现了两个截然不同的态度，有人说叶迎春的选择情有可原，也有人说这是她再次堕落的表现，说金奎是“无利不起早”之人，他的钱有这么好要的吗？后者的话似乎更有说服力。只是没有谁眼见为实，所以也就仅限于暗中议论罢了。

叶迎春服装店的经营方式，对于矿区人来说是个不小的意外。一开始人们觉得戴着耳机听音乐不过是叶迎春打发无聊时间的方式，但后来才发现她似乎把它当作生活的全部。什么意思呢？就是即便有人走进她的服装店，她也并不热情地去招呼或者推销服装，而是依旧戴着耳机，表情平静地等着顾客挑选，有种爱买不买的架势。她对服装价格咬得也不死，你拦腰砍甚至讲到更低几乎都能成交，有的顾客甚至不敢相信自己的耳朵，但她却一副无所谓的表情。而且她还有个特点，可以赊账。如果你急着要买而手头钱又不凑手的话，她也会让你先拿走。时间久了有些热心人看不下去了，提醒她这样下去服装店会亏死的。没想到她却耸耸肩说："亏就亏吧，都抬头不见低头见的。"见她这样，劝者也就闭嘴了。好在叶迎春眼光时尚，进的服装都比别家店的洋气，再加上顾客得了实惠回头客多，生意也算兴隆。这似乎更加验证了传言的正确性：背后有金奎强大的财力支持嘛！

不过在众人眼里，不论传言真实与否，不过都是谈资罢了，但有一个人无论如何都会当真的，那就是金奎的老婆马金花。据说马金花已经好几次带着她的傻瓜儿子金矿闯进"迎春服装店"捉奸，而且每次都是在深更半夜里，不过每次都扑了空，据说她捉到的现场，不是叶迎春在跟金奎喝茶聊天，就是在跟一伙儿人喝酒打牌，她想要的"把俩人堵到被窝里"的目标一直没有实现。有人也对她的行为提出质疑，而马金花则胸有成竹地说："那是因为对手太狡猾，你别心急，老娘早晚会抓到现行！"然后她又补充说："不管抓不抓得到现行，叶迎春是'破鞋'，'迎春服装店'是'淫窝'都没跑儿！"也有好事者问叶迎春身边的人，得到的回复是，因为感激金奎给自己提供的帮助，叶迎春答应只跟金奎做朋友，绝对不做她的情人。这样一来矿区人就分成了两派，一派站马金花，说叶迎春的话根本不可信，普通朋友会指着他的钱活着？另一派站叶迎春，说跟石三那一出已经充分证明了叶迎春是刚烈女子，她绝对不会为金奎那五斗米折腰的。辛瑶显然站到了马金花一边，我呢……唉，其实我自己也说不清楚，但我就觉得叶迎春没那么坏，甚至……还有点儿好！

那段时间我一直有个想法，就是想找叶迎春求证一下，听听她的真实想法，好验证一下我的猜测。可我总是找不到机会，有很多次我都走到“迎春服装店”门口了，但每次都是里面有顾客，有一次好不容易熬到人都走了，我走到叶迎春面前又紧张地支支吾吾说不出话来了，最后只丢下一句“谢谢”就落荒而逃。随着叶迎春跟金奎的传言愈演愈烈，辛瑶对她的成见也越来越深，甚至都到了不屑于提她名字的地步。而越是这样，我心里那个想找叶迎春求证的念头就越强烈，功夫不负有心人，机会终于有了，可我万万没想到却是在我心情最为低落的时候——因为辛瑶走了。

辛瑶走对我来说几乎没有什么征兆。当然之前也有传言，说童淑娴母女实在混不下去了，在城里找了个新主儿，不久就会离开朝阳矿区。为此我曾找辛瑶求证过，但她矢口否认，她说她死也不答应别的男人做她爸爸。我对辛瑶的话深信不疑，就感觉吃了定心丸。就怪我年龄太小了，很多问题想不到，比如辛瑶不答应并不等于童淑娴不答应啊，再就是很多事情都不会以人的意志为转移的啊！她们母女要活下去，除了再找个男人还有别的选择吗？但辛瑶不会骗我的，她说的每一句话都是心里话，而且她也像我喜欢她一样地喜欢我，临走的前天夜里她哭得梨花带雨而且还让我拉着她的手亲了下她的脸就是最好的证明。不过我俩也约好了，等高中毕了业就考同一所大学，然后去同一座城市工作、生活，本来我还想说结婚、生孩子的，可被辛瑶打断了，她一脸娇羞地说我“快变坏了”。一看她那样子我感觉心里有一只兔子跳来跳去的，就忍不住又拉了一下她的手并在她脸上亲了一口。第二天辛瑶走的时候我没去送行，据木瓜说整个朝阳矿区除去下井的几乎都去了，我实在不敢面对她们母女离开的情景，不过我偷偷地跑到了凤凰河大桥上，那里地势高，能远远地看到她们乘坐的小皮卡车离去。而当车子后翻斗里载着辛瑶家我再熟悉不过的家具彻底消失在天边的时候，我终于忍不住“哇”的一声大哭起来。我哭得伤心又卖力，感觉四周的天都黑了，脚下的桥也剧烈地抖动着，总之有种世界末日的感觉，直到有一只手拍在我的肩膀上。我转过头，看到叶迎春正笑吟吟地望着我。

我用胳膊抹了把脸上的泪水，愤愤地说：“你还笑！”

叶迎春却耸耸肩说：“为啥不能笑，其实你也应该笑的。”

我问：“为啥？”

叶迎春扭过头，望着辛瑶母女的皮卡车消失的方向说：“他们娘儿俩要开始新生活了，终于不用那么苦了，多好啊？你得替她们高兴才是啊。”

我想想也是，点点头说：“我还真没想到这一点，看来我真没必要哭了。”

“是啊，你们还这么小，一定会有机会见面的。”

我说：“这话倒对，实话告诉你吧，我跟辛瑶约好了，等高中毕业后我们考同一所大学，然后去同一座城市工作、生活，还有……”我想起了辛瑶的话，就急忙打住了。

叶迎春笑着问：“还有什么？”

我不好意思地挠挠头皮说：“辛瑶不让我说。”

叶迎春拍了拍我的脑门说：“还真听辛瑶的话。”

我说：“那当然。”

“那不错，我看好你们。”

我有些听不懂她的话，问道：“看好啥？”

“我是说，等你们长大了一定会在一起的，你俩一定会有好结果的。”

这话我听懂了，点点头说：“谢谢你！”然后又想起了什么，问她：“对了，你跟金奎的事都是真的吧？”

叶迎春一愣，脸上出现了一种尴尬的表情，说不上笑也说不上不笑，问我：“干嘛问这个？”

我说：“你不会不知道吧？你跟金奎的事，现在矿区都传疯了。”

一听这话叶迎春反而笑了，就像我讲了一个天大的笑话，问我：“那你觉得是真的还是假的呢？”

我没想到她会反问我，愣了一下，说：“我也不知道真假，不过我觉得你是好人，不像他们说的那样……不好。”

她又笑起来，笑得比刚才还要大声，就好像我又讲了一个笑话。我都有些糊涂了，问她：“你老笑个啥啊？我又不是在讲笑话。”

她止住笑，扭过身子，将眼睛望向远方。那里是凤凰河的尽头，临近傍晚，太阳快落山了，加上是冬天，到处灰蒙蒙一片，没有什么色彩，也没什么看头，叶迎春却看得很认真。我便问她：“你看啥呢？”

“放心吧，冬天一定会过去，春天一定会到来。”叶迎春突然蹦出这么一句，我听清楚了，但却不明白她的意思，就问她：“你说的是一句诗吗？”

她缓慢地转过头，却吓了我一跳——她的眼睛里竟满是泪水。我以为一定是我的话伤害到了她，就急忙道歉说：“我不是故意要说你的，我真的觉得你是……好人……”

叶迎春从口袋里掏出纸巾，擦掉眼里的泪水，脸上恢复了之前的平静。她摇摇头说：“我没有怪你，我还得谢谢你呢，要知道，矿区这样想的并不多，虽然你只是个孩子。”

一听她这话我松了口气，点点头说：“其实我觉得你挺好的，我爸也经常夸你，为此我妈没少跟他打架，但我觉得我爸是对的。就是金奎太坏了，你这跟他一好就影响到你了，那话怎么说来，近朱者赤近墨者黑，你以后离他远一点儿，慢慢就没人说你的坏话了。”

“唉——！”叶迎春叹了口气，她这一声叹又粗又重又长，简直就像矿区运煤火车发出的汽笛声。我料到在这一声不同寻常的叹息之后她一定有很重要的话说，就屏气凝神地望着她。

“你知道吗？不论是你的辛瑶，还是你妈，这世界上所有的女人都需要男人疼爱，只有被男人疼着爱着，女人才有生活的乐趣，才有活下去的意义，当然这也包括我。只不过，你的辛瑶，还有你妈，当然还有许许多多的女人，她们是幸运的，能够找到爱自己的男人，而这个世界，永远都是那么公平，有幸运的，就有不幸的，我不知道这世界上不幸的女人有多少，但我就是其中一员……”

听到这里我忍不住打断她的话，问道：“我真是被你搞糊涂了，你的意思这个世界到底是公平呢还是不公平呢？”

叶迎春笑了一下说：“应该是公平的吧？当然了，你还小，有些话你听不懂。”

一听这话我不乐意了，说：“我没有听不懂啊，我听懂了，就是说你想找个疼爱你的男人，只是还没找到罢了。不过听你这么一说，我以后更得好好疼爱辛瑶，还有就是我得告诉我爸，让他也要好好疼爱我妈，让她们做这个世界上最幸福的女人。”

叶迎春点点头，说：“没错，就是这个意思。”

我说：“你也别灰心，你一定会碰到疼爱你的男人的，矿区找不到你就去城里找，世界这么大，你一定会找到的，就是别跟那个金奎在一起就行了，行吗？”说完我眼巴巴地望着她。

叶迎春莞尔一笑，张了张嘴却没说出话来。这时候远处驶来一辆小汽车，是金奎那辆虎头奔驰。我急忙添油加醋地对叶迎春说：“你别看他这么有钱，可是心眼儿太坏了，据说他有好多老婆，还有一大堆孩子……”

我说着的时候，虎头奔驰从我们跟前停下，前排车窗摇下来，露出了金奎那张戴着墨镜的三角脸。他朝我打了个响指，说：“不错嘛小子，这么小就会泡马子了。”

金奎这话是从港台片里学来的，市场街那些群小混混常说，他也这么说足见他不是个好东西。但我又不敢回怼他，就趁机对叶迎春说：“你看他满嘴脏话……”

叶迎春却拍了拍我的头说:“天不早了，回家去吧。”然后打开车门钻了进去，等我回过神来，虎头大奔已经消失在凤凰大桥那头。

迎春服装店关门了。这是当天晚上在餐桌上听我爸妈闲聊时得到的信息。或许是最近关于叶迎春的传言实在太多了，他们的口气简直就像是在议论这个冬天即将到来的第一场雪一样稀松平常。说到最后我妈很不屑地说了句:“这个骚货，到底被那姓金的拿下了！”我爸并没有顺着她的话说,而是感叹了一句:“这个冬天啊！”与他们不同的是，这个消息给了我很大的触动，我想，看来傍晚时分叶迎春坐上金奎的虎头奔驰是离开了朝阳矿区，就跟辛瑶母女一样，彻底而永远地离开了。午夜时分，这个冬天的第一场雪如约而至，听着窗外细碎的落雪声，我有生以来第一次失眠了。我蜷缩在被窝里，用枕头紧紧捂着脸，泪水无声而下。这真是一种难以名状的痛苦感觉啊！我爸的那句感叹也一直萦绕在我耳畔——

这个冬天啊!

正所谓“生活处处有惊喜”吧！那个冬天虽然发生了许多让我伤心的事，而且出奇得冷，但最后证明也并不是那么难熬。辛瑶在离开后不久就给我来信了，然后我们便开始了书信往来，虽然无法见面，但却彼此牵挂着，幸福感并未减少。而且叶迎春也并未离开朝阳矿区,她关掉了迎春服装店,接受了金奎的邀请,担任了“金皇宫娱乐城”的经理。这昭示着她跟金奎的关系正式公开并进入了新阶段，而从传言来看，这一新阶段的开端便可追溯到那天她乘坐金奎的虎头大奔进城。据说那次进城是金奎带着她去买房子——那是他为了庆祝两人开启“新阶段”而送给她的礼物，不过除了新房子，金奎还给她买了“三金（金项链、金戒指、金耳环）一木（踏板摩托车）”，还有新衣服啥的自不必说了。据说当天晚上金奎还包下朝阳市里的一家酒店专门为叶迎春搞了个“求婚仪式”，因为参加活动的只有金奎的“身边人”,所以传言是真是假就没人说得清了。

对于叶迎春入驻“金皇宫娱乐城”一事，矿区人并没有表现出过激的反应，这其实也不难理解，叶迎春跟金奎的事真真假假地传了这么久，人们早就希望有个明确答案了，就像那个“丢靴子”的故事一样,人们早就希望另一只靴子落下了。不过有一个人例外，那就是金奎的老婆马金花。她捋着袖子站在金皇宫门口跳着脚骂：“这次狐狸精尾巴算露出来了，敢站在老娘头上拉屎撒尿，没门！”不过骂归骂，因为门口有保安把守，她进不了金皇宫的门。闹了一阵子没人搭理她，马金花也累了，就消停了。

事实证明，金奎邀请叶迎春“出山”绝对是个正确的选择，叶迎春一上任就表现出了过人的管理才能，她立刻对金皇宫展开了大刀阔斧的改革。

首先是砍掉了位于顶楼的电影院“午夜场”——午夜场打着放电影的名义播放毛片几乎是个公开的秘密。然后把一楼的游戏厅搬到了地下一层，营业面积砍到原来的四分之一。有人（包括金奎）对此提出了异议（或担忧），理由是金皇宫是矿区年轻人的天下，她这两个举措相当于在拿他们开刀，这不明摆着得罪“财神爷”吗？而叶迎春的反驳理由则是，金皇宫最大的危机就是“年轻人的天下”，这样下去迟早会关门歇菜，它要活下去必须变成“矿区人的天下”。

她接下来做的是把一楼改成了大型购物超市，扩大了二、三楼“美食城”和“服装城”的规模。她专门去大城市考察，引进来许多在那里很风靡的小吃店和服装款式，还专门辟出一个楼层，开起了“儿童游乐场”。

随后，叶迎春让人拆掉了闪烁了好几年的“金皇宫娱乐城”的霓虹招牌，找了个大书法家写了“金皇宫生活广场”几个韵味十足的大字镶在了墙壁上。“娱乐城”变成了“生活广场”，矿区人觉得它一下与自己贴近了，与自己的生活建立起了某种联系，也不再对它做“壁上观”,而是拖家带口地走了进去,尽情享受它的新变化。

也就半年多的时间，“金皇宫”果然变成了“矿区人的天下”，别说是周末了，就是平日里也是人来人往、热闹非凡，矿区人对它的一致评价是：更干净了（取消了午夜电影场）、更安静了（游戏厅转到了地下）、更丰富了（只要你想要的东西在这里都能找到）。甚至有人不无自豪地说:“有了金皇宫，还去朝阳城里干嘛？”至此,金皇宫进入了“全盛时期”,人们不得不对叶迎春竖起了大拇指，说她虽然文化不高，却是个当经理的天才。这种赞誉甚至也波及到了金奎，不过也有一正一反两种说法，一种说他“慧眼识珠”，堪称“伯乐”,另一种则说他是“美人利益”一箭双雕,捡了个大便宜。

可是谁也没想到，“金皇宫”的全盛时期仅仅持续了五年多的时间便迅速衰落了。它衰落的原因不止一个，首先与矿区的大环境脱不了关系。20 世纪 90 年代中期以后，产能转型的大趋势对朝阳矿区影响越来越大，煤炭大幅减产、井口大量缩减，导致矿工大量失业，收入锐减，然后是大量人员出走。就以我家为例吧，初二那年，我爸下岗了，他便托人在城里谋了份新工作，我们全家就搬离了矿区。此外还与一个人有关系，那就是叶迎春的前男友石三。

在金皇宫全盛期的第五年上，石三刑满释放了。人们都说监狱是个让人脱胎换骨的地方，而石三却是个例外。石三出狱后只做了一件事，那就是骚扰叶迎春，甚至到了严重变态的程度。可以这么说吧，自从石三出狱后，叶迎春几乎就没出过"金皇宫"的门。有一次确实需要出门办事，她只能选择半夜出发，结果半路上还是被石三截住了。石三跳上她乘坐的汽车，砸碎了前挡风玻璃，还用刀子划伤了她护脸的手臂。当时石三还叫嚣着说，是叶迎春害他坐了五年的大牢，她得为此付出代价。已经消停的马金花又开始频繁地去金皇宫吵闹，这与石三的挑动也不无关系。对于叶迎春和金奎来说，情况越来越棘手，因为这几年下来金奎的儿子金矿虽然智力没长进，但身体却是突飞猛进，一身使不完的蛮力，金皇宫门口的保安两个不抵他一个。这也促成了我记忆极为深刻的叶迎春和金奎被马金花母子暴打事件的发生。而这些困扰搅得叶迎春和金奎越来越难以安生，并最终导致了那场悲剧的发生。

那件事发生在一个周末的晚上，那天我没有上学，很巧合地目睹了这件事情的发生，但我觉得这件事对于我的意义，并不是目睹了石三死亡、金奎入狱，或者说叶迎春与金奎故事的结束，而是一个时代——叶迎春时代——的结束。

我跟我父母等人得到消息赶到市场街的时候，石三蒙着白布的尸体正被两个警察用担架抬上警车。随后金奎被两个警察拖着从金皇宫大门里走出来，他手上带着明晃晃的手铐，面色苍白，目光呆滞，整个人更是瘦脱相了，简直像一个纸片人。第三个出来的是叶迎春，她是自己走出来的，她没有哭，只是脚步有些趔趄，脸被披散的头发遮住一半，露出一片不真实的白。

我们很快得到了答案，昨天夜里石三潜进金皇宫骚扰叶迎春，被金奎乱刀刺死了。

警车门为金奎打开的时候，马金花不知从哪里冒出来，嚎叫着冲上去对他一阵捶打，很快便被人拉开了。金奎看都没看她，弯着腰往车里钻，这时候叶迎春喊了声“等等”。围观的人群主动让了让路，叶迎春走到金奎跟前，在金奎脸上亲了一口，说：“下辈子，我跟你。”声音不大，但在场的人几乎都听到了。金奎咧开嘴笑了笑，弯腰钻进了警车。

“真没想到啊，这么多年后又能遇到你，而且还解开了我心里存了这么多年的疑惑，真好啊。”我由衷地说。

“安排我跟你爸见个面吧。”

我愕然：“怎么？”

“哈哈……”叶迎春又爽朗地笑起来，然后深吸了口气，眼圈变红了：“别多想啊，我不为别的，就为见见他，还有你妈，毕竟我们都是朝阳矿的老人，虽然离开矿区好多年了，可总忘不了那里，这辈子都忘不了的……”

十、一路向北

伴随着“砰”的一声，门被撞开了，接着孙丽美一脸灿烂地走了进来。不用说，她一定有好消息说，她就是这样一个把喜怒哀乐直接写在脸上的人。果不其然，她鞋都顾不得换就举着手里的包像企鹅一样摇摇晃晃地直接扑到阿木怀里，照着他脸上猛亲了一口说:“告诉你个好消息！”

阿木努力地从沙发里坐正身体，并努力地将她的身体扶正，尽量让表情变得兴奋一些，问道:“啥好消息？”

“你的工作找到了！”

阿木略微吃了一惊，问道:“你不是去试用了吗？咋为我找到工作了？”

“原本是的，可半路上接了个电话，对了这事我一直没跟你说，就是我一个熟人认识县文化馆的人，我让他帮忙问了问，说那里正好缺懂乐器的人才，注意，是人才啊！以后要落实什么人才引进政策的话，你还能转正呢。”

阿木听得云里雾里，问道:“那我去了干啥？”

“基层演出，懂吧？就是文化馆经常去社区、企业啊搞一些群众演出，唱歌跳舞吹拉弹唱啥的，你跟着表演就是了，你说这算不算专业对口？”

阿木听了，点了点头。

“是不是好消息？”

阿木又点了点头。

“是不是该好好谢谢我？”

阿木点点头：“怎么谢啊？”

“从住下以后还没来过呢，人家可是想了呢。”孙丽美说着双颊飞红，眼神妩媚，双唇又朝阿木贴过来。

其实大白天的阿木并不太想那事，但想到孙丽美为自己做的事，心里便有一股热流不断翻涌出来，加之她一副妩媚模样，身体跟着起了反应，便反手一把抱住了她……

像往常一样，阿木感觉自己变成了一只大鸟，驮着孙丽美越过一片山峦，飞向制高点；没想到的是，就在那座最高的山尖近在咫尺的时候，汽车发动机的轰鸣声骤然响起，阿木一下瘫软下来，把孙丽美搞了个措手不及。她有些不满地推开阿木，话出口时却又转了个弯儿：“看来你累了，那就歇着吧。我去做饭。”说完起身一边整理衣服一边朝厨房走去。

阿木望着孙丽美的背影，完全能想象出她的表情，他想解释一下或者至少说句道歉的话，但最终却没说出一个字来，只是将身体深深地陷进沙发里。

汽车发动机的轰鸣声是离开夭桃镇那天进入阿木的身体的。

当时歌舞团的大巴车正缓缓地驶离夭桃镇，显然大家都知道这次离开意味着什么，便都默契地保持着沉默，而就在汽车驶过夭桃镇最后一个路口的时候，司机突然加大了油门，发动机发出一声巨大的轰响，惊得所有人都直起了身体。司机发出一串恶作剧的笑声，有人嗔怪，有人跟着笑，车内热闹起来，而阿木却纹丝未动，他觉得那声轰鸣像某个说不清的东西钻进了自己身体里潜伏了起来。

歌舞团属于流动组织，全国各地跑，每年经过的乡镇数不清，阿木他们没有谁会记得这些乡镇的名字，但夭桃镇却不同，她注定成为所有人心目中一个具有特殊意义的名字。因为在这里他们要做出人生中一个重要的决定——去还是留！这是个艰难而无奈的决定。夭桃镇的演出再次证实了这个行业的惨淡和无望，他们必须为未来考虑了。最终结果是只有三分之一的人选择留下来继续北上——据歌舞团经理做的“市场分析”，越往北方去的乡镇对歌舞团的欢迎程度越高，直至东三省。而这三分之一的人有一个共同点，就是单身，包括跟阿木最要好的阿元。

“我跟你不一样，没有找女人的打算。”当阿木把自己的决定告诉阿元的时候，他这样说。阿元是个孤儿，没文化没技能，在歌舞团就是个跑龙套的，留下来是个正确的选择。“歌舞团是我的家，她到哪儿我就跟到哪儿。”阿元说完哼起了歌：“我一路向北，离开有你的季节……”

跟歌舞团一行彻底诀别，在这座完全陌生的小城住下来，然后努力地适应、找工作，阿木一直处于焦头烂额的状态，而这个轰鸣声则像是个死缠烂打的苍蝇，时不时地就会出现，让他头疼、眩晕甚至恶心。他没有把这个事儿告诉孙丽美，她太忙了。他们选择落脚的这座小城是孙丽美的家乡，她便主动尽起了“地主之谊”，忙着安排生活，忙着疏通各种关系，忙着找工作。更主要的是，她若知道了这件事，肯定先是做出一番激烈的反应，接着进行一番长篇大论的分析，最后还会拉着他去找医生看，这都不是他想要的结果——他宁可选择一个人安静地承受。他百度过了，网上说这种情况属于幻听，是一种由重度听觉刺激引发的精神问题，没啥特效药，缓解的办法不外乎精神放松、增加睡眠、适度运动啥的，他便不再顾及它了。只是没想到刚才它又不合时宜地出现，搅了孙丽美的兴。

说实话，阿木打心里感激孙丽美，远了不说，就说眼前吧，是她让他在走投无路之际有了安身之地，而且还让他品尝到了家的滋味。说起家的滋味，唉——他叹了口气，其实当年离开家，就是因为感觉不到家的滋味。母亲去世早，有了后妈，横竖合不来，加之有些音乐天赋，他便狠下心早早离开了家，闯闯荡荡地后来进了歌舞团，吃喝有了着落，后来跟孙丽美好在一起，心越来越安稳，但还是找不到家的滋味。家的滋味到底是啥？这段时间以来他渐渐有了答案，不外乎是有个固定的住所，累了有床睡，饿了有热饭吃，身边还有个人时时刻刻关心你。阿木的心气不高，想想这些就觉得知足了。

这段时间找工作的经历也给了阿木不小的打击，进而坚定了他要知足的信念。小城里需要“艺术人才”——这是孙丽美给他下的定义——的单位不外乎两种，一是酒吧、歌厅、KTV 之类的娱乐场所，二是培训学校。对于前者，他总觉得有种恐慌感，觉得自己根本面对不了那种混乱的场面；而对于后者，那种恐慌感则更甚，他觉得让只有小学文化的他去“为人师”简直是一种罪过。但如果两者都不选的话……哪还有得选？小城不大，工作机会就那些，每个应聘点上都有一大堆人排着长队，你不要自然有要的。而且听孙丽美那意思，她的工作已经差不多了，是在一家音乐培训学校担任歌唱老师，今天就去“试用了”。他知道虽然孙丽美的文化程度也不高——只有初中水平，但她能说会道，沟通组织协调能力都很强，工作干起来会得心应手的。虽然她不止一次饱含温情地说：“没事，我养你。”但他不会接受的，就像之前在歌舞团里她也不止一次说过这样的话，但他可以接受作为副经理的她暗中在工作上的照顾，但绝不接受她真金白银的给予，他一直坚持着“没钱少花或不花”的原则。但在歌舞团里毕竟吃大锅饭，手头再紧也能对付过去，彼此能分清，而现在同床同灶地过起了日子，想分也分不开，更分不清，自己则成了吃闲饭的，说难听一点就是个废人。这可不是他想要的结果，如果真这样的话，还不如跟阿元他们一起，选择一路向北……

“吃饭了。”孙丽美打断了阿木的思绪。

阿木抬起头，看到她又恢复了之前含情脉脉的神色，心头一热，过去拉住她的手。

“别这样嘛，都会好起来的。”孙丽美眼里突然有些亮光。

阿木点点头，努力让自己笑起来。

等走进县文化馆装修简单但文化气息浓厚的办公大楼时，阿木觉得真得好好谢谢孙丽美。怎么说呢，阿木觉得这样的环境正合自己的心意，确切地说，其实他心里一直有一个愿望，就是像这里面那些人一样可以体面地坐在这里工作，然后有一个体面的生活，进而有一个体面的人生。虽然这个愿望比起那些“大人物”波澜起伏的人生平淡了些，但对阿木来说却是遥不可及的。现在看起来这个“愿望”已经近在咫尺了，这一切都是拜孙丽美所赐，不得好好谢谢她吗？

更让阿木没有想到的是，文化馆的张馆长是个特别热心的人，而且看起来跟孙丽美很熟，言谈间也很给她面子，这让阿木对孙丽美感激之余又多了几分钦佩。张馆长先让阿木谈了谈自己的想法，然后让人找来了几件乐器，让阿木展示一下。接着便把他交给一位李副馆长去安排工作。整个过程不到一个小时，出奇地顺利。只是那位李副馆长的态度有些让他始料不及，一直冷着脸，而且还咕哝了一句：现在都吃不上饭了还招人来。这句话像一根鱼刺卡在了阿木的喉咙里，让他感觉不舒服的同时，也隐隐觉察到了一丝不安。回到家之后，阿木把这一情况说给了孙丽美，她却一副超脱模样，摆着手说别当回事，单位里突然多了个争饭碗的，任谁心里也不舒服。一听这话有道理，阿木便没往心里去。

按照张馆长的要求，阿木并不需要去文化馆坐班，只在有演出的时候去表演节目，他的工资就是演出的劳务费。张馆长很坦诚地告诉他，工资高不了，让他有心理准备。阿木自然说不出什么，反而满是感激。从文化馆回来后的几天，虽然还是没事可做，但毕竟不用出去找工作了，心里那种没着落或者慌乱的感觉便逐渐淡化了。孙丽美每天早出晚归去上班，心情也爽得不得了，有一次他听到她在楼道里跟邻居闲聊，特意将话题拐到他身上，说他在县文化馆上班，说不定哪天在社区演出的时候就能看到他。邻居自然是一番赞叹。这样一来，阿木心里也逐渐升出几分自豪感来，觉得虽然自己不用去坐班，但到底成了县文化馆的一员，属于小县城的“上等人”了，便又暗自庆幸起来，觉得自己选择离开歌舞团在这个小县城落脚算是走对了，比起一路北上不知道漂泊何方的阿元他们，不知道强多少倍。

第五天一大早，李副馆长打来电话，说第二天有个社区演出，让他准备一下。电话这头的阿木兴奋地几乎要跳起来，好在对方看不到，而且他也极力地克制着，问要做哪些准备。对方用一种无所谓甚至开玩笑的口气说啥也不用准备，准备好人就行，说完就挂了电话。

尽管如此，阿木还是忍不住紧张了一番，然后就给孙丽美打电话征求意见。孙丽美的兴奋程度一点也不亚于他，让他啥也不用做，在家里好好等着。他一时不明白她的意思，就只有照办。没多久，孙丽美回来了，手里拎着一套海澜之家的西装，一进门便让他换上，说她早就想好了，他上台表演的时候一定要穿一身新衣服，而且这身新衣服要完全不同于在歌舞团里时的风格，要端庄大气，配得上文化馆工作人员这个身份。阿木本来就长相帅气，穿上这身新衣服更是添了几分英武，还透出孙丽美所说的端庄大气的感觉。阿木看着镜子里全新的自己，鼻尖一酸，眼泪就出来了。他一把把孙丽美搂进怀里，哽咽着说他一定不会辜负她的一片心意，要混出一片天地来，让她跟着享福。孙丽美则脸带娇羞，双目泛光，将头埋进了他怀里。

第二天到了演出现场，阿木才感觉到事情跟自己想象的有不小差别。演出活动说是由县文化馆与某个房地产公司联合举办，因为资金主要是房产公司赞助，所以基本上人家说了算，文化馆就是挂个名。本来之前定好的文化馆出五个节目,但最后被砍去了三个，理由是文化馆出的节目都太老套了，不利于人家企业宣传。砍去的都是歌唱节目，由人家公司请来了几个网红歌手代替。保留的两个节目一个是戏曲，一个是乐器演奏。刚听说这个结果时阿木暗暗兴奋了一下，觉得自己有上台的机会了，但接着他发现不是那么回事，因为文化馆里还有一个乐器演奏节目，叫《二泉映月》，演奏者是快退休的文化干部老罗。一位热心的同事悄悄告诉阿木，这个老罗很厉害，原来是个企业工人，当年就是靠着这个节目破格调进的文化馆，而且这个节目已经存在几十年了，逢演必上。一听这话阿木的心凉了半截，那同事立刻安慰他:“别急，再忍忍，老罗要退休了，他一退休机会不都成你的了。”阿木急忙点点头，忍着心里的落寞收拾起乐器，就在这时候李副馆长把他叫到了一边。演出由李副馆长带队，他始终耷拉着脸，说话带着气，阿木一直没敢靠近。现在单独站在李副馆长跟前，他心里更是忐忑不已。不过李副馆长的态度却让他十分意外——看到他，他紧绷的脸上竟然露出笑意，口气也温和了许多。

李副馆长拍拍阿木的肩膀说:“看出来了吧，这小小的文化馆就是个小江湖，难办得很呐。”

阿木忍着心里的紧张点点头说：“是啊，看您协调了老半天，真是不容易啊。”

李副馆长叹了口气，说：“现在有钱的是老大，说点好话受点难为不算啥，只要能要来钱就行，没钱就不能运转啊。”

阿木不停地点头，但他还是不明白他把自己单独叫出来目的。

李副馆长斜睨了他一眼，笑道：“我叫你过来，其实是有好消息要告诉你。”

阿木心头一惊，也不敢开口问啥好消息，只是不停地点头。

李副馆长压低了声音，说：“张馆长交代了，让我好好照顾你，看得出来你确实有水平，这样正好，乐器演奏的节目你来上。”

阿木听了急忙摆手说：“还是罗老师上吧，他都演了几十年了。”

李副馆长脸上掠过一丝不快，声音压得更低了：“你可能不知道，老罗是馆里的钉子户，每次演出都嚷嚷着上，张馆长早就烦他了，以前是没人能顶他，现在你来了，正好是个机会。要知道这样的机会也不是每个人都有的，你别不识抬举啊，快去准备一下吧。”说完扭头便走了。

李副馆长转身的时候虽然脸上还带着微微笑意，但阿木还是从中觉察到了那种让他后背发冷的感觉。他知道事已至此自己别无选择——或者叫无路可退，就只好咬了咬牙朝后台走去。很快便传来主持人报幕的声音，该他上了。阿木演出经验还是很丰富的，知道啥叫“临危不乱”，于是他迅速调整了一下状态，以饱满的热情投入到了表演之中。下台时阿木听到观众席上爆发出异常热烈的掌声和欢呼声，便知道自己的表演是成功的，至少达到了自己的正常水准，一直不安的心才安定了许多。

这时候李副馆长迎过来，热情地拍着他的肩膀说：“不错不错，果然不负众望，以后继续努力。”说着把一个纸包塞进他手里，说：“这是今天的劳务费和赞助商的红包。”李副馆长的表情神神秘秘的，阿木没敢多说话，急忙接过红包塞进了口袋里。

李副馆长一走，那位热心的同事仿佛从地下冒出来似的出现在面前，朝他竖了个大拇指，赞道：“不错啊小老弟，很有两下子。”说着他的眼神飘向阿木的口袋。阿木觉得口袋里仿佛塞了个刺球，很不舒服，忙说：“要不晚上请你喝酒吧。”

同事摇摇头：“你赚这点钱不也不容易，还是回去好好犒劳犒劳老婆吧。”

阿木点点头：“那就下次吧。”

同事皱了下眉头：“你咋还不快走？”

“啥？”阿木有些摸不着头脑。

老罗在后面发脾气呢。

阿木立马醒悟过来：“走走，这就走。”

从演出场地一出来，阿木就迫不及待地掏出口袋里的红包看了看，四百块。他叹了口气，不算多，还不够身上这套衣服钱呢，也不算少，比起之前一点收入都没有的日子好多了。他掏出手机想给孙丽美打个电话，想了想还是算了，倒不如回头给她个惊喜。他决定找个服装店给孙丽美买件像样的衣服。其实孙丽美像样的衣服也不少，但一件也不是他买的。

孙丽美提前到家了。按她的说法，今天是阿木头一次演出，她放心不下，无心工作，又怕打电话影响到他演出，就提前回来等着他。阿木心头一热，将手里的礼品袋举到孙丽美跟前说：“马到成功！”

孙丽美接过礼品袋，立刻像小鸟一样欢呼雀跃起来。她一边挥舞着礼品袋一边撮着嘴要阿木亲亲抱抱。阿木一把将她抱进怀里，一路亲着放在沙发上。孙丽美扔掉礼品袋，甩掉鞋，双手迫不及待地往他衣服里伸。阿木突然冷静下来，按住她的手说：“其实也有窝心的。”

孙丽美停下手，问道：“啥？”

阿木便把老罗三言两语地说了一下，临了说：“临走的时候我隐隐约约听到他好像在骂人。”

孙丽美将手朝虚空里摆了摆，说：“不怕他！他那是妒忌，再说了，这事能怨你吗？明摆着是张馆长要把他拿下，只是以你为借口罢了。现在讲究那个‘优胜劣汰’，你就是那个优胜者，该着你走运，管他干嘛？千万别影响到自己的好心情哦。”说着便双手箍住阿木的脖子，脸直往他怀里钻。

孙丽美的一番说辞让阿木的心逐渐踏实下来，她的撩拨又勾起了他身体里的热火，他便忍不住了，反手楼住她的上身，嘴唇也热烈烈地迎了上去。就在这时突然响起了敲门声。

“谁啊？”孙丽美不满地骂了一声。

“阿木师傅在家吗？”是一个女人的声音。

两人都没了兴致，起身快速地整理好衣服。阿木应了一声便去开门。

门口站着一位50多岁的陌生女人，她朝阿木笑了笑，阿木明显感觉到这笑容很勉强，而她笑过之后表情迅速恢复了严肃也验证了这一点。女人身后还有一个人——是老罗，阿木便立刻明白了怎么回事，心也跟着抽动了一下。

“是罗师傅啊，快里面请。”阿木努力表现出热情。

孙丽美走过来，单刀直入地问道：“请问罗师傅上门有啥事吗？”

孙丽美的口气直白而硬冷，罗师傅女人的脸彻底拉了下来。她没有理会孙丽美，而是转向阿木说：“阿木老师啊，咱明人不说暗话，我说你万不该这样做。我知道你年轻有为，但老罗毕竟是文化馆的老人了，在这小县城也是响当当的，你这样可不光是断了他的饭碗，而是要他的老命啊，他心脏病都要犯了……”

阿木正要开口，却听孙丽美冷笑一声道：“您这话说得太邪乎了吧？不知罗老师这心脏病跟我们家阿木有啥关系？我们可是不经吓的，也小门小户的，您要万一有个三长两短我们也赔不起的！”

这下老罗女人被彻底激怒了，她转向孙丽美嚎叫道：“我打听清楚了，就是你这个狐狸精捣的鬼，那姓张的可是出了名的色鬼，你们一定不干净！”

“你再说我撕烂你的嘴！”孙丽美跳着脚挥着双臂要往老罗女人身上扑，阿木急忙上前把她抱住。老罗也上来把女人往门外拖，临出门时他丢下一句：“路多的是，你就放我一马吧。”

阿木突然觉得眼前一黑，身体摇晃着想要垮下去，孙丽美急忙停止叫骂，反手抱住了他。

就在阿木还没有决定是否要见一下张馆长的时候，却接到了他的电话。

“来我办公室一趟。”张馆长在电话里说，口气波澜不惊。

阿木做不到张馆长这样平静，但至少也没有之前那种紧张感了，取而代之的是一种落寞之感，甚至夹带着几分悲凉之意。在推开张馆长办公室门的同时，他不自觉地叹息了一声。

张馆长的表现出乎阿木的意料，他竟然哈哈笑着说：“干嘛愁眉苦脸的，多大点事啊。”

阿木努力地笑了一下，说出了那句准备了一路的话：“真是对不起，事没办好，给您添麻烦了。”

张馆长摆摆手：“哪能这么说？那个女人，不是一次两次了，别跟她一般见识。”

阿木默默地低下头去。

“最主要的，可别影响了你们夫妻感情啊，看得出，你老婆可是真爱你！”

阿木眼眶热了下，急忙点点头：“不会的，不会的。”

张馆长点点头，说：“既然这样，咱惹不起可躲得起，你还年轻，前途无量，明白吧？”

阿木点点头：“明白，明白。”说着他朝张馆长鞠了一躬，说了句“感谢您的照顾”便转身朝门外走。

“等等。”

阿木停下脚。

张馆长想了想，说:“我知道你来这里人生地不熟的，找工作也不容易，这样吧，文化馆下面有个培训学校，你去那里吧。”

“当老师？”阿木皱了下眉头。

张馆长愣了一下，笑着说:“主要是教才艺，你肯定能行。”说着他抽出一张纸，写下一个电话号码递给阿木:“这是学校的王校长，你直接去找他就行。”

捏着那张纸条走了好长一段路，阿木还是决定拨通纸上的电话。

因为有张馆长的介绍，入职很顺利。王校长跟他大概讲了一下注意事项和上课时间，便安排他去给学生上课。其实阿木本打算先跟着其他老师学习一下，没成想这些步骤都略过了，他也不好说什么。课在晚上，还有些时间，阿木不打算回家了。他先在校园里转了一圈儿，熟悉了下环境，正好碰到一个年轻老师，便拉着他一起出去吃饭。其实他是有目的的，一来跟人家联络一下感情，二来是想向人家讨教一下上课经验。

年轻老师热情爽快，摆摆手说:“我也没啥经验，就是个不紧张就行。”然后他问了阿木的情况，啧啧叹道:“像你这水平在这里当老师亏了，还是趁着年轻出去闯一闯比较好，就是去大城市里做流浪艺人也比在这儿有出息啊，这地方，太小了。”

阿木便问对方的打算。

“我是刚大学毕业，准备考研，出来兼职赚个零花钱，要我在这里混下去，非疯了不可。”年轻老师说完便掏出手机，一边刷一边自顾自地哼起了歌。

阿木看看年轻老师，再看看远处忙碌的餐馆老板。餐馆老板50多岁，大腹便便，一脸油光。阿木从心里算了下，自己比年轻老师大不了几岁，却感觉自己跟他有着几十岁的差距，而对餐馆老板，却感觉年龄很贴近。

阿木有些茫然。这时候他听到年轻老师哼唱的歌曲有些熟悉，便打断他问道："你唱的啥歌？"

"《一路向北》，怎么了？"年轻老师也有些茫然。

阿木下意识地说："是了是了，阿元唱的也是这个……"

"阿元是谁？"

"哦……我一个朋友……"

随着乐曲高潮的临近，阿木却感觉越发平静起来，这是一种惯常的感觉，如同他在舞台上表演的时候，每逢演奏到了高潮，他却会感觉身体仿佛漂浮在平静的水面上，或者坐在一辆平稳行驶的公交车上，就像那天离开夭桃镇的时候，不同的是，此刻这辆公交车很安静，没有发动机的轰鸣，真是享受啊！

"行了行了！"一个刺耳的声音突然插了进来，阿木停下来，不由自主地、错愕睁开半闭的眼睛，一个满脸怒气的男生的面孔出现在眼前。

"你这老师怎么搞的，是不是只会演奏乐器啊？你都表演了大半节课了……"

"是啊，你会不会讲课啊？你是不是不识谱啊？"另一个男生也站了起来，在一脸怒气之余又增加了戏谑的神情。

“哈哈哈……”

几乎所有的人都站了起来，有的指着他，有的叉着腰，有的前仰后合，但几乎是一样的神色。

阿木有些发蒙，这时候一个刺耳的声音钻进脑子里，很快他就辨别出来了，就是那个汽车发动机的轰鸣声，他感觉身体也开始微微晃动，就像坐进了大巴车里……

阿木使劲深吸了口气，努力地将那个声音屏蔽在大脑外面，然后站直身体，朝学生们深深鞠了一躬，再然后，他转身朝门外走去。

身后的声浪更大了，还夹杂着拍打桌椅的声音，阿木感觉身体被一个浓密的气团裹挟着，有种窒息的感觉，好在很快前面出现了楼梯口，他赶紧猛吸了一口气，就在这时候，身后传来一声呼喊：

“老师，等一等！”

阿木停住脚，转过身，是一个扎着马尾辫的女孩儿。阿木立刻认出了她，刚才在课上，数她听得认真，还曾轻轻地鼓掌。但阿木心头掠过一丝落寞，问道：“你有事吗？”

女孩儿咬了下嘴唇，说：“老师，您演奏得太好了，您有真才实学，我想跟您好好学，您别跟那些男生一般见识，他们对每个老师都这样，巴不得你们不教了，他们根本不喜欢上课。老师，”女孩顿了顿，怯怯地问道：“明天您还来吗？”

阿木停了一下，旋即笑起来，说：“当然来啊。”

“那一言为定！”女孩儿朝她举起了手掌。

阿木拍了一下："一言为定！"

女孩儿蹦蹦跳跳地离开了。望着女孩的背影，阿木又生出了那个熟悉的感觉，就像置身于平静的水面上，或者安稳行驶的公交车里……